ALPHAS KRIEG

RENEE ROSE
LEE SAVINO

Übersetzt von
STEPHANIE KOTZ

MIDNIGHT ROMANCE

Inhaltsverzeichnis

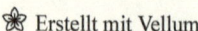 Erstellt mit Vellum

RENEE ROSE: HOLEN SIE SICH IHR KOSTENLOSES BUCH!

Tragen Sie sich in meine E-Mail Liste ein, um als erstes von Neuerscheinungen, kostenlosen Büchern, Sonderpreisen und anderen Zugaben zu erfahren.

https://www.subscribepage.com/mafiadaddy_de

enali

NACHTS TRÄUME ich noch immer von ihm.

Seiner tiefen, rauen Stimme. Der Aura ruhiger Autorität, die er sogar als Gefangener ausstrahlte. Die gigantischen Wölbungen seiner Muskeln, wenn er sich bewegte. Wie er über mir zitterte und schwitzte, mich seine dicke Männlichkeit füllte und befriedigte.

Manchmal könnte ich schwören, dass ich die Zärtlichkeit seiner Berührung spüre, kurz bevor ich aufwache. Aber dann höre ich stets die Alptraumstimme. Das wilde Fauchen eines Löwen, der Schmerzen leidet.

Denali, ich komme zu dir.

Ich schieße im Bett in die Senkrechte und keuche. *Nur ein Traum. Ein Traum, ein Traum, ein Traum, ein Traum.* Noch ein Traum.

Nicht real.

Man muss kein Psychologe sein, um zu wissen, was der Traum bedeutet.

Ich schiebe die Erinnerungen an den Löwen, der mir mich markierte, ganz weit weg und ignoriere das vertraute Rumoren in meiner Magengrube.

Nash.

Hat er es dort jemals rausgeschafft? Oder ist er dort drin gestorben und es ist sein Geist, der mich nachts besucht?

Werden die Schuldgefühle darüber, dass ich nicht zurückging und versuchte, ihn zu retten, jemals verfliegen? Zweifelhaft.

Ich schlage die Decke zurück und tapse leise in die Küche, sorgsam darauf bedacht, keine Geräusche zu machen, damit ich Nolan nicht aufwecke.

Ich mache mir einen Kaffee und winke durch das Fenster meiner korpulenten Nachbarin und Vermieterin, Mrs. Davenfield, die schon früh draußen ist, um das Unkraut in ihrem Garten zu jäten. Sie ist der Grund, dass ich mich hier niedergelassen habe.

Nachdem ich geflohen war, hielt ich mich bedeckt. Nahm nur Schwarzarbeit an – Gartenarbeit und Saisonarbeit auf dem Land. Ich landete in Temecula – einem Weinbaugebiet – wo ich während der Erntesaison in den Reben arbeitete.

Mrs. Davenfield war gewillt, Bargeld zu akzeptieren und auf eine Bonitätsprüfung zu verzichten, sodass ich das kleine Cottage auf ihrem Grundstück mieten konnte. Sie warf einen Blick auf meinen gerundeten Bauch und beschloss, dass ich einer Situation häuslicher Gewalt entkommen sein musste. Ich korrigierte sie nie, denn sie schien das Drama und das Gefühl zu lieben, sie wäre meine Geheimniswahrerin. Und ich brauchte ihre Hilfe.

Und in gewisser Hinsicht war ich auch einer Situation

häuslicher Gewalt entkommen. Nur nicht die Art, die sie sich vorstellte. Es war nicht der Vater meines Babys, vor dem ich hatte fliehen müssen.

Nein. Nolans Vater ist der einzige Teil meines schrecklichen Martyriums, der es wert ist, in Erinnerung behalten zu werden. Ich vermute, dass das der Grund dafür ist, dass er derjenige ist, der meine Träume am meisten heimsucht.

Denn ich entkam.

Und ließ ihn dort zum Verrotten zurück.

Nash

*K*ALTES *L*ICHT. *Graues Licht. Das Heulen schwillt in meinen Ohren an.*

Die Betonwände verändern sich nie, aber nachts kommen sie näher. Mein Löwe kann im Dunkeln sehen, aber das heißt nicht, dass die Nacht keinen Einfluss auf mich hat. Ich weiß immer, wenn sie hereinbricht.

Und dieses Heulen.

Ich weiß nicht, ob es echt oder eingebildet ist. Ich habe so viele getötet. Ihre Schreie sind mein Fegefeuer. Wach oder träumend, es ist alles das Gleiche. Mein Leben ist ein Alptraum, der nie endet.

Jemand singt irgendwo.

„Wenn irische Augen lächeln…"

Gedämpftes Sonnenlicht kitzelt mein Gesicht. Ich liege in einem Bett, nicht auf einer Pritsche. Die Wände bestehen nicht mehr aus Beton, sondern sind schmutzig Weiß. Und hauchdünn. Ich höre im Wohnzimmer Stimmengemurmel zusammen mit der irischen Katzenmusik. Die Geräusche schwappen über mich und meine verknoteten Muskeln entspannen sich.

Mein Sichtfeld, das in Rot getaucht war, klärt sich, als sich mein Löwe zurückzieht. Ich bin in einem Schlafzimmer, nicht in einer Zelle, vor deren Tür Wachen stehen und nur darauf warten, hereinzuplatzen. Aber mein Tier ist bereit zum Kampf. Das ist es immer. Jahre der Misshandlung haben es dauerhaft gebrochen.

Schweiß durchtränkt das Betttuch unter mir. Noch eine schlimme Nacht voller Träume davon, in einer Zelle einge-sperrt zu sein. Oder Flashbacks. Doch manchmal fühlen sich die Träume realer an.

Ich wuchte mich aus dem Bett und mache es mit militäri-scher Präzision, so wie ich es jeden beschissenen Tag seit der ersten Woche des Trainingslagers gemacht habe. „Man kann den Mann aus der Armee holen, aber nicht die Armee aus dem Mann", pflegte mein Rekrutenausbilder zu sagen. Er hatte recht. Aber manchmal frage ich mich, ob ich jemals in der Lage sein werde, den Mörder aus meinem Löwen zu holen.

Sowie ich meine Schlafzimmertür öffne, stoppt der Gesang.

„Nash?" Ein Kopf wird in den Flur gestreckt.

„Was machst du hier?" Ich funkle den Gestaltwandler finster an, der ein junges Gesicht hat mit einem Schopf vorzeitig ergrauter Haare.

Parker zuckt mit den Achseln und tritt einen Schritt zurück, sodass ich das Wohnzimmer betreten kann. „Wurde aus meiner letzten Bude rausgeschmissen. Sie sahen mein Tier herumrennen und sagten mir, dass *keine Haustiere erlaubt sind*. Und du hast ein freies Zimmer."

Darauf habe ich nichts zu erwidern, weshalb ich mich zu

den zwei anderen Eindringlingen drehe, die auf der zerschlissenen Couch lümmeln. Zwei Männer, einer mit schwarzen Haaren und einer Flasche irgendeines Fusels in den Händen, der andere größer als wir alle und zu dünn. Der Große trägt eine dicke Brille und blinzelt ständig. Der Schwarzhaarige grinst.

„Ich habe euch doch gesagt, dass ihr nicht hierherkommen sollt", knurre ich zu dem gesamten Raum.

„Du hast die größte Bleibe." Parker versteckt ein Lächeln. Einen Augenblick ziehe ich in Erwägung, es ihm aus dem Gesicht zu schlagen und anschließend den Boden mit ihm zu wischen. Aber nein. Er ist mein Manager. Wenn ich ihn niederschlage, wer organisiert dann meine Kämpfe? Regelmäßig einen Gegner zum Bluten zu bringen, ist das Einzige, das mein Tier am Leben hält.

„Hey." Ich deute auf den schwarzhaarigen Mann, der gerade eine Flasche mit einem unleserlichen, handgeschriebenen Etikett öffnet. „Was zum Henker ist dieses Zeug? Riecht wie Lackentferner."

„Das hier? Ach, das is' nur ein bisschen Katerbier. Hatte gestern ne gute Nacht mit vielen Drinks und so was. Das hier wird mich wieder munter machen." Der irische Akzent durchdringt mein Gehirn und es spuckt einen Namen aus. *Declan*. Gestaltwandler – Tier unbekannt. Er riecht ein bisschen nach Wolf, ein bisschen nach… etwas anderem. Eine Gestaltwandlermischung, ein Produkt der Experimente, die in den Untergrundlaboren von Data-X durchgeführt wurden. Der Ire ist einer der Wenigen, die überlebten. Ich würde ihn ja Glückspilz nennen, aber das ist er nicht. Die Glückspilze starben oder flohen früh. Der Rest von uns leidet noch immer, obwohl wir entkamen. Obwohl wir den Laden niederbrannten.

„Willste was davon?" Declan bietet mir die Flasche an.

5

Mein Löwe schießt an die Oberfläche. Ich zwinge ihn wieder zurück. So verführerisch es auch ist, sich noch vor dem Mittag zu betrinken, ich bin nicht aus dem Labor ausgebrochen, um meine Tage zu verschwenden.

„Nein. Trink es draußen. Oder noch besser, benutz es um das Gras in der Einfahrt abzutöten."

„Recht haste, Sir." Der schwarzhaarige Mann salutiert spöttisch. „Du bist der Alpha."

„Ich bin nicht dein Alpha", rufe ich, während ich in die Küche laufe. Frühstück. Essen. Normalität. Folge dem üblichen Trott, auch wenn normal ein fremdes Land ist, das ich nie wieder besuchen werde.

„Du bist der König der Biester, oder nicht? Wärst du in einem Rudel, stündest du an der Spitze."

„Wir sind kein Rudel." Ich öffne den Kühlschrank und schnappe mir das Erstbeste, das gut aussieht – ein Milchkarton. Ich neige ihn nach oben und trinke direkt aus dem Karton, wobei ich Parker ignoriere, der im Türrahmen lehnt.

„Bereit für den großen Kampf?"

Ich grunze.

„Noch ein Grizzlygestaltwandler. Dieser kommt aus Saskatchewan oder irgendeinem anderen gottverlassenen Ort. Ich schwöre, das Einzige, das sie auf den Holzplätzen tun, ist kämpfen."

„Gut." Damit ist die Chance geringer, dass mein Löwe ihn töten wird.

„Die Wetten sind ziemlich ausgeglichen", sinniert Parker. „Die Bären sind die Einzigen, die es mit dir aufnehmen können."

Ein Plastikbehälter, der mit einer Art selbstgemachter Brötchen gefüllt ist, steht auf meiner Arbeitsplatte. Ich klopfe darauf. „Was ist das?"

„Scones. Laurie hat sie gebacken." Sowie er das sagt,

rieche ich den federigen Geruch des Eulengestaltwandlers zusammen mit dem intensiven zuckrigen Duft der Backwaren. Ich öffne den Behälter und nehme mir zwei.

Meine Tasche vibriert und ich ziehe mein Handy heraus. Eine SMS von einer unbekannten Nummer.

Layne und ich sind auf dem Weg. Wir haben Infos für dich.

Ich schreibe zurück: *Ich werde in der Grube sein.* Und weil ich mich nicht stoppen kann: *Was für Infos?*

Kylie hat einen Treffer bei einer Frau, die in Temecula wohnt. Wir werden das jetzt bestätigen, aber wir denken, dass es Denali ist.

Denali.

ROT. Schwarz. Die Zellentür öffnet sich, ich stehe bereit. Die Wachen kommen herein, die Waffen auf mich gerichtet. Ich habe sie erwartet.

Die Frau habe ich nicht erwartet. Der Geruch von Zimt hängt in der Luft. Zimt... und Erregung.

„NASH? Nash?"

Die Erinnerung wird dunkel und verblasst, sodass nur noch Parkers besorgtes Gesicht zurückbleibt. Hinter ihm stehen Declan und Laurie in der Tür und starren mich an.

Die Welt wird eine Sekunde lang in rot getaucht. Mein Löwe versucht, die Oberhand zu gewinnen. Diese Flashbacks sind nicht mehr zu beherrschen. Ich bin an einem guten Tag kaum noch bei Verstand. Was wird erst passieren, wenn es Denali *ist*?

„Ich muss los." Zwei Schritte zur Tür und ich drehe um, schnappe mir noch einen Scone und halte ihn hoch, damit ihn der hochgewachsene Mann sieht. „Danke. Die sind gut."

Der Eulengestaltwandler blinzelt mich hinter seinen dicken Brillengläsern an.

Ich laufe aus der Hintertür hinaus.

 *ash*

ZU DIESER TAGESZEIT ist die Grube hauptsächlich verlassen, was gut ist, weil mein Löwe von den Gestaltwandler-Gerüchen, die noch in der Luft hängen, schon genügend aufgebracht ist. Ich lasse ihn raus und streife durch und um das Gebäude. Wir sind so weit in einem verlotterten Industriegebiet, dass niemand den Löwen sehen wird, der um ein schäbiges Lagerhaus streunt. Niemand außer Gestaltwandlern kommt hierher und die Gestaltwandler, die hierherkommen, würden mich erkennen. Das hier ist mein Territorium. Mein Königreich. Ich erlaube meinem verrückten Löwen, sein Territorium zu markieren und trotte an dem Maschendrahtzaun entlang, der den Parkplatz einfasst. Daraufhin verwandle ich mich und ziehe meine Kleider wieder an. Ich gehe nach drinnen, um mir einen Drink zu holen, wobei ich mich anstrenge, nicht daran zu denken, wie erbärmlich ich geworden bin.

Einige Minuten später betritt ein blonder Mann das Gebäude und schnuppert in der Luft. An der Bar hebe ich einladend mein Glas. Er nickt und tritt zurück, womit er seiner Begleitung erlaubt, vor ihm einzutreten. Eine eindrucksvolle, junge Asiatin mit langen schwarzen Haaren nähert sich mir. Sie starrt mich geradewegs an. Ich begegne ihrem Blick mit einer leichten Herausforderung. Sie ist eine neue Gestaltwandlerin – eine der erfolgreicheren Schöpfungen von Dr. Smyth – und dominant. Mein Löwe würde ihre Dreistigkeit normalerweise anfechten, aber gerade jetzt sieht er sie nicht als Bedrohung. Das hier ist ein Treffen unter Verbündeten und er weiß, dass er gleich kriegen wird, was er will.

Sam setzt sich. Ohne ein Wort legt er sein Handy mit dem Display nach oben auf die Bar. Dort ist ein Foto von einer Frau, die ein Haus verlässt, ihr Gesicht wird halb von der Fliegengittertür verdeckt.

Meine Brust zieht sich zusammen. *Denali.* Der Raum verschwimmt und wird rot.

Sam tippt mit einem Finger auf das Display und wischt zur Seite, um mir den Rest zu zeigen. Denali läuft über die Einfahrt und steigt in ein Auto. Lange Beine in abgeschnittenen Shorts, ein schlichtes weißes T-Shirt, das schlanke, sehnige Arme zeigt. „Mein Kontakt hat sie heute Morgen aufgenommen. Hat die Adresse des Hauses bestätigt. Sie scheint dort zu wohnen." Sam schiebt mir ein Stück Papier zu, aber ich kann meine Augen nicht von dem Bild lösen. Auf jedem Foto liegt ein ernster Ausdruck auf ihrem Gesicht – nicht unbedingt traurig. Distanziert.

„Ist sie das?", will Layne wissen.

„Ja." Ich finde meine Stimme wieder. „Das ist sie." *Denali. Mein*, brüllt mein Löwe und rüttelt an den Gitterstäben seines Käfigs. Er will rauskommen und auf die Jagd gehen. Denali finden, seinen Anspruch geltend machen. *Mein.*

Scharlachrot verschleiert mein Sichtfeld. Ich blinzle und alles wird wieder schwarz.

Ich hebe meinen Kopf, weil mir bewusst wird, dass ich einige Minuten geschwiegen habe. Die Luft verdichtet sich vor Spannung. Laynes Augen haben die Farbe ihres Tieres angenommen. Sie wissen, dass ich gestört bin. Zum Teufel, ich hätte Sam letztes Jahr töten können, als er beschloss, dass er meine Hilfe bei der Suche nach Dr. Smyth am besten bekommen könnte, indem er mit mir in den Ring steigt. Er erwähnte Denali und ich verwandelte einen Teil meines Körpers dort in dem Käfig. Bohrte meine Krallen direkt in seinen Körper. Aber er überlebte und wir erwischten Smyth. Und das ist es, was er mir im Gegenzug versprach – meine Gefährtin zu finden.

„Entschuldige, dass es so lange gedauert hat", sagt Sam. Die Härchen auf seinen Armen sind aufgerichtet, aber seine Stimme ist ruhig. Er mag nicht der größte Gestaltwandler sein, aber unter Druck bewahrt er einen kühlen Kopf. Anders als der Rest von uns. „Ich war mir letztes Mal so sicher, dass wir sie haben."

Meine Faust ballt sich und ich muss mich anstrengen, sie zu entspannen. „Sie zieht wahrscheinlich viel um." Sie wird sich verstecken, wie wir es auch tun. Wird immer über ihre Schulter schauen. Nie wissend, ob jemand auftauchen wird, der weitere Tests durchführen will.

„Sie scheint sich niedergelassen zu haben. Die Vermieterin wollte nicht sagen, wann sie eingezogen ist, und hat auch sonst keine Auskunft über sie gegeben." Sam schnipst gegen das Papier, auf dem die Adresse steht. „Aber wir handeln besser schnell. Layne und ich können –"

„Nein." Ich stecke den Zettel ein. „Nur ich. Allein."

„Bei allem gebotenen Respekt –" Sam schiebt sich eine Sekunde nach mir von dem Barhocker. Er versucht nicht, mir in den Weg zu treten, aber er tritt zu nahe an mich heran. Farben explodieren hinter meinen Augenlidern. Dunkelheit tanzt in den Winkeln, dann übernimmt sie.

Eine Sekunde später komme ich wieder zu mir. Meine Hände sind in Sams Shirt gekrallt. Ich habe ihn gegen die Bar gedonnert. Er zeigt seinen Hals, das Zeichen der Unterwerfung eines Wolfs. Seine Hände heben sich und spreizen sich kapitulierend, aber meinem Löwen ist das egal. Meine Fangzähne schmerzen, weil sie wachsen, und ein Knurrend dröhnt aus meiner Kehle.

Eine Sekunde später explodiert Schmerz in meinem Rücken.

„Wenn ich du wäre, würde ich das nicht tun." Ein Schnurren in meinem Ohr, leise und zischend. Die Krallen in meiner Haut zucken und ziehen sich an, zehn Punkte der Qual, nadelspitz. „Sei ein braves Kätzchen und lass ihn los."

Ich reiße die Kontrolle über meinen Löwen wieder an mich, lasse Sams Shirt los und fauche, als sich die Krallen tiefer in mich bohren.

„Layne", murmelt Sam. Ein halbes Schnurren, halbes Knurren und das Gewicht weicht abrupt aus meinem Rücken. Ich strecke mich, ignoriere die Schmerzen entlang meiner Wirbelsäule und drehe mich langsam um. Die Frau starrt mir mit mandelförmigen Katzenaugen in die Augen. Wäre sie männlich, würde mein Löwe auf einen Kampf mit ihr bestehen, obwohl ich hier das Arschloch bin. Aber ich bewundere ihre Stärke. Ihre Anmut. Und ich weiß es zu schätzen, was sie und Sam für mich tun.

Dennoch kann mich mein Löwe nicht davon abhalten, mich aufzuspielen. „Die Meisten würden den König der Biester nicht in seinem Territorium provozieren."

Layne begegnet meiner Herausforderung mit einem finsteren Blick. Sam schiebt sich an ihre Seite und sie nimmt seine Hand, ohne den Blickkontakt zu unterbrechen. *Bedroh meinen Gefährten nicht*, scheint sie zu sagen. Mein Löwe erkennt das widerwillig an.

„Vielleicht ist es am besten, wenn du allein gehst, Nash." Sam zerrt Layne zur Tür.

Sowie sie nach draußen treten, verdecke ich mein Gesicht mit einer Hand. Meine Stirn ist klamm von der Anstrengung, meinen Löwen an der Kette zu halten. Er ist gewalttätig und stürzt sich auf Freund und Feind. Ich bin gefährlich. Verzweifelt. Ich bin am Sterben und es gibt nur ein Heilmittel.

Denali.

Der Zettel in meiner Tasche streift meine Hand. Ich zerknülle ihn und kämpfe gegen die ansteigende rote Welle an, die mein Sichtfeld zu überfluten droht. Es tut weh, aber ich dränge sie zurück.

„Und, Boss? Wirst du sie holen?" Parker steht vor mir.

Mir war nicht bewusst, dass mir die Truppe von meinem Haus zur Grube gefolgt war, aber das war eigentlich klar. Sie sind allgegenwärtig. „Ich kann nicht." Ich zwinge die Worte hinaus und ignoriere das Brüllen meines Löwen wegen des Verlusts.

„Du musst", sagt Declan an meiner Seite. „Dein Löwe kann nicht viel länger durchhalten."

„Ich weiß." Ich schließe die Augen. Ich sollte Denali eigentlich finden und zu ihr gehen. Mich entschuldigen. Mich vergewissern, dass sie in Sicherheit ist.

Es ist zu spät. Mein Löwe ist außer Kontrolle und ich muss jemanden finden, der ihn tötet. Der mich tötet.

„Wenn jemand in der Lage wäre, dich zu töten, hätte er das mittlerweile getan", merkt Parker an und ich realisiere, dass ich laut gesprochen habe. „Du kämpfst jeden Tag – und gewinnst. Die größten, schrecklichsten Gestaltwandler, die halb geistesgestörten – jeder, der in den Ring tritt. Manchmal sogar zwei auf einmal."

„Du kannst nicht mit dem Kämpfen aufhören", murmelt Declan. „Nicht, dass ich mich beschwere. Das Geschäft läuft gut. Die Wettumsätze sind groß. Die Cops haben aufgehört, hier herumzuschnüffeln und der Gestaltwandler Kampfklub in Tucson hat uns nur noch berühmter gemacht." Er lässt die Flüssigkeit in seinem Glas kreisen. „Die Grube. Heimat des Königs der Biester."

Richtig. Und was passiert, wenn mein Löwe eines Tages jemanden im Ring tötet?

Wenn ich wie mein Vater ende, als Mörder?

Ach, wem mache ich hier etwas vor? Ich bin ein Mörder seit dem ersten Tag, an dem ich mich mitten bei einem Einsatz in Afghanistan verwandelte. Ich dachte, Smyth könnte mir helfen, meinen Löwen zu kontrollieren. Doch er hat es nur noch schlimmer gemacht.

Ich knurre. Ich bin versucht, nach draußen zu laufen, zu Denalis Haus zu fahren und ihr alles zu erzählen. Vielleicht vergibt sie mir ja, wenn sie den Schock erst einmal überwunden hat.

Aber ich kann nicht. Wegen der Flashbacks, der Gewalt und dem Wahnsinn meines Löwen habe ich einen Käfig gebaut, der stärker ist als jeder, den Data-X benutzte, um mich einzusperren.

~

Nash

. . .

SPÄTER AN DIESEM ABEND bin ich auf dem Weg zum Ring. Die Menge jubelt, aber ich höre bloß Schreie. Wie viele habe ich als Soldat getötet? Sie sind hier, geisterhafte Gesichter, die bösartig wurden und bereit sind, mich in den Tot zu ziehen.

Mein Sichtfeld wird blutrot, dann schwarz.

Ehe ich mich versehe, bin ich im Ring und Parker signalisiert den Anfang des Kampfes. Der Bär dreht sich und sein Profil erinnert mich an eine der Data-X Wachen. Einen sadistischen Dreckskerl, der die kleinen Gestaltwandler gerne an dem Tisch fixierte und so viel Strom in sie jagte, bis sie rauchten. *Häppchengröße*, sagte er.

Rot. Schwarz. Der Bär fällt, sein Gesicht eine blutige Fratze. Die Rausschmeißer treten ein und schleifen ihn nach draußen. Noch ein Kämpfer nimmt seinen Platz ein. Jung. Arrogant. Wie ich und die anderen Gefangen, als wir dem Testprogramm freiwillig beitraten in dem Glauben, wir wären Teil eines großartigen Experimentes. Eine Meisterrasse.

„*Wir werden die Besten für dich finden Nash*", sagte Dr. Smyth. „*Ich werde dir helfen, deinen Löwen zu kontrollieren. Ihn daran zu hindern, wieder zu töten. Und dann wirst du die Meisterrasse zeugen.*"

Rot. Schwarz. Noch ein Kämpfer im Ring. Dieses Mal zwei. Sie stürzen sich gemeinsam auf mich und ihre Fäuste prasseln auf mich ein. Schmerz wäscht mich rein.

Ich bin mit dem Rücken an einen Stuhl gefesselt, meine Seiten sind mit Blutergüssen überzogen. Mein Mund ist ausgetrocknet, mein Körper raucht. „Jetzt bist du nicht mehr so stark, was?", fragt die Wache und hebt den Elektroschocker.

Ich brülle und zwei erschrockene Gesichter verschwimmen vor mir. Ich greife durch den roten Schleier, packe beide am Kragen und ramme ihre Schädel gegeneinander. Zwei zum Preis von einem.

Die Menge schreit. Mein Kopf klingelt. Declan stellt sich vor mich und bietet mir Wasser an.

„Wie viele Kämpfe habe ich noch vor mir?"

„Noch einen." Er klingt besorgt. „Aber du musst nicht kämpfen. Wir können –"

„Nein." Ich rapple mich auf die Füße, als ein fies aussehender Kämpfer in den Ring trottet. Mein Löwe wird sich seine Beute nicht nehmen lassen.

„Wir müssen das hier stoppen", sagt Declan zu Parker, der nickt. „Ich habe ihn noch nie so gesehen."

Parker dreht sich und hebt ein Megafon. „Das war's für heute Nacht, Leute –"

Die Menge buht. Sie wollen Blut. Ich werde es ihnen geben.

Ich springe hoch und marschiere zur Ringmitte, während die Schreie der Menge über meinen lädierten Körper spülen. „Nash. Nash", skandieren sie. „König der Biester."

Mein Gegner dreht sich mit einem gemeinen Lächeln um. Ich grinse zurück und lasse meinen Löwen von der Leine.

Rot. Schwarz. Schwarz. Schwarz.

„Nash, stopp, stopp!" Ein grauer Kopf blitzt vor mir auf. Parker, der brüllt, den Mund weit geöffnet und wild. „Du hast gewonnen. Er ist am Boden. Hör auf, bevor du ihn noch umbringst." Der Geruch von Blut hängt schwer in der Luft. Mein Löwe heißt das gut.

„Du hast gewonnen", wiederholt Parker. Ich versuche, einen Schritt zu machen und taumle unter dem Gewicht mehrerer Rausschmeißer. Panik steigt in mir auf und ich schlage um mich, um sie von mir abzuschütteln. Es bringt nichts. Die Gefängniswachen haben Elektroschocker.

„Lasst ihn los", schreit Parker und die Männer lassen

mich los und springen zurück. Aber ich renne, die Krallen ausgefahren. Ich bin blind, Blut strömt in meine Augen. Ich erreiche den Zaun. Er steht nicht unter Strom. Jemand hat den Saft abgedreht. Das ist meine Chance.

„Nash –" Declan ist auf der anderen Seite des Zauns.

Ich hebe meine Hände – die jetzt mit schwarzen Krallen besetzt sind – und schneide durch das Metall.

Meine Krallen reißen ein und ich brülle auf, aber stoppe nicht, bis ein Loch im Zaun ist, das groß genug ist, dass ein Löwe hindurcheilen kann.

Dann renne ich. Mein Löwe ist draußen, die Leute schreien und stolpern aus meinem Weg. Rot kratzt an meinen Augen, schwarz lauert in den Winkeln, bedrohlich. Eine letzte Kraftanstrengung und ich bin draußen. Lande auf allen vieren und lasse mich von der Dunkelheit verzehren.

ICH WACHE NACKT im Auto auf, mein Mund ist voller Blut. Ich huste wegen des Geschmacks und besprühe beinahe das zerknüllte Blatt Papier, das auf dem Armaturenbrett liegt, mit Blut. Denalis Adresse. Der Löwe hat sie gefunden und dort hingelegt.

„In Ordnung. In Ordnung."

Jeder Zentimeter meines Körpers schreit. Meine Hände sind geschwollen, blutig. Während der vergangenen Monate sind meine Gestaltwandler-Heilkräfte langsamer geworden und das kann nur eines bedeuten: ich sterbe. Es ist nur noch eine Frage der Zeit. Es fragt sich nur, wie viele ich mit mir in den Tod ziehen werde.

Ich kann Denali nicht in Gefahr bringen. Aber das nächste Mal, wenn ich einen Blackout habe, bringt mich mein Löwe vielleicht zu ihrer Tür. Es lässt sich nicht vorhersagen, was er tun würde.

Er hat deutlich gemacht, dass er jeden, den er kann, mit sich in den Tod reißen wird, wenn ich ihn sterben lasse. Ich habe keine andere Wahl. Ich muss jetzt zu Denali gehen, solange ich die Kontrolle habe.

In meinem Kofferraum finde ich Wechselkleider und ziehe mich um. Ich lege den Gang ein und fahre los, unschlüssig, ob ich ein sterbender Mann auf dem Weg zum Galgen oder einem Heilmittel bin.

KAPITEL 3

ash

Die Adresse führt mich zu einem kleinen Haus in Temecula. Ich fahre vor und trödle einen Moment. Meine Hand zittert, als ich parke. Aufregung? Oder die letzte Stufe des Wahnsinns?

Es ist ein Fehler, hierherzukommen. Ich weiß das, sowie ich auf die kleine Veranda trete und ihr Geruch in meine Nase dringt. Dunkelheit schleicht sich vom Rand meines Sichtfeldes an und zieht mich nach unten.

Die Wachen haben Pistolen auf sie gerichtet. Mein Löwe schießt wütend nach vorne. Es ist so lange her, seit er getötet hat. Aber als die nackte Frau nach vorne stolpert, fange ich sie auf. Meine Arme schließen sich um ihren Körper und ich ziehe ihre weiche Gestalt an meine harte. Sie ist groß, ihr Kopf reicht gerade bis unter mein Kinn und weiche, dunkle Haare formen eine Wolke in meinem Gesicht. Der Zimtgeruch trifft mich erneut, bis ich ihn schmecke.

„Noch eine für dich, Nash." Die Stimme der Wache ist barsch, spöttisch. Sie sehen, was ich mit den Frauen mache, die sie mir bringen. Es gibt Kameras in den Zimmerecken. Sie schauen zu. Ich weiß, was sie tun werden, wenn ich mich weigere: der Frau wehtun. Sie haben gelernt, dass mir scheißegal ist, was sie mir antun, aber ich kann es nicht ertragen, zuzuschauen, wie jemand anderes als Konsequenz meiner Entscheidungen gequält wird.

Aus irgendeinem Grund löst diese Frau einen zusätzlichen Schwall Beschützerinstinkte und Zorn in mir aus. Mein Griff um sie spannt sich an. Sie versteift sich.

„Du weißt, was du zu tun hast. Komm zur Sache. Oder sonst." Die Drohung hängt in der Luft. Ich will die Wachen mit meinen Zähnen auseinanderreißen.

Ich will mich nicht bewegen. Ich könnte sie die ganze Nacht lang so in den Armen halten und hätte nie das Gefühl, als würde mir etwas fehlen. Aber da ist auch Verlangen, das nach oben sprudelt, der erste Hauch von Wärme nach einem langen Winter. Bei den anderen Frauen musste ich mich konzentrieren, damit ich hart genug war, um mit ihnen zu schlafen. Ich verwandte viel Zeit auf das Vorspiel, um sicherzustellen, dass sie bereit waren und ich die richtige mentale Haltung finden konnte. Ich werde das auch für diese Frau tun, aber dieses Mal wird es nicht für mich sein. Mein Löwe schnurrt bereits für sie.

Sie starrt wütend zu mir hoch, als wäre ich der Feind. Ich spüre Wut in ihr, die ansteigt und meiner in nichts nachsteht. Frust. Ein Geist, der nicht eingeschüchtert wurde. Mutig. Nackt und schutzlos, aber nicht verängstigt.

Weil ich wütend um ihretwillen bin, weil ich stinksauer

bin, dass eine so hübsche, frische Löwin in diese schreckliche Situation gezwungen wurde, knurre ich.

Sie reißt sich los und aus meinem Griff.

Ich greife sofort nach ihr. „Ich werde dir nicht wehtun", verspreche ich. Mein Löwe muss sie beruhigen. Es ist ein ursprünglicher Instinkt wie Essen oder Töten. Ich versuche, das Verlangen, das sich unterhalb meines Hosenbundes sammelt, zu verdrängen.

„Was sollst du tun?", fragt sie. Das Misstrauen auf ihrem Gesicht verrät mir, dass sie es bereits weiß. Ihr Körper weiß es auch. Ihre in Schokolade getauchten Nippel sind aufgerichtet, hart und spitz.

Während ich meine Lungen mit ihrem köstlichen Geruch fülle, neige ich ihr Gesicht nach oben zu meinem. „Wie heißt du?"

„DENALI", flüstere ich. In meinem Inneren wartet mein Löwe geduldig auf die Jagd. Ich folge dem Zimtgeruch in der Luft zu der Fliegengittertür.

Und ich sehe sie. Lange, schlanke Gliedmaße, makellose mokkafarbige Haut. Sie steht barfuß an der Küchentheke, das Gewicht auf eine Hüfte gestützt, der knackige Hintern von kurzen Shorts verhüllt. Ihr eleganter Hals formt eine Kurve, während sie nach unten auf das schaut, was sie gerade tut.

Unfähig, mich zu stoppen, drücke ich die Tür auf und trete leise ein. Ich bin wieder im Dschungel, ein Soldat, ein Raubtier, das sich an seine Beute anpirscht.

Ihr Kopf dreht sich leicht.

Meine Lippen bewegen sich, um ihren Namen zu formen.

Ihre schokoladenbraunen Augen blitzen blaugrau auf. „Nash?", würgt sie hervor.

Ich laufe zu ihr. Sie weicht zurück.

„Es ist alles in Ordnung, Denali." Ich stoppe und hebe meine Hände. „Ich bin nicht hier, um dir wehzutun." Das ist die Wahrheit, auch wenn mein Löwe ein verrückter Scheißkerl ist.

Ein Zittern durchläuft sie. Einmal, zweimal und der würzige Duft steigt zwischen uns auf.

Mein, knurrt mein Löwe. *Meine Gefährtin.*

„Denali, ich –" Meine Stimme bricht, aber es ist zu spät. Sie wirbelt herum und rennt aus der Hintertür.

~

DENALI

ICH RENNE, ohne nachzudenken. Ich habe mich so lange versteckt, dass mein erster Instinkt die Flucht ist.

Die Küchentür schlägt hinter mir zu. Wann immer das Wetter schön ist, lasse ich die Türen und Fenster offen, um den Geruch der Wildblumen hereinzulassen. Und damit ich auf jeden, der sich nähert, aufmerksam werde.

Aber meine Löwin hat geschlafen. Oder vielleicht hat sie den subtilen Geruch des Soldaten wahrgenommen, den sie einst kannte, und beschlossen, es mir nicht zu verraten. Oder ich habe es ignoriert. Zu lange habe ich die Erinnerung von Nash, des Gespenstes, mit mir herumgetragen. Ich sehe ihn in meinen Träumen, wache auf, während sein Geruch wie eine Wolke über mir hängt. Ich esse, schlafe und atme Nash, sogar während ich von ihm wegrenne.

Das passiert, wenn man von seinem Gefährten markiert wird. Man kann nicht fliehen. Man ist auf der tiefsten zellulären Ebene miteinander verbunden.

Sogar nachdem man stirbt.

Ich dachte, er sei tot.

Die Fliegengittertür knallt hinter mir und ein Windstoß trifft meinen Rücken und treibt mich vorwärts. Nash kommt mir nach. Der Löwe ist auf der Jagd.

Froh darüber, dass ich barfuß bin, setze ich jeden Muskel in meinen Beinen ein und spurte den Hügel hinauf. Ich wählte dieses Haus wegen seiner Abgeschiedenheit. Nur wenige Leute wollen draußen in den Hügeln leben, aber ich fand die Schönheit unwiderstehlich. Die warme Sonne, die akkuraten Weinrebenreihen, die das Land durchziehen. Kein Vergleich zu der grauen Zelle, in der ich neun lange Wochen eingesperrt war.

Ich hätte wissen sollen, dass er zu mir kommen wird. Ich sah es in den Nachrichten. Das Data-X Labor brannte nieder – das Labor, in dem wir gefangen waren. Oh, die Nachrichten nannten es nicht Data-X. Tatsächlich konnten nach dem ersten Bericht keinerlei Neuigkeiten mehr darüber gefunden werden. Als hätten sie rasch alle zum Schweigen gebracht. Aber ich erkannte den Ort. Das war kein zufälliger Waldbrand, wie sie später berichteten. Es war ein Feuer, das gelegt wurde, um ein Gefängnis zu zerstören.

Also wartete ich mit angehaltenem Atem. Wenn Nash am Leben war, würde er doch sicherlich zu mir kommen. Hatte er mir das nicht jede Nacht in meinen Träumen zugeflüstert?

Aber er kam nicht. Ich nahm an, dass er doch tot wäre. Und ich hatte nichts getan, um das zu verhindern.

Jetzt ist er hier. Sein heißer Atem erreicht meinen Nacken und ich täusche rechts an, dann weiche ich um die Büsche aus. Der Löwe folgt mir mühelos.

Nash war beim Militär. Er war einer der stärksten, fittesten Gestaltwandler, die ich jemals kennenlernte, und die Jahre haben seinem Können keinen Abbruch getan. Ich werde nicht entkommen. Ich weiß nicht einmal, warum ich überhaupt renne, abgesehen davon, dass ihn zu sehen, zu viel, zu schnell aufgeworfen hat. Er war Teil meines Erlebnisses bei Data-X. Aber ich weiß, dass er nicht der Feind ist.

„Denali. Stopp."

Ich lege noch einen Zahn zu und renne um Felsbrocken. Das ist die Sache, in der meine Löwin am besten ist – rennen.

Nur will sie nicht rennen. Sie will bleiben und sich dem herannahenden Löwen stellen.

Ich laufe zu schnell und rutsche auf etwas losem Geröll aus, wobei ich mir die Hände auf dem Boden aufschürfe, als ich mich wieder auf die Füße rapple.

„Verdammt – du hast dich verletzt."

Meine Brust zieht sich zusammen. Noch immer der Gentleman.

Nicht so sehr, wie du mich verletzen wirst. Mir klingeln die Ohren von meinem Schrei. Ich habe es laut ausgesprochen.

„Das werde ich nicht. Ich verspreche es."

Bei dem Schmerz in seiner Stimme zucken meine Waden und meine Füße geraten ins Stolpern. Meine Löwin hat genug. Sie zwingt mich, langsamer zu werden, gerade so langsam, dass mich der Jäger einholen kann.

Er rammt mich und wirft mich zu Boden, aber dreht sich so, dass er den Fall mit seinen Gliedern abfängt. Oh, das ist mir vertraut. Nash auf mir, rittlings auf meinem Körper, während er mein Gesicht zu sich dreht.

„Nein, nein, nein", wimmere ich. „Du bist nicht echt. Du bist nicht hier." Wenn ich das Monster nicht sehen kann, ist es nicht real. Doch Nash ist nicht das Monster.

Er zieht meine Hände grob nach unten. Ich bin fixiert, ein Körper liegt auf meinem. Meiner reagiert mit Eifer. Meine Löwin erstarrt in Ehrfurcht vor ihm.

Närrisches, lüsternes Tier. Ich kann nicht einfach alle

Bedenken über Bord werfen. Mich einfach einem Mann hingeben, den ich kaum kenne.

„Denali", keucht er. Nun da er mir so nah ist, sehe ich, dass er sich nicht verändert hat. Er ist vielleicht etwas schlanker, etwas härter, aber er hat noch die gleichen glatten Wangen, den militärischen Haarschnitt, die Narbe in seiner Augenbraue. Er ist so hübsch, dass meine Brust wehtut. Natürlich befindet er sich auch auf mir – aber das fühlt sich richtig an. Meine Hüften heben sich ohne meine Erlaubnis.

„Du bist es. Du bist es wirklich." Seine Augen flammen golden auf. Der Löwe kam bei der Jagd raus. Ich mache mich schlaff unter ihm. In einem Kampf eins-gegen-eins habe ich keine Chance gegen ihn. Wenn er mir wirklich schaden will, dann besteht meine einzige Hoffnung darin, dass er in seiner Wachsamkeit nachlässt und ich fliehen kann.

Er will dir keinen Schaden zufügen, wispert meine Löwin. Aber ich sehe eine gewisse Wildheit in seinen Augen und mein Körper spannt sich vor Unsicherheit an.

Er streicht mit der Rückseite seiner Finger über mein Gesicht und ich lasse ein Wimmern fahren. Ich kann das nicht tun. Es ist zu schmerzhaft, zu roh.

„Warum denkst du, dass ich dir wehtun werde?"

Ich schüttle den Kopf, als wolle ich meine Gedanken wieder an Ort und Stelle stoßen. Meine verdrehten Emotionen rausschütteln. Wegzurennen war nur eine PTBS bezogene Reaktion. Nach dem, was ich überlebte, wer würde da nicht unter einer posttraumatischen Belastungsstörung leiden? Meine Flucht wurde nicht von Gedanken ausgelöst. Ich warf nur einen Blick auf den Mann, der mich in meinen Träumen heimsucht, und floh.

„Ich werde dir nicht wehtun."

„Das hast du bereits", schluchze ich, bevor ich mir auf die Lippen beißen kann. Ich kenne diesen Mann nicht einmal.

Wir verbrachten gemeinsam eine Nacht in einer Gefängnis-
zelle und wurden gezwungen, uns zu paaren. Er markierte
mich. Ende der Geschichte. Ich weiß nicht, warum ich mich
benehme, als sei er ein Liebhaber, der mich verlassen hat. Als
hätte ich ihm mein Herz geschenkt. So naiv wäre ich nicht.

Und dennoch ist seitdem kein Tag vergangen, an dem ich
mich nicht nach ihm gesehnt habe. An dem ich mich nicht
gefragt habe, wie mein Leben wohl wäre, wenn er an meiner
Seite wäre, wie es ein wahrer Gefährte sein sollte. In den
Jahren, die seitdem vergangen sind, habe ich darüber nachgedacht, einen echten Gefährten zu finden – einen, den ich freiwillig wählte. Aber ich konnte mich nicht einmal dazu
überwinden, auf ein einziges Date zu gehen. Kein Mann
konnte mit diesem Prachtkerl, diesem König der Biester,
mithalten.

„Denali." Er umfängt meine Wange mit seiner warmen,
rauen Hand und meine Löwin lehnt sich in die Berührung.
„Bitte", flüstert er und seine Lippen streichen über meine.
Mein Rücken biegt sich automatisch durch und ich dränge
mich dem Kuss entgegen. Er schmeckt nach Gewürzen,
Unterwerfung. Zuhause.

Er lässt seinen Kopf in meine Halsbeuge sinken und atmet
tief ein. Sein Körper reagiert auf meinen Geruch, seine Erektion drängt sich nach vorne und zwischen meine Beine,
während ein leises Knurren in seiner Kehle erklingt.

Ich bin unter einem großen, erregten Mann fixiert, aber es
steckt kein Fünkchen Kampfwille in mir. Stattdessen – das
Schicksal möge mir beistehen – reibe ich mit meinem
feuchten Geschlecht über die Wölbung in seiner Jeans. Er
drückt seine Lippen auf meine und erobert meinen Mund,
während er mein T-Shirt nach oben zieht und meine Brust
umfängt. Ich winde mich unter ihm, da ich mich verzweifelt
nach mehr Kontakt sehne. Der Zimtgeruch in der Luft wird

stärker. Eine Duftwolke von Nash und meine Löwin ist rollig.

Aber das ist verrückt. Wir sind kein Liebespaar. Wir sind nicht einmal Freunde. Wir sind zwei Gestaltwandler, die unter furchterregenden Umständen zusammen gezwungen wurden. Wir können nicht einfach dort weitermachen, wo wir aufhörten, denn das ist kein Ort, an den ich jemals wieder zurückkehren will.

„Nein." Ich unterbreche den Kuss keuchend.

„Kann nicht aufhören", murmelt er drängend und bewegt seine Lippen nach wie vor auf meinen. Er knabbert an meinem Mundwinkel. „Du schmeckst so gut."

Verdammt, er schmeckt auch gut. Und dass er meinen Mund wie ein verhungernder Mann verschlingt, stellt etwas Kraftvolles mit meiner Libido an. Es ist, als hätte meine Sexualität im Koma gelegen, seit wir voneinander getrennt wurden, und jetzt erwacht sie unter seiner Berührung wieder zum Leben. Er hat einen Arm unter mich geschoben und schützt mich so, während er mich festhält. Ich bin eine große, kräftige Frau, aber unter Nash fühle ich mich klein. Zart.

Hübsch.

Seine Hand wandert von meinem Busen nach unten über meine flache Mitte und schiebt sich geradewegs in meine Shorts.

Ich atme scharf ein, denn Verlangen entflammt in meiner Mitte.

In seinen Augen blitzt ein bernsteinfarbenes Licht auf. „Mein", knurrt er.

„Nein." Ich meine damit nicht, *Nein*, ich will ihn nicht in meinen Shorts. Sondern Nein, meine Pussy gehört nicht *ihm*. Er mag mich markiert haben, aber diese Markierung zählt nicht.

Ich gehöre nicht zu ihm.

Der einzige Gestaltwandler, zu dem ich gehöre, ist Nolan.

Ich kämpfe darum, bei Verstand zu bleiben, auch wenn er bereits meinen Venushügel umfängt und über meine feuchte Öffnung streichelt. „Das ist –"

Er stoppt meinen Protest mit einem weiteren wilden Kuss, bei dem sein Mund dominiert und erobert. Schauder rasen mein Rückgrat hoch. Ich bohre die Fersen in den Boden und stoße mich nach oben in seine Hand, die sich zwischen meinen Beinen zu schaffen gemacht hat.

Er drückt einen Finger in mich und reibt mit seinem Handballen über meine Klit.

Mein Orgasmus explodiert wie ein Sommergewitter – schön, wild. Zerstörerisch.

Ich schließe meinen Mund, damit ich seinen Namen nicht stöhne, während er meinen Körper zum Tanzen bringt. Genau wie beim letzten Mal, als wir zusammen waren, ist unsere Verbindung magnetisch. Ich will mich ihm verweigern, aber mein Körper und meine Löwin haben andere Ideen.

Ich klammere mich keuchend an ihn. Das hier ist so verkorkst, so wie unsere gesamte Beziehung. Und trotzdem fühlt es sich so richtig an.

„Hübsche Löwin."

Ich sacke in seine Umarmung und Sorgen wirbeln durch meinen Kopf, während mein Körper mit den Sternen am Himmel fliegt.

Wir hatten nur eine gemeinsame Nacht in einer Zelle, während Wachen von draußen die Kameras beobachteten, aber diese Nacht veränderte den Kurs unseres Lebens. Ich wusste das genauso sehr wie er. Egal, wie oft ich mir einredete, dass ich Nash und jene Nacht vergessen sollte, ich konnte einfach nicht aufhören, an ihn zu denken. Ich sehnte mich nach ihm, wie ich mich noch nie nach jemandem sehnte. Mein Körper erinnerte sich an seine Berührung. Ich konnte seine Kraft, seine gequälte Seele, seine Sanftheit nicht vergessen. Unsere unglaubliche Chemie. Wir hatten nur eine Nacht in einem Gefängnis, aber wir erschufen etwas Echtes.

Die Wahrheit ist furchterregend. Ich rannte genauso davor weg, wie ich vor Data-X floh, und dem Löwen, der mich als seine Gefährtin markierte.

Nashs Augen leuchten noch immer gelb und er beobachtet mich mit einem raubtierhaften Blick. Einem, der Vergeltung verspricht. Weil ich ihn verließ. Weil ich wegrannte. Weil ich seinen Anspruch leugnete. Sein Löwe wird mich nicht gehen lassen – nicht kampflos.

Er zieht seine Finger aus mir, hebt sie an seinen Mund und kostet von ihnen. Dabei beobachtet er mich ohne Unterlass.

Ich weiß nicht einmal, wo ich bei diesem Mann anfangen soll, weshalb ich mich für das Dümmste entscheide. „Du schneidest deine Haare so kurz." Seine Haare, so kurz und borstig, sind weicher, als sie aussehen. Ich streiche mit meiner Handfläche darüber und ein Schwall von Emotionen raubt mir den Atem. Ich will nicht aufhören, ihn zu berühren.

„Macht der Gewohnheit", brummt er.

„Du solltest sie wachsen lassen. Ich will sehen, wie sie aussehen, wenn sie lang sind. Zotteliger Löwe."

Seine Mundwinkel heben sich ganz leicht. Der Rest von ihm ist angespannt. Ich sollte diejenige sein, die angespannt ist, aber das bin ich nicht. Zumindest mein Körper ist es nicht. Ich hatte gerade einen unglaublichen Orgasmus.

Jetzt, da mein Fokus zurückgekehrt ist, scanne ich sein Gesicht und bemerke die eingefallenen Wangen, einen halb verheilten Schnitt in der Nähe seiner Schläfe neben einem verblassenden Bluterguss. Warum hat er sich nicht regeneriert?

Ich rutsche unter seinem schweren Körper hin und her

und das Tier in ihm zieht sich zurück, der Gentleman, an den ich mich erinnere, kehrt zurück. Er stemmt sich von mir, als hätte er gerade erst registriert, in welcher Position wir uns befinden.

„Es tut mir leid", nuschelt er und rappelt sich auf die Füße, bevor er mir beim Aufstehen hilft. „Ich hatte nicht vor... äh..."

„Deinen Anspruch geltend zu machen?", beende ich den Satz trocken und klopfe den Staub von meinem Hintern. „Oh, ich vermute, dass du genau das vorhattest."

Ich rechne nicht mit dem Elend, das sich über seine Miene schiebt. Es flutet über mich, seine Emotionen überlagern meine und ich muss mich anstrengen, die Dunkelheit zurückzudrängen. Was auch immer mit Nash nach jener Nacht passierte, es hat ihn verstümmelt.

Das treibt einen Speer der Angst durch mich, wenngleich sich mein Herz zusammenzieht.

Bring ihn wieder in Ordnung, flüstert meine Löwin.

Aber ich kann nicht.

Genauso wie ich nicht zurückgehen konnte. In diese Sache ist mehr als ein Leben verwickelt und dieses Leben ist wichtiger als seines oder meines. Zumindest für mich ist es das.

Um uns herum fahren die Vögel damit fort, ihr Lied zu singen, sich der zwei Raubtiere nicht bewusst, die in ihr Territorium eingedrungen sind. Mein Haus sieht von so weit oben, von der Spitze eines Abhangs, auf dem Wildblumen im Wind tanzen, einsam aus.

Ich richte meinen Blick darauf, damit ich nicht zu Nash schaue. „Wie hast du mich gefunden?"

„Hab nach dir zu suchen begonnen, sowie ich rauskam. Meine Freunde halfen mir."

Ich versteife mich. Wie lange ist er schon draußen? Wie viel haben seine Freunde aufgedeckt?

„Mach dir keine Sorgen", beruhigt er mich. „Sie werden deinen Standort geheim halten. Sie haben ihn nur mir verraten."

Das beruhigt mich kein bisschen. Ich kann es mir nicht leisten, dass Nash Teil meines Lebens wird. Es steht zu viel auf dem Spiel.

Natürlich ist meine unbesonnene Löwin vollkommen einverstanden damit, dass Nash hier aufgetaucht ist. Sie schnurrt. Ich nehme mir einen Augenblick, um sein Tier zu spüren und eine gewisse Unruhe kehrt zurück.

„Dein Löwe ist aufgebracht."

„Mein Löwe ist ein kranker Irrer."

Ich zwinge mich, ihn anzuschauen und prüfend in seine gehetzten Augen zu blicken. „Sie haben dir wehgetan."

„Ja. Aber ich war schon abgefuckt, bevor ich zu ihnen ging."

„Warum bist du gekommen, Nash?"

Schmerz flackert auf seinem Gesicht auf, düster und mit einem Sturm, den ich nicht entziffern kann. „Wie könnte ich das nicht tun? Ich markierte dich. Du gehörst zu mir." Er ballt eine Hand in meinen Locken zur Faust und zieht meinen Kopf zur Seite, um die Stelle zu finden, an der seine Zähne meine Haut durchbrochen haben. Als er seinen Mund senkt und das kaum sichtbare Mal mit seiner Zunge nachfährt, erschaudere ich. Meine Pussy verkrampft sich, als würde sie seinen Besitzanspruch auf mich bestätigen.

„Warum bist du vor mir geflohen, Denali?"

Ich höre Schmerz in seiner Stimme – oder ist es eine Warnung? Wird es eine Bestrafung geben? So schockierend es auch klingt, dieser Gedanke erregt mich. Ich schiebe das Bild aus meinem Kopf, wie er mich an das Bett fesselt und mir seinen Besitzanspruch auf meinen Körper immer wieder beweist. „Hast du Angst vor mir? Kannst du erkennen, dass ich –" Er unterbricht sich und schließt die Augen.

„Ich dachte, du wärst tot."

„Du dachtest, du würdest ein Gespenst sehen?"

Ich schüttle den Kopf. Er fährt fort, mit seiner Zungenspitze über meine Haut zu fahren, die Säule meines Halses nachzuzeichnen und gegen mein Ohrläppchen zu schnalzen. Erinnerungen daran, was er mit seiner Zunge zwischen meinen Beinen tun kann, verdrängen die rationalen Gedanken aus meinem Kopf.

Sein Körper presst sich an meinen, lang und muskulös und so richtig.

„Ich hätte sterben sollen. Seit ich rausgekommen bin, fühle ich mich die meiste Zeit halb tot."

„Aber… du hast kooperiert." Ich schlucke. „Ich hörte, dass du dich freiwillig für das Programm gemeldet hast."

Ich werde den Tag nie vergessen, als die Männer in Anzügen beim Haus meines Großvaters auftauchten. Zuerst schmierten sie mir Honig ums Maul. Sie versuchten, mir weiszumachen, dass ich für eine spezielle Studie auserwählt wurde. Mein Großvater und Tante stellten sich vor mich. Sagten, dass sie mich auf keinen Fall mitnehmen dürften.

Sie zogen Pistolen und baten mich, mitzukommen, oder sie würden meine Familie töten. Mein Großvater und Tante brüllten, dass ich mich verwandeln und fliehen sollte. Sie wollten mich nicht aufgeben.

Und jetzt sind sie tot.

Zorn vermischt sich mit Schmerz auf Nashs Gesicht. Seine Nasenflügel blähen sich, sein Kiefer zuckt. „Ich habe kooperiert. Zur Hölle, ich habe mich für die beschissene Studie freiwillig gemeldet. Bis ich herausfand, was sie dort machten."

„Meisterrasse", murmle ich und seine Augen blitzen löwenhell auf. Sein Griff in meinen Haaren spannt sich an.

Als ich zusammenzucke, lässt er mich sofort los und tritt zurück. „Du bist nicht lange, nachdem ich dich für mich beansprucht habe, entkommen."

Da ist es. Aber ich höre keine Anschuldigung in seinem Tonfall.

Dennoch überschwemmen mich Schuldgefühle. „Ich sah meine Gelegenheit und ergriff sie."

„Gut. Ich bin froh. Es hat die Dinge… leichter gemacht, dass ich wusste, dass du aus diesem Höllenloch entkommen warst." Der Wind nimmt zu. Ich zittere und er bewegt sich, um mich vor dem kühlen Wind abzuschirmen. Ich glaube nicht, dass er es bewusst tut, aber seine Fürsorge wärmt mich von Kopf bis Fuß.

 *ash*

DENALI IST ERBLEICHT und mein Löwe knurrt, weil er in Ordnung bringen will, was auch immer hier kaputt ist. Doch wie soll ein ruinierter Löwe irgendetwas reparieren?

„Es tut mir leid – ich war nicht in der Lage, zurückzugehen und dich rauszuholen." Ihre Finger krümmen und verschränken sich ineinander.

Meine Augenbrauen schnellen in die Höhe. Meine Fresse. Ist sie deswegen aufgebracht? Sie hat all die Zeit am Überlebenden-Syndrom gelitten?

Fuck, darüber weiß ich mehr als nur ein bisschen. Meine Flashbacks rühren nicht nur von meinen Erlebnissen bei Data-X her. Es sind auch viele von Afghanistan dabei.

Ich kann mich davon abhalten, ihre Schultern zu packen und sie an mich zu ziehen, bis wir Nase an Nase stehen. „Denkst du etwa, das hätte ich gewollt?" Ich will nicht so barsch klingen, aber ich muss sie dazu bringen, dass sie das versteht. Ich muss ihr helfen, die Schuldgefühle ziehen zu lassen. „*Niemals*. Ich wollte dich nie auch nur in der Nähe dieses Ortes haben. Dass du dich befreien konntest, war der einzige gottverdammte Trost, den ich dort drin hatte. Verstehst du das?"

Sie blinzelt zu mir hoch, ihre schokoladenbraunen Augen schimmern im Licht golden und karamellfarben. Sie hat sich ihre Nase piercen lassen, seit ich sie zuletzt sah. Ein winziger Goldring biegt sich um einen Nasenflügel. Es ist verdammt perfekt an ihr. Ihre Haare haben auch wieder ihre natürliche Braunfärbung. Als ich sie kennenlernte, hatte sie die krausen Löckchen zu einem dunklen Gold gebleicht.

Ihre Kehle bewegt sich, als sie schluckt. „Es tut mir leid."

Ich zwinge mich, sie loszulassen. „Nein, ich bin froh, dass du rausgekommen bist. Und ich verstehe, warum du dich versteckt hast."

Einen kurzen Augenblick versteift sie sich und mein Löwe weiß, dass wieder irgendetwas nicht stimmt, aber ich habe keinen blassen Schimmer, was es ist. Sie wechselt das Thema. „Ich hörte, das Labor ist niedergebrannt. Hast du…?"

„Yeah. Das war der Zeitpunkt, als ich rauskam", bestätige ich. „Und ich half auch dabei, das zweite Labor niederzubrennen. Wir haben beide Gebäude dem Erdboden gleichgemacht. Dr. Smyth ist tot."

„Gut", sagt sie leidenschaftlich. Unsere Blicke treffen sich und ausnahmsweise sind wir einer Meinung. Wir brennen beide auf Rache.

Sie räuspert sich und blickt nach unten auf ihre hübsch geschnittenen Fingernägel. „Ich bin aus Gewohnheit weggerannt. Jahre, in denen ich über meine Schulter schauen musste. In denen ich Angst hatte, dass mich jemand aufspüren und zurück zu diesem Labor schleifen würde. Ich schätze… ich sah dich und geriet in Panik."

Fuck sei Dank.

Nach ihrem Geständnis atme ich schneller als normal.

Sie hat keine Angst vor mir. Ihre Instinkte übermannten sie und sie rannte weg. Aber sollten ihre Instinkte ihr nicht sagen, dass ich nicht gefährlich bin? Dass ich der Kerl bin, der ihr niemals, jemals wehtun würde? Derjenige, der sterben würde, um sie zu beschützen?

Oder sind ihre Instinkte genauso beschädigt wie meine?

Mein Magen verknotet sich, als mir ein neuer Gedanke kommt. *Sie ist weggerannt, weil ich eine Gefahr für sie* bin. Ich hätte nicht herkommen sollen – ich bin eine verdammte tickende Zeitbombe. Aber ich klammere mich noch immer an die Hoffnung, dass es meinen kranken Löwen heilen wird, mit ihr zusammen zu sein.

Ich habe ihr nichts zu bieten außer einer beschädigten Seele und einem sterbenden Körper. Doch noch schlimmer ist, dass mich die Gewalt von innen heraus auffrisst. Und ich würde sie nie, niemals in Gefahr bringen. Ich bin nicht mein Vater.

„Und jetzt?"

Sie leckt über ihre Lippen und ich verfolge die Bewegung ihrer Zunge. Meine Hoden ziehen sich zusammen. „Es ist äh… schön, dich zu sehen. Ich bin froh, dass du es auch rausgeschafft hast."

Das ist keine Einladung. Nicht wirklich, aber ich kann meine Hände nicht daran hindern, zu ihren Hüften zu gleiten, dann nach hinten zu ihrem festen Hinterteil. Sie ist gebaut wie eine Sportlerin – mit langen, schlanken Läuferbeinen und einem perfekten, prallen Hintern.

Sie taumelt gegen mich, als ich sie näher ziehe. Sie leistet keinen Widerstand, aber gibt auch nicht nach. Natürlich hat sie keinen Grund, sich mir zu unterwerfen. Ihre Löwin mag ihren Gefährten erkennen, aber wir zwei? Wir sind im Grunde genommen Fremde.

Sie fühlt sie jedoch nicht wie eine Fremde für mich an.

„Wirst du mich in dein Haus einladen? Nur auf eine Tasse Kaffee oder so etwas?" Mein Löwe ist bereit, sie über meine Schulter zu werfen und sie schnurstracks in ihr Schlafzimmer zu tragen, aber der zivilisiertere Teil von mir ruft ihn zur Ordnung. Lass es langsam angehen. Sie flüchtete aus der Tür in der Minute, in der sie mich sah, um Himmels willen. Sie wird sich nicht auf den Rücken legen und sich auf dem Silbertablett anbieten.

Sie zögert. „Ja. Klar. Aber um vier muss ich woanders sein."

Ich lege meine Hand auf ihren unteren Rücken und führe sie zurück zu ihrem Haus. Als ich ihr hinteres Gartentörchen erreiche, bücke ich mich, um eine kleine lila Blume zu pflücken, und reiche sie ihr. „Lieblingsblume."

Ein Teil ihrer Skepsis weicht und ein Lächeln zupft an ihren Mundwinkeln. „Wildblume." Sie nimmt sie und hebt sie an ihre Nase. „Ich kann nicht fassen, dass du dich daran erinnerst."

„Ich erinnere mich an alles aus jener Nacht." Das ist die Wahrheit. Manchmal kann ich mich nicht einmal an meinen eigenen Namen erinnern, aber ich werde nie, niemals die Momente vergessen, die ich mit Denali verbrachte. Meiner Löwin.

～

DENALI

. . .

Die Tür schließt sich mit einem finalen Rumms. Sie haben mich nackt bei diesem Mann abgeliefert. Ich weiß nicht, wie lange ich schon in Gefangenschaft bin – eine Woche oder so – aber es ist lange genug, dass ich weiß, dass die Wachen Ärger bedeuten. Sie behandeln mich ganz anständig, aber andere Gefangene haben dieses Glück nicht.

Ein leises Knurren grollt in der Kehle des Mannes, aber nicht wegen mir. Seine Arme sind seit dem Moment beschützend um mich geschlungen, in dem sie das Laken wegzogen und mich in die Zelle gestoßen haben. Er ist groß, solide. Seine Haare sind so kurz, wie es beim Militär üblich ist, und seine Haltung erinnert mich an einen Soldaten. Aber er ist kein Mensch. Er ist ein Löwe wie ich.

„Also", ich atme geräuschvoll aus, „was machen wir jetzt?"

Er hält mich in seinen Armen, wobei er seinen Körper auf eine Weise neigt, die mich vor den Kameras verbirgt, wie mir bewusst wird. Ich bin groß und habe eine kräftige, athletische Figur, aber er ist sogar noch größer. Ich schmiege mich an ihn, dankbar für den Schutz.

„Sie sollten uns den Rest der Nacht in Ruhe lassen, wenn wir kooperieren", sagt er. „Ich bin Nash. Wie heißt du?"

„Denali Decker."

„Freut mich, dich kennenzulernen", erwidert er.

Ich trete einen Schritt von ihm weg. Meint er das etwa ernst? Das hier ist kein verfluchtes Date. Sowie ich mich von ihm löse, fallen seine Hände nach unten. Ich spüre, dass er sorgsam darauf bedacht ist, sich nicht zu bewegen, mir keine Angst zu machen, und das macht mich sogar noch wütender. „Was heißt es, zu kooperieren?"

Er blickt zum Bett und weg. Ich war lang genug an diesem Ort, um zu wissen, was er meint.

Ich schüttle den Kopf. „Das ist so abgefuckt." Ich wirble auf den Zehenspitzen herum und drehe mich zur Tür, bereit, zu schimpfen, an die Wände zu hämmern und zu verlangen, dass ich rausgelassen werde, dass ich mit etwas Anstand behandelt werde.

„Nicht." Es liegt eine Dringlichkeit in seinem Tonfall. Ich drehe mich um. Seine Schultern sind angespannt und in seinen Augen lodert es – nicht vor Wut oder Trotz. Nein, es ist Sorge. Warnung. Er hat Angst um mich. „Bitte, mach das nicht."

Beim Schicksal. So einen großen, kräftigen Krieger verängstigt zu sehen, jagt Blitze der Furcht durch mich. Welche Chance habe dann ich hier drin? „Du wirst dich nicht wehren?"

Er schüttelt den Kopf. „Nicht, wenn du hier drin bist."

„Du bist stark genug, um es mit ihnen aufzunehmen."

„Manche von ihnen. Aber nicht alle. Und dann werden sie dir wehtun."

Und damit verpufft mein Wagemut. Wem will ich hier etwas vormachen? Sie töteten mein Rudel direkt vor meinen Augen. Erschossen es mit schneller, militärischer Präzision. Meinen geliebten Großvater mit einer Kugel in den Schädel. Ich würde alles tun, damit ich in der Zeit zurückkreisen und stattdessen kooperieren könnte. Hätte ich das getan, hätte ich sie vielleicht gerettet.

Ich schlinge meine Arme um mich. „Also wir sollen einfach…" Ich nicke zum Bett. „Und wenn ich nicht…"

Wieder schirmt er mich von den Kameras ab und treibt mich rückwärts zu der Pritsche, ohne mich anzufassen. „Wir werden tun, was sie uns zu tun befehlen", sagt er, aber ich glaube, das ist mehr für die Zuschauer gedacht. Ich spüre, dass er versucht, mir etwas anderes zu vermitteln. Sein Blick ist eindringlich und enthält eine Botschaft. Oder ein Verspre-chen. Er wird mir nicht wehtun.

Meine Kniekehlen treffen auf die Pritsche und ich setze mich. Er geht vor mir in die Hocke, die Hände auf meinen Schenkeln. Die wortlose Kommunikation findet noch immer statt. Als wolle er mich nur mit seinen Gedanken dazu brin-gen, etwas zu verstehen.

Jede Zelle in meinem Körper ist sich der Nähe seiner masku-linen Gestalt plötzlich bewusst. Obwohl ich entsetzt von unserer Lage bin, setzt ein langsames Pochen zwischen meinen Beinen ein. Ich stelle mir vor, wie diese kräftigen Hände höher gleiten.

„Solltest du mir nicht zuerst ein Abendessen kaufen?", versuche ich zu scherzen.

Seine Daumen ziehen winzige Kreise auf meinen Innen-schenkeln.

Etwas flattert in meinem Bauch. Erregung? Das kann nicht sein.

„Das ist so abgefuckt", wiederhole ich. „Wir kennen einander nicht einmal."

„Gold", sagt er.

„Was?"

„Meine Lieblingsfarbe ist Gold. Was ist deine?"

„Ich... Lila." Wenn er dieses hirnverbrannte Spiel spielen will, während die Wachen über ihre Kameras zuschauen, warum soll ich da protestieren?

„Lila und Gold", sinniert er. „Die Farben des Königtums."

„Der Löwe ist der König der Tiere", merke ich trocken an und natürlich verdreht sich sein Mund bei dieser Ironie zu einem grimmigen Lächeln. Zwei mächtige Spitzenprädatoren, die gemeinsam in einer Zelle eingesperrt sind. Gezwungen, sich zu paaren.

Mir stockt der Atem. Mein Blick landet auf seinen Händen, groß und knochig. Kraftvoll genug zum Töten, aber seine Berührung ist sanft. Vielleicht wird die heutige Nacht gar nicht so schlimm werden. Beim Schicksal, was wenn es tatsächlich... gut wird?

Als ich seinem Blick begegne, beobachtet er mich. Meine Wangen werden heiß.

„Lieblingsblume?", fragt er.

„Ich habe keine. Ich mag, was auch immer gerade blüht – und in der Wildnis wächst."

„Wildblumen." Er neigt seinen Kopf zur Seite und ein schiefes Lächeln breitet sich auf seinem hübschen Gesicht aus. Es lässt ihn jünger aussehen, beinahe jungenhaft. „Siehst du?" Er drückt spielerisch mein Bein. „Wir lernen uns schon kennen."

ICH BLINZLE die Blume an und zwinge mich, nicht zu zittern. Nash und ich hatten eine gemeinsame Nacht, aber sie schien eine Ewigkeit zu umspannen.

Er steckt die Blume hinter mein Ohr und ich keuche wegen des Zustands seiner Fingerknöchel, der geschwollenen, lädierten Haut. Warum hat er sich nicht regeneriert? Irgendetwas stimmt mit seinem Löwen nicht.

„Was ist mit deinen Händen passiert?"

„Kämpfe."

Panik raubt mir den Atem. „Data-X?"

Gewalt flirrt in der Luft allein bei der Erwähnung des sadistischen Unternehmens, das von der Regierung unterstützt wird und uns einsperrte. Das Unternehmen, das mir die Kontrolle über meinen Löwen versprach, doch letzten Endes nichts anderes war als Gendiebstahl, erzwungene Paarungen und Belastungstests/folter.

„Nicht sie. Ich verdiene mir mit Kämpfen meinen Lebensunterhalt. Ich muss es tun. Mein Löwe – er muss kämpfen."

Ich nehme mir einen Moment, um noch einmal nach seinem Tier zu spüren. Es hat eine wilde, draufgängerische Art an sich, fast schon wie ein statisches Rauschen, das nie aufhört. „Er ist krank."

„Definitiv." Nash schiebt seine Arme plötzlich um mich und ich erstarre, als er sein Gesicht an meinen Hals presst. „Ich habe versucht, mich von dir fernzuhalten. „Aber ich brauche dich." Seine Stimme sinkt eine Oktave und nimmt einen gutturalen Klang an. „*Gefährtin.*"

Mir stockt der Atem. Ich habe diesem Mann nichts zu bieten. Ich komme selbst kaum über die Runden. Und dennoch ist es für mich buchstäblich unmöglich, ihn wegzustoßen.

Er braucht mich. Er ist gebrochen und ich kann ihn vielleicht heilen. „Schhh." Ich streichle seinen Rücken. „Es ist alles in Ordnung. Ich bin hier." *Für den Moment.*

„Denali, ich kann nicht…" Er hebt seinen Kopf und ich küsse ihn. Ich kann ihm nicht viel geben, aber ich kann ihm diesen Moment geben. Diese Verbindung. Körper, die gemeinsam Lust finden. Tiere, die miteinander kommunizieren.

Ich kann ihm geben, was er mir das letzte Mal gab. Ich kann es gut machen. Ich *will* das für ihn tun.

Oh, wem mache ich hier etwas vor? Ich will das hier auch für mich.

Sofort packen seine Hände meinen Hintern und er hebt mich spielend leicht hoch. Ich schlinge meine Beine um seine Taille und ziehe meine bedürftige Mitte über die Beule seiner Männlichkeit.

„Schlafzimmer?" Er hält gerade lange genug inne, um das fragen zu können.

„Zweite Tür auf der linken Seite." Ich lege meine Arme um seinen Hals und küsse ihn innig. Panik durchflutet mich einen Augenblick lang, als er beinahe in das falsche Zimmer stolpert, aber er tritt die richtige Tür auf und legt mich auf das Bett.

„Ist das okay?" Er runzelt die Stirn. Er weiß, dass ich etwas verberge. Oder er ist noch immer der Gentleman.

Ich setze mich auf und ziehe mein T-Shirt aus. Sein begehrlicher Blick landet auf der Rundung meiner Brüste über meinem roten BH. „Ich brauche dich." Das ist die Wahrheit. Ich ziehe ihn nach unten auf mich, weil ich mich nach seinem köstlichen Gewicht zwischen meinen Beinen verzehre. Der Geruch von Vanille und Zimt steigt zwischen uns auf. Ich küsse ihn hart und meine Zunge schlüpft zwischen seine Lippen. Ich sehne mich verzweifelt danach, dass er mit mir schläft, mir glaubt und keine Geheimnisse ausgräbt, die besser ungesagt bleiben sollten.

Eine Falte hat sich zwischen seine Brauen gegraben, aber das hält ihn nicht davon ab, das Kommando an sich zu reißen, wie ich wusste, dass er es tun würde. Er schiebt sich auf mich und lässt seine Hüften zwischen meinen Beinen nieder, während seine Zunge in meinen Mund stößt.

„Denali", haucht er, während seine Hand meinen Busen grob massiert. Er reißt die Körbchen meines BHs nach unten und stürzt sich auf einen Nippel, an dem er knabbert und saugt und zwickt, bevor er zum anderen übergeht.

Ich stöhne, meine Beine zappeln unter ihm und mein Becken stößt sich nach oben, um meine Mitte über seine Erektion zu reiben.

Ich ziehe sein T-Shirt nach oben und kratze mit meinen Fingernägeln über seine Haut. Er knurrt, seine Hüften rucken nach vorne.

„Hast du ein Kondom?", keuche ich.

Er weicht zurück und blinzelt, während das bernsteinfarbene Leuchten seiner Augen zu haselnussbraun verblasst. „Yeah." Seine Stimme ist zwei Oktaven tiefer als gewöhnlich. Er fischt seinen Geldbeutel hervor und zieht ein Kondom aus diesem.

Ich greife nach dem Knopf an seiner Jeans, aber er packt meine Handgelenke und fixiert sie neben meinem Kopf. „Ich muss dich zuerst schmecken", knurrt er.

Oh beim Schicksal, ja.

„Wirst du ein braves Mädchen sein und deine Hände hier oben lassen, während ich dich lecke, Baby? Oder muss ich dich fesseln?"

Heiliger Bimbam, es ist, als wäre er direkt in die Fantasie gesprungen, die ich vorhin hatte.

Ich drücke mit meinen Handgelenken gegen ihn. „Ich bin nie ein braves Mädchen."

Es ist eine Herausforderung und ich weiß nicht, ob er darauf eingehen wird. Wir kennen einander eigentlich nicht gut genug für Sexspielchen. Zum Teufel, ich weiß nicht einmal genug über Sex mit anderen Gestaltwandlern, um zu wissen, ob diese Art des Spiels überhaupt sicher ist.

Aber es fühlt sich so richtig an. Und Nashs antwortendes Grinsen ist die reine Sünde. Er hält meine Hände mit einer seiner großen fest, dreht mich herum und öffnet den Verschluss an meinem BH.

„Weißt du, was mit bösen Mädchen passiert, Denali?" Er fesselt meine Hände innerhalb von Sekunden mit dem BH. Ein echter Pfadfinder. Oder Soldat.

„Was?"

Er rollt meine Hüften auf die Seite und schlägt mir auf den Hintern. Es ist ein harter, gebieterischer Schlag und er fährt direkt in meine Mitte. Meine Pussy verkrampft sich und ein zittriges Wimmern entschlüpft meinem Mund.

Sein Grinsen wird breiter. „Oh Baby, ich habe mir eintausend Nächte vorgestellt, dass ich dich wieder für mich beanspruchen würde, aber ich habe es mir nie so ausgemalt."

Ich lecke mir über die Lippen. Mein Hintern kribbelt dort, wo er mich geschlagen hat und das Pulsieren in meiner Klit verlangt all meine Aufmerksamkeit. „Warum nicht?"

Er stößt einen harschen Fluch aus und verpasst mir noch einen Hieb, zwei, dann dreht er mich wieder auf meinen Rücken und öffnet den Knopf an meiner Shorts. „Brauche diese Pussy", knurrt er. „Muss sie schmecken."

Ich bin unfassbar feucht, als er mir schließlich meine Shorts vollständig auszieht. Er ist noch immer angezogen und ich bin vollständig für ihn entblößt, was mich nur noch mehr erregt. Ich schiebe meine Beine weit auseinander, während er sich meinen bebenden Bauch hinabküsst. Er schnalzt mit seiner Zunge gegen meinen Bauchnabel, dann leckt er sich weiter nach unten. Indem er seine Hände unter meine Knie hakt, spreizt er mich weit.

„Ist das alles für mich, Baby?", fragt er, bevor er meine inneren Lippen mit seiner Zunge nachfährt.

Ich zucke unter ihm, aber er drückt mein Becken nach unten und macht sich ans Werk.

Und er meint es definitiv ernst.

Ich habe Nashs Fähigkeiten im Bett nicht vergessen, aber nach einer derartig langen Trockenperiode sind sie sogar noch verheerender. Jede Bewegung seiner Zunge bringt mich zum Stöhnen. Meine Handgelenke sind mit meinem BH gefesselt, aber er ist an nichts fixiert, weshalb ich meine Hände senke, um seinen Kopf zu packen. Er hat nicht genug Haare, um an ihnen ziehen zu können, aber ich drücke ihn nach unten und hebe mein Becken, um mich an ihm zu reiben.

Er spielt mit meinen äußeren Lippen und beißt mich zärtlich.

Ich stöhne und winde mich, denn ich brauche mehr.

Er saugt an meiner Klit, dann führt er zwei Finger in mich ein.

Ich fange beinahe sofort zu kommen an, als er mich grob fingert und seine Knöchel in mich rammt, um tiefer zu gelangen, während seine Zunge in schnellem Tempo über mein empfindlichstes Nervenbündel leckt.

„Nash!"

„Aw, das ist es, Baby. Komm für mich. Ich muss sehen, wie du kommst."

„Ja, *ja!*", schreie ich. Meine Pussy drückt ihn und gibt ihn frei, während der Sturm durch mich fegt.

Er verlangsamt die Bewegung seiner Finger, bis sie eine langsame Wellenbewegung wird. Anschließend umfasst er meinen Venushügel besitzergreifend. Er stemmt sich über mich und küsst mich hart, mein Aroma auf seinen Lippen.

Er wickelt den BH von meinen Handgelenken, während er mich küsst, doch dann überrascht er mich, indem er mich auf meinen Bauch dreht und meine Handgelenke hinter meinen Rücken bindet.

Oh supi.

Ich hatte noch nie so Sex. Nie verspielt. Nie kinky. Nash war bereits der Inbegriff maskuliner Attraktivität für mich, aber das hier? Das ist wie Sex in einer anderen Dimension. Es ist jede Fantasie und Sehnsucht, die ich hatte, plus all die, die ich mir nie zu erträumen gewagt habe, in einem hübschen Paket.

„Da es dir so schwerfällt, deine Hände ruhig zu halten, werde ich dir etwas mehr Unterstützung geben müssen." Nashs Atemzüge sind kurz, als würde er bereits nach Erleichterung keuchen.

Er hat mich schon zweimal zum Orgasmus gebracht – er muss Hoden in der Farbe von Heidelbeeren haben.

„Und ich denke, dir gefällt es, wenn man dir auf den Hintern schlägt, nicht wahr, Baby?"

Ich spanne mich in Erwartung weiterer Hiebe an, doch es kommen keine. Ich realisiere, dass er auf meine Antwort wartet.

„Ja", gestehe ich.

„*Ja, Sir*, ist normalerweise die richtige Antwort." Es schwingt ein Lachen in seiner Stimme mit.

Ich bin ganz hin und weg allein, weil er *weiß*, wie das hier funktioniert. Was auch immer *das hier* ist.

„Ja, Sir." Meine Stimme ist so heiser, dass ich sie nicht wiedererkenne.

Er hebt meine Hüften, bis meine Knie unter mich rutschen, sodass ich auf meinem Oberkörper ruhe und mein Hintern in die Luft ragt. „Mmm, nun das ist ein hübscher Anblick." Er schlägt mir ein paarmal auf den Hintern. Ich will mehr, doch er greift nach dem Kondom. Ich höre das Knistern der Verpackung und dann ist er da und presst sich an meinen Eingang.

„*Ja.*" Ich spreche das Wort aus, als wäre sein Penis mein Erlöser. Vielleicht ist er das auch. Ich will ihn so sehr. Will spüren, wie er mich füllt. Mich beansprucht. Mich benutzt.

Er stöhnt, als er sich in mich schiebt. Sein großer Penis ist im perfekten Winkel, um sich tief in mich zu stoßen. Seine Hände packen meine Hüften und seine Finger bohren sich in meine Haut. Er bewegt sich nicht. Ich fühle seine Schenkel an meinen zittern und das Pulsieren seiner dicken Männlichkeit in mir.

„Fuck, Denali. Fuck. Du fühlst dich so gut an. Besser als in meiner Erinnerung. Besser als alles." Er plappert. Bietet seine Worte den Göttern des Sex an. Der Löwen und Löwinnen.

Endlich bewegt er sich. Raus und dann *rein*. Er rammt sich in mich, als könnte er die halbe Sekunde des Rückzugs nicht ertragen. „Baby, ich verliere schon den Verstand."

Wer bin ich, dass ich mich darüber beschwere? Er hat mich bereits zweimal zum Höhepunkt gebracht. Aber ich beginne, Befehle zu erteilen. „Vögel mich, Nash. Ich brauche es härter."

Er flucht und hämmert sich in mich, füllt mich dermaßen mit seiner Härte, dass ich auch den Verstand verliere. *Klatsch-klatsch-klatsch*. Seine Lenden krachen gegen meinen Hintern, seine Hoden erwischen meine Klit. Er treibt sich tiefer und härter und schneller in mich.

Meine Augen rollen nach hinten in meinen Kopf, meine Zähne klappern.

Sein Brüllen hallt von den Wänden. Ich schreie. Wir kommen beide in einem monumentalen Orgasmus.

Bevor ich mich erholen kann, hat er meine Hände von dem BH befreit und drückt mich auf meinen Bauch. Seine Finger legen sich auf meine und verflechten sich mit ihnen, während er mich langsam vögelt. Dieses Mal lässt er sich Zeit, als würde er auskosten, wie ich mich anfühle. Oder als wolle er nicht, dass es endet.

Zum Teufel, ich will das auch nicht.

Ich bin überwältigt. Ich umkreise noch immer den Mond.

Nashs Mund findet meinen Hals. Er beißt und küsst und saugt. Zeichnet die Stelle nach, an der er mich markierte.

Meine Pussy drückt seinen Penis. Meine Löwin schnurrt.

Nash lässt eine meiner Hände los und schiebt seine unter meine Hüften. Während er sich nach wie vor in mich rein und raus bewegt, massiert er träge meine Klit. Ich bin nicht bereit, noch einen Orgasmus zu haben. Ich bin zu entspannt. Zu befriedigt.

Nash ist nicht in Eile. Es ist jetzt nur Lust um der Lust willen. Kein Sprint zur Ziellinie. Nur zwei Körper, die miteinander kommunizieren. Zwei Tiere, die schnurren.

Mein Verstand will um dieses Problem rasen. Sich überlegen, was ich mit Nash tun soll, wenn wir fertig sind. Wie ich unsere Verbindung umgehen kann. Aber meine Löwin erlaubt meinem Verstand einfach nicht, auch nur einen Gedanken zu Ende zu denken. Es gibt nur die Richtigkeit, dass sich Nash in mir bewegt, die Herrlichkeit seiner Berührung, seines Duftes.

Und gerade als ich den Punkt erreiche, an dem Nash entweder aufhören oder weitermachen muss, schlägt er zu – schnell und kraftvoll. Ich finde mich auf dem Rücken wieder und Nash schiebt meine Knie weiter auseinander, um Platz für seine Schenkel zu machen. „Muss dich noch einmal vögeln, meine Königin." Er stößt sich in mich.

Ich keuche wegen der Wucht des Stoßes. Mein Mund öffnet sich zu einem Schrei, mein Kopf fällt nach hinten und mein Kinn wölbt sich zur Decke.

Und dann rammt er sich wieder hart in mich. Der König der Tiere hämmert sich bis zum Anschlag in mich.

Lichter explodieren hinter meinen Lidern. Ich hänge in der Luft – werde in eine Explosion sinnlicher Freuden geschleudert. Ich glaube, das fauchende Geräusch kommt von mir, aber ich kann mir nicht sicher sein. Das Zimmer erzittert von unserem Brüllen, das Bett kracht gegen die Wand.

Er vögelt mich viel zu hart, aber ich liebe jede Sekunde davon. Ich verzehre mich nach diesen kraftvollen Stößen, brauche mehr, mehr, mehr.

„Ja, Nash – *ja*!", schreie ich. Meine Nägel bohren sich in seinen Rücken, ich glaube, ich beiße ihn, auch wenn ich nicht weiß wo. Meine Augen rollen nach hinten in meinen Kopf und der Raum dreht sich.

„Nash, oh beim Schicksal, Nash", murmle ich und skandiere seinen Namen in Dauerschleife, bis sich die Wogen glätten und ich auf einem reglosen, ruhigen Bett aus Decken treibe.

Nash bricht neben mir zusammen. Seine Brust hebt und senkt sich in rascher Folge und Schweiß funkelt in seinen hellbraunen Brusthaaren. Ich zeichne die Tattoos auf seiner Brust nach. Er dreht sich zu mir und streichelt mit einer Hand meine Seite hoch, um einen Busen zu umfangen. „Sag meinen Namen weiterhin so, meine Königin, und ich werde dich nie wieder aus diesem Bett raulassen."

Nash

MEINE WELT – nein mein ganzes Universum – hat sich gerade verschoben und neu angeordnet. Hierher gehöre ich. In Denalis Bett. Wo ich meine Gefährtin befriedige.

Doch ich habe ihr nichts anderes zu bieten als ein ruiniertes Tier und einen Mann, der mit seinen Fäusten für sein Abendessen kämpft.

Mein Biest streckt entspannt die Pfoten, während neue Kraft durch meine Adern strömt. Allein mit Denali zusammen zu sein, mich wieder mit ihr zu paaren, belebt meinen zerfetzten Geist neu. Ich weiß nicht, warum ich meine Gefährtin so sehr brauche, aber das tue ich. Es ist das erste Mal, dass ich meinen Kopf gehoben und mich umgesehen habe, seit ich aus dem Labor ausbrach. Nein, seit der Zeit vor Afghanistan.

Denali schaut mich nicht an und ist in ihren eigenen Gedanken versunken.

Beim Schicksal – ich habe keine Ahnung, was sie von all dem hier hält. Unsere körperliche Anziehungskraft lässt sich nicht leugnen, ja. Aber auch wenn sie zufrieden wirkt, strahlt sie nicht die *lass uns zusammenziehen und glückliches Pärchen spielen* Energie aus. Nein, sie sendet definitiv eine Einzelgänger-Löwin Aura aus. Eher so etwas wie, *danke für die Orgasmen, man sieht sich auf der anderen Seite.*

Ich sollte ihr Freiraum geben.

Kein Freiraum, knurrt mein Löwe. *Lass sie nicht noch einmal aus den Augen.*

Aber das ist verrückt. Ich bin kein Stalker. Okay, yeah, ich habe sie gerade einen Hügel hochgejagt und sie auf den Boden geworfen, aber ich konnte einfach nicht anders.

Und das ist genau der Grund, aus dem ich ihr Freiraum geben muss. Meinem Löwen geht es nicht gut. Ich bin gefährlich. Und ich will das hier definitiv nicht vermasseln.

Ich setze mich auf und rolle vom Bett, weil mir einfällt, dass sie um vier Uhr gehen muss.

∼

DENALI

„WIE VIEL UHR IST ES?" Ich greife nach meinem Handy und es durchläuft mich heiß und kalt. Es ist fast vier Uhr. „Ich muss los." Ich stehe auf und greife nach meiner Shorts.

„Ich weiß." Nash bückt sich, um seine Stiefel zu schnüren, wobei seine prächtigen Muskeln in dem warmen Nachmittagslicht glänzen. Es liegt eine Schwere in seinem Tonfall, die dafür sorgt, dass sich meine Brust zusammenzieht.

Er weiß, was ich sagen werde.

Also sage ich es. „Ja. Du solltest gehen." Ich drehe mich zur Wand, während ich in ein Shirt schlüpfe und das Gesicht verziehe, weil ich so kalt klinge. „Es tut mir leid. Ich habe ein Leben. Einen Job."

Ich höre kaum einen Schritt, bevor er bei meinem Rücken ist. „Das hier ist nicht vorbei, Denali."

Mein Herz macht einen Satz und gerät ins Schleudern. Natürlich nicht. Es ist zu viel verlangt, noch einen Nachmittag miteinander zu teilen und dann getrennter Wege zu gehen.

„Ich bin spät dran. Ich muss los. Bitte, Nash." Ich drehe mich um, um ihn anzuflehen.

Seine Miene ist verschlossen. Er nickt.

„Es ist vermutlich keine gute Idee, dass du zurückkommst."

Nun, das kam viel zu wischi-waschi raus. Meine Löwin bringt nämlich mein Gehirn durcheinander. Sie will nicht, dass er geht. Ich bin mir nicht einmal sicher, ob ich will, dass er geht. Aber ich muss definitiv mit Vorsicht weitermachen. Es geht hier nicht nur um mich. Ich muss Nolan beschützen.

Seine finstere Miene verrät mir, dass er nicht einer Meinung mit mir ist.

„Begleitest du mich zur Tür?"

Er eskortiert mich mit einer Hand in meinem Rücken zur Tür. Stets der Gentleman. Er hatte gute Manieren, sogar als wir in einer Zelle eingesperrt waren.

„Also wo wohnst du? Wie kann ich dich kontaktieren?"

„Ich bin in San Diego. Nicht weit weg. Ich werde dir meine Nummer geben."

Ich gebe seine Telefonnummer in mein Handy ein. Er fragt im Gegenzug nicht nach meiner, aber wenn er mich hier gefunden hat, dann hat er sie wahrscheinlich schon. „Es war schön, dich zu sehen." Ich meine es ernst. Auch wenn mich sein Erscheinen aufwühlt, hasse ich es, mich von ihm verabschieden zu müssen. Ich schließe die Tür ab. „Ich muss los." Ich küsse ihn auf die Wange – und jogge zu meinem Auto. Irgendwie kommt er dort vor mir an und öffnet mir die Tür.

Ich steige ein und konzentriere mich darauf, das Auto anzulassen, wobei ich ihn ignoriere, als er sich über mich beugt. „Es tut mir leid", wiederhole ich. „Aber ich bin spät dran. Ich muss wirklich los."

Ich fahre aus der Einfahrt und lasse ihn dort stehen, von wo er mir hinterhersieht. Alles in mir will umdrehen, in seine Arme rennen und ihm alles erzählen.

Ich schüttle den Kopf und die Blume fällt aus meinen Haaren. Irgendwie ist sie sogar während unseres Liebesspiels hängen geblieben. Bis jetzt. Sie liegt auf dem Boden, angeschlagen, aber noch immer hübsch. Wie der Löwe, den ich zurückließ. Ein brutaler Kämpfer mit einem kranken Tier. Mein Gefährte.

Was zum Teufel soll ich nur tun?

~

Nash

ICH FOLGE Denalis verbeultem Kombi durch die Stadt. Sie verbirgt etwas. Normalerweise würde ich keiner Frau nachstellen, aber mein Löwe besteht darauf. Sie ist meine Gefährtin. Auch wenn ich nicht in der Verfassung bin, mich um sie zu kümmern.

Sie hat sich hier etwas Gutes aufgebaut. Laut den Informationen, die mir Sam weitergeleitet hat, hat sie ihr eigenes kleines Geschäft, bei dem sie Besorgungen für ältere Leute, die das Haus nicht verlassen können, macht und für diese sorgt. Sie bezahlt fast alles in bar. Sie lebt noch immer größtenteils unauffällig und hält sich bedeckt.

Ihr altes Auto fährt über eine orangene Ampel und ich fahre über den Parkplatz einer Tankstelle, um sie im Blick zu behalten. Sie hat keinen Witz gemacht, als sie meinte, sie wäre spät dran. Entweder das oder sie fährt wie eine Irre. Egal. Ich hole sie mühelos wieder ein und fahre fast auf ihr Auto auf. Sie bemerkt nicht, dass ich ihr folge. Leichte Falten der Konzentration runzeln ihre Stirn.

Mein Löwe bewundert sie. Er war nicht glücklich seit... jemals. Mein Tier wurde in Blut geboren und wird von Kämpfen hervorgerufen. Ich habe es nie als etwas anderen als einen eiskalten Killer gekannt.

Außer bei Denali. Ich trommle mit den Händen auf das Lenkrad und realisiere, dass ich grinse.

Sie hat mich in ihr Bett gelassen, auch wenn sie nicht übermäßig glücklich war, mich zu sehen. Aber danach war sie auf jeden Fall in Eile, mich aus ihrem Leben zu schmeißen. Das zeigt nur, dass sie klug ist. Aber egal. Auch wenn ich es nicht sollte, werde ich sie nicht einfach gehen lassen.

Sie stoppt kurz bei einem Lebensmittelgeschäft und kommt mit zwei Tüten raus, bevor sie weiterfährt. Sie muss noch mehr Besorgungen zu erledigen haben, denn sie fährt nicht nach Hause, sondern wieder auf die Hauptstraße, bis sie auf den Parkplatz eines niedrigen Gebäudes mit einem eingezäunten Spielplatz fährt.

Was macht sie bei einer Preschool?

Denali verschwindet in dem Gebäude. Eine Minute später kommt sie heraus und hält die Hand eines kleinen Jungen.

Mein ganzer Körper erstarrt zu Eis.

Ein Junges.

Sie hat ein Junges. Aber... wer ist der Vater? Sie war

nicht schwanger, als sie mich kennenlernte und ich habe sie markiert. Wer würde es wagen, sie danach anzurühren? Ein Mensch? Während ich den roten Schleier wegblinzle, ertönt ein knirschendes Geräusch. Ich habe das Lenkrad zerbrochen. Ich reiße die Autotür auf, meine Beine rennen über den Gehweg. *Mein*, knurrt mein Löwe. *Mein*.

Denali schaut auf. Schock und Angst huschen über ihr Gesicht, gefolgt von Wut. Der kleine Junge hat den Kopf gesenkt und bemerkt nichts. Sie tritt vor ihn.

„*Bleib stehen*, Nash." Ihre Brust hebt und senkt sich. Sie macht sich auf einen Kampf mit mir gefasst. Mama Löwin ist bereit, ihr Junges zu beschützen.

Denkt sie, dass ich ihm wehtun werde?

Nun yeah, ich stürmte stinksauer aus dem Auto. Es ist richtig von ihr, mich zu fürchten. Zur Hölle, sogar ich fürchte meinen Löwen die meiste Zeit.

Die Würze ihres Geruchs dringt in meine Nase und ich bleibe abrupt stehen. Der kleine Junge späht um sie herum. Ich atme scharf ein.

Sein Gesicht und Haare entsprechen Denalis, nur einige Schattierungen heller. Aber die Augen des Jungen sind grün wie meine.

~

DENALI

NEIN, nein, nein.

„Nash", warne ich. „Verschwinde."

Das tut er, indem er vom Gehweg tritt. Ich scheuche Nolan an ihm vorbei und setze meinen Sohn in seinen Autositz.

„Hier, Baby." Ich reiche ihm ein Trinkpäckchen und seinen üblichen Snack. *Bleib einfach ruhig. Verhalte dich normal.* Auch wenn all meine Pläne den Bach runtergegangen sind.

„Wer ist das, Mama?"

Ich blicke zurück. Nash steht zur Salzsäule erstarrt da und schaut Nolan unverwandt an. Seinen Sohn.

„Er ist ein… Freund."

Nolan atmet tief durch die Nase ein und schnuppert. „Er ist wie ich. Er ist ein Löwe."

„Ja, Baby. Aber wir reden in der Öffentlichkeit nicht über unsere Tiere, weißt du noch?" Ich schließe die Autotür und laufe zu Nash.

Verdammt, das ist so verkorkst.

„Was zur Hölle?", würgt Nash hervor.

„Ruhig", zische ich, obwohl er nur ausgesprochen hat, was ich gerade denke.

„Wer ist das?"

„Mein Kind." Ich recke mein Kinn und weiche nicht von der Stelle.

„Wie alt ist er?"

Ich schließe die Augen und versuche, den Moment mit meinen Gedanken zu verjagen. Ich habe ihn mir hunderte, tausende Male vorgestellt. Ich weiß nicht, ob ich wollte, dass es passiert, oder ob ich einfach wusste, dass es passieren würde.

„Denali, wie alt?"

„Drei", wispere ich. „Er ist drei." Mir ist ganz schwindelig, denn ich bin hilflos und kann diesen Moment nicht stoppen. Die vergangenen drei Jahre hat sich mein ganzes Leben nur darum gedreht, diese eine Schwachstelle zu beschützen: meinen süßen Jungen, der im Moment Kräcker isst und seinen Saft in seinem Autositz trinkt.

„Er ist mein Sohn." Er macht Anstalten, sich an mir vorbeizuschieben, aber ich trete ihm in den Weg.

„Bleib zurück", warne ich.

Er stoppt und reckt den Hals, um an mir vorbeizuschauen. „Du willst mich nicht in seiner Nähe haben." Es ist eine Aussage, keine Frage und sie trifft mich wie ein Schlagstock in die Rippen.

Er hat recht, das will ich nicht.

Und dennoch, habe ich mir nicht eintausend Mal gewünscht, dass Nolan seinen Daddy in seinem Leben hat? Habe ich mir nicht vorgestellt, was für ein guter Vater Nash sein würde?

Aber das war ein anderer Nash. Einer, den ich aus Erinnerungen und Fantasie zusammenbastelte. Einer, der nicht existiert. Dieser Nash sieht aus, als könnte er kaum am normalen Leben teilnehmen.

Meine Schultern sacken zusammen. „Nash, ich – ich will nur nicht, dass er verletzt wird. Ich kann nicht zulassen, dass er sich an jemanden gewöhnt, der kein Teil seines Lebens sein wird."

Ein Muskel an Nashs Kiefer zuckt. „Wer sagt, dass ich nicht in der Nähe bleiben werde?"

Ich presse meine Lippen zusammen. „Ich habe nie gesagt, dass du das tun könntest."

Das ist die falsche Antwort. Er hat vom Gesetz her das Recht, am Leben seines Sohnes teilzuhaben, ob ich das nun will oder nicht, aber er fechtet meine Worte nicht an. Er reibt über seinen stoppeligen Kiefer, während er nach wie vor versucht, an mir vorbei zu unserem Sohn zu spähen.

Die rauschende Aura, die seinem Tier anhaftet, wird lauter.

Ich erschaudere und meine Löwinnensinne verraten mir, dass ich einen Fehler begangen habe, aber ich ignoriere sie.

„Du hast einen Sohn." Das Staunen in seinem Tonfall hätte mehr Sinn gemacht, hätte er gesagt: *wir haben einen Sohn*. Diese Auslassung bringt eine ganze Reihe Alarmglocken bei mir zum Klingeln.

„Ja. Sein Name ist Nolan. Er ist ziemlich fantastisch." Ich ignoriere den drängenden Wunsch, Nash von Nolan zu erzählen – ihm jeden Meilenstein, den er verpasst hat, zu zeigen und genießen zu lassen. Dass er mit mir über die Niedlichkeit lacht, die ich auf täglicher Basis erlebe. Dass er ihn so sehr liebt wie ich.

„Denali", würgt Nash hervor. „Ich wusste es nicht."

Ich kann mich nicht stoppen, die Worte purzeln aus meinem Mund und dehnen sich zwischen uns aus. „Komm dieses Wochenende zurück. Vielleicht können wir zu einem Park gehen und dort etwas Zeit verbringen oder so etwas. Du kannst ihn kennenlernen. *Wenn* du ihm nicht erzählst, dass du sein Dad bist."

AGENT DUNE

CHARLIE KLETTERT AN DEM SEIL HOCH, das von dem Oberlicht der Villa seiner Zielperson hängt, und schlüpft nach draußen, bevor er die kuppelförmige Abdeckung wieder an Ort und Stelle schiebt und versiegelt.

Die Wanzen wurden erfolgreich im Haus des internationalen Schmugglers Duke Ducey angebracht. Er musste von seinem persönlichen Ausflug in Tucson zurückkehren, um diese Befehle auszuführen.

Leise wie eine Katze schiebt er sich über den Rand des Daches, lässt sich an seinen Händen nach unten hängen und katapultiert seinen Körper weg von dem Haus über den zwei Meter hohen Metallzaun. Er landet geräuschlos in einer tiefen Hocke, zieht die schwarze Maske ab, die seine helle Haut verdeckte, und hält sich in den Schatten, während er rasch den Block hochläuft zu der Stelle, wo er ein Auto im Schutz einiger Büsche geparkt hat.

Er ruft seine Kollegin an, während er wegfährt. „Es ist erledigt. Der Feed sollte live sein. Überprüf es."

„Bin bereits dran", singt Agentin Ann Gray. Das Klackern ihrer Finger, die über die Tastatur fliegen, ist im Hintergrund zu hören. Sie ist eine über dreißigjährige Analytikerin – war nie im Außendienst, aber ist ein Genie in Sachen Informationssicherheit und -übertragung. „Jepp, der Feed ist live. Ich werde ihn auf dem Degas Server und deinem speichern lassen. Noch irgendetwas, das ich überwachen soll?"

„Nein, ich kümmere mich darum." Er zögert. „Du musst für mich allerdings noch etwas anderes recherchieren. Für einen anderen Fall."

„Darauf kannst du wetten. Was ist es?"

„Ein Labor in Mexico City, das vor achtzehn Monaten niedergebrannt ist."

Sie verstummt. „Ist das eine persönliche Bitte?" Ihre Stimme klingt angespannt.

Fuck. Er kennt Gray nicht so gut, dass er sie einfach um diesen Gefallen bitten kann. Sie scheint es jedem rechtmachen zu wollen, aber das bedeutet auch, dass sie erpicht darauf ist, es den Vorgesetzten rechtzumachen. *Seinen und ihren* Vorgesetzten.

Denjenigen, die ihm sagten, er solle seine Nase nicht mehr in den Data-X Fall stecken. Seine Aufgabe hatte darin bestanden, ihn zu vergraben. Nicht ihn auszugraben.

Sie wissen nicht, was Sie sind. Der Hohn von Jared Johnson, dem Käfigkämpfer, den er in Tucson festnahm und befragte, klingelt in seinen Ohren.

Er hatte Nashs Bekannte – diejenigen, die mit dem Laborfeuer in Verbindung standen – nach Arizona verfolgt, wo sie einen weiteren Kampf organsierten. Charlie ging dort rein, aber die örtliche Polizei tauchte auf und ließ ihn auffliegen. Seine einzige Option bestand darin, das Kommando zu übernehmen – um sicherzustellen, dass sie Jared, einen der Kämpfer, zur Befragung mitnahmen. Denn Charlie sah, wie sich seine Augen veränderten, genauso wie es Nashs in Afghanistan getan hatten. Genauso wie sich die Augen seines Vaters, seiner Erinnerung nach, verändert hatten. Jared ist einer von ihnen – den Supermenschen, die in dem Data-X Labor, das von der Regierung finanziert wurde, erschaffen oder verbessert wurden. Und Charlie muss mehr über das Projekt wissen. Wie sein Vater damit in Verbindung stand. Was mit ihm passiert ist.

Seine Freigabe für Regierungsangelegenheiten war jedoch nicht hoch genug, um an diese Informationen zu gelangen. Er wollte dieser Sache selbst auf den Grund gehen. Und nach Jareds Bemerkung war die Suche zu etwas geworden, das über reine Neugierde hinausging. Jetzt grenzt sie an Besessenheit.

Er hatte jeden in Jareds Umfeld recherchiert – von seiner hübschen blonden Anwältin zu ihrem Partner Garrett Green, dessen Name hinter den Lagerhäusern steckt, wo die illegalen Kämpfe in Tucson abgehalten wurden, zu Garretts Schwester Sedona, für die es eine Vermisstenmeldung in Mexiko gab. All die Leute, die mit den Kämpfen assoziiert werden, waren zum Zeitpunkt des Laborfeuers in Mexico City, genauso wie die Käfigkämpfer aus San Diego bei dem Data-X Feuer involviert waren.

Dennoch hatte er in den Regierungsakten zu dem Feuer in

dem Labor in Mexico City nicht viel gefunden. Nicht einmal zensierte Informationen, die für seine Gehaltsklasse nicht freigegeben waren.

„Ja, es ist persönlich." Er atmet geräuschvoll aus und wartet.

Gray wartet einen Augenblick. „Werde ich in Schwierigkeiten geraten, wenn ich nachschaue?"

Er erkennt seine Gelegenheit. Sie hat es noch nicht abgelehnt. Sie will helfen. „Mir wurde kein direkter Befehl erteilt, keine Ermittlungen anzustellen."

Sie lässt ein ersticktes Lachen verlauten. „Das liegt vermutlich daran, dass niemand weiß, was du im Schilde führst."

Weiß sie es? Sie muss etwas über Mexiko wissen, um seine Motive infrage zu stellen.

„Verrate mir etwas, Dune. Warum hast du ein so großes Interesse an diesen Laborfeuern? Hast du jemanden verloren?"

Er zögert. „Ja." Es ist eine Lüge, aber er hofft, dass er damit ihr Mitleid gewinnen wird. Das könnte allerdings ein großer Fehler sein. Falls sie denkt, dass er auf Rache aus ist, wird sie ihm vielleicht gar keine Informationen geben.

„Es tut mir leid." Ihre Stimme ist leise. „Ich werde mich über das Labor schlaumachen. Ich glaube allerdings nicht, dass wir irgendetwas damit zu tun hatten."

„Den Eindruck habe ich auch gewonnen. Alles, das du finden kannst, würde helfen – was sie erforscht, mit wem sie experimentiert haben. Danke, Gray."

„Eines Tages werde ich vielleicht einen Gefallen von dir einfordern müssen."

Seine Mundwinkel biegen sich nach oben. Gefallen für Gefallen. Was könnte die reizende, gehe-auf-Nummer-sicher Ann Gray von ihm brauchen?

Faszinierend.

„Dann weißt du jetzt, zu wem du kommen kannst." Er beendet den Anruf und verstaut sein Handy.

Bald. Nach einem Leben, in dem er sich fragte, wer – nein, was – sein Vater war, würde er vielleicht endlich die Antworten bekommen.

 *ash*

ICH SITZE auf einer Parkbank und schaue dem kleinen Jungen namens Nolan beim Spielen in der Sandkiste zu. Er ist aufgeweckt und konzentriert, während er einen Eimer füllt und den Sand mit einer Schaufel plattklopft. Kluges Kind.

Mein Junge. Mein Sohn.

Mein Magen macht einen Salto. Ich war die ganze Woche wie betäubt. Ich war benommen, um genau zu sein. Ich kann mich kaum daran erinnern, wie ich die Stunden füllte, bis ich zurückfahren konnte, um die beiden zu besuchen.

Aber ich bin nicht dazu geeignet, ein Dad zu sein. Oder ein anständiger Gefährte. Nicht die Sorte, die Denali verdient. Ich bin nichts außer der Hülle eines Mannes mit einem Tier, das er kaum kontrollieren kann.

Zum vierzigsten Mal suche ich den Park nach Gefahren ab und katalogisiere jede Person, jedes Gerät, das eine Verletzung verursachen könnte.

Denali nähert sich und stoppt einige Schritte entfernt von mir. Sie simste mir die Adresse dieses Parks. Ich vermute, dass sie nicht wollte, dass ich noch einmal zu ihrem Haus komme, und das muss ich respektieren.

Ich bemerke, dass sie zwischen mir und dem Jungen steht. Sie hat uns einander noch nicht vorgestellt. Ich kam hier an und setzte mich, um alles zu beobachten. Ich bin mir nicht einmal sicher, ob ich ihm vorgestellt werden möchte. Sie will nicht, dass er weiß, dass ich sein Dad bin.

Obwohl ich weiß, dass das zum Besten ist, brüllt mein Löwe wegen der Ungerechtigkeit des Ganzen.

Mein. Mein Junges. Meine Gefährtin.

Aber ich kann keinen Anspruch auf sie erheben. Und ich will Denali auf keinen Fall verjagen. Sie beschützt den Jungen mit Krallen und Zähnen – und das zurecht.

„Er ist klug", sage ich zu Denali.

„Ja", stimmt sie zu.

„Wie…" Meine Frage verläuft im Nichts. Ich habe keine Ahnung, wo ich anfangen soll, was ich fragen soll.

Sie geht in die Hocke. „Ich wusste ein paar Tage, nachdem wir… du weißt schon, dass ich schwanger war. Kurz darauf sah ich meine Chance zur Flucht und ergriff sie. Seitdem bin ich auf der Flucht."

Ich schlucke. Als Data-X sie aus ihrem Zuhause in New Orleans holte, töteten sie ihr Rudel – ihren Großvater und drei andere. Sie hatte niemanden, seit sie entkam. Sie brachte dieses Junges… allein auf die Welt.

Von all den unverzeihlichen Dingen, die ich getan habe, steht sie schwanger und allein zurückzulassen ganz oben auf der Liste. Es spielt keine Rolle, dass ich ein Gefangener war. Ich hätte sie beschützen sollen. Die Schuldgefühle fressen meinen Löwen bei lebendigem Leib auf.

„Als ich hörte, dass das Labor niederbrannte, dachte ich,

dass es sicher wäre. Ich konnte nicht für immer auf der Flucht sein. Nolan brauchte Stabilität."

Also ließ sie sich nieder, was Sam erlaubte, sie zu finden. „Du hast dich noch immer vor mir versteckt."

„Nicht unbedingt." Sie stoppt und stößt einen Schwall Luft aus. „Ich glaube, ich hoffte, dass du überlebt hast. Dass du ihn eines Tages kennenlernen würdest."

„Und dann was?" Ich starre sie an und frage mich, was sie sagen wird. Ob es einen Platz für mich in ihrem Leben und dem ihres Sohnes gibt. Falls es einen gibt, würde ich ihn wollen? Bin ich überhaupt dazu in der Lage, das in Erwägung zu ziehen?

Sie zögert und blickt zurück zu dem lockenköpfigen Jungen. „Meine Priorität ist Nolan. Ich würde alles tun, um dafür zu sorgen, dass er glücklich und in Sicherheit ist."

Und da ist er. Der Grund, aus dem ich Denali nie aufsuchen oder hierherkommen hätte sollen. Mein Leben, mein Tier sind das Gegenteil von sicher.

Mein Handy vibriert und durchbricht die Stille. Ich erhebe mich. „Da muss ich drangehen."

„Nash, hier ist Parker."

„Yeah?" Ich habe die nächsten Tage keinen Kampf, weshalb ich nicht weiß, was er will.

„Wir sind in Tucson. Etwas ist passiert."

„Was?" Ich weiß nicht, warum zum Henker er mir Bericht erstattet, als sei ich sein Alpha. Außer sie brauchen meine Hilfe und in diesem Fall, rufen sie den Falschen an.

„Der Kampf wurde von der Polizei gesprengt. Sie haben einen der Kämpfer in Gewahrsam genommen."

Ich habe keine Zeit für dieses Drama. Ich bin im Park und beobachte ein Kind, das meine Gene in sich trägt. „Warum erzählst du mir das?", blaffe ich.

„Ein Regierungsagent steckte dahinter. Er war ein

Gestaltwandler – oder zumindest teilweise ein Gestaltwandler. Und Nash – er hat nach den Laboren gefragt."

„Fuck." Der Boden unter mir neigt sich.

„Ich dachte nur, du solltest es wissen. Wenn Sam in der Lage war, deine Gefährtin zu finden, dann könnte dieser Kerl auch dazu fähig sein."

Nein.

Ich kann nicht zulassen, dass meine Gefährtin gefunden wird. Meine Gefährtin und ihr Kind.

Inakzeptabel.

Ich lege auf, ohne mich zu verabschieden, und marschiere mit knirschenden Zähnen zurück.

Denali spannt sich an, als wüsste sie, dass ich schlechte Nachrichten bringe. Ich zwänge meinen Löwen zurück. „Du musst umziehen", sage ich sofort.

Sie wirbelt herum und schaut über beide Schultern.

„Da ist anscheinend ein Regierungsagent, der Gestaltwandler aufspürt. Wenn ich dich gefunden habe, kann er das auch."

Ihre Augen blitzen blaugrau auf, da sich ihre Löwin zeigt. „Wo?"

„Er hat einen Gestaltwandler in Tucson verhaftet. Hat ihn nach dem Labor gefragt."

„Okaaaay. Das klingt nicht, als wären sie mir auf der Spur."

„Nein, aber das kannst du nicht riskieren. Du musst von hier verschwinden. Du kannst nicht bei mir wohnen." Noch während ich es ausspreche, verfluche ich den Zustand der Bruchbude, in der ich gelebt habe. Sie ist definitiv nicht gut genug für Denali und ihren Sohn.

„Ich weiß nicht, Nash. Ich habe mich hier gerade erst niedergelassen. Ich habe mir ein kleines Geschäft aufgebaut. Nolan liebt seine Preschool."

Scham rauscht in einem Schwall durch mich. Meine Gefährtin hat sich als alleinerziehende Mutter den Arsch abgerackert. Ich hätte für sie sorgen sollen.

Ich schiebe meine Hände in meine Taschen. „Okay. Dann bleibe ich hier. Ihr braucht Schutz."

Ihre Augen werden schmal. „Ich weiß nicht…"

Mir ist scheißegal, ob sie meinen Schutz will oder nicht, sie kriegt ihn. Aber ich verstehe, dass sie mich nicht in der Nähe ihres Jungen haben will. Dafür ist sie noch nicht bereit. Ich halte meine Hand hoch. „Ich werde mich von euch fernhalten. Ich verspreche es." Vielleicht kann ich eine Wohnung in der Nähe finden, in die ich ziehen kann. Oder ich werde mir ein beschissenes Zelt kaufen und es auf dem Hügel hinter ihrem Cottage aufstellen. Es ist ja nicht so, als hätte ich nicht schon mal in einem Zelt gelebt. Ich hatte fünf Einsätze im Irak und Afghanistan.

Sie nickt vage und ihr Blick schweift wieder zu dem kleinen Jungen im Sandkasten. Der Junge bedenkt uns mit ähnlich verstohlenen Blicken.

„Willst du ihn kennenlernen?"

Mein Herz pocht wie verrückt. *Nein.* Ja. Fuck, ich weiß es nicht. Ich hasse es, dass ich mein Kind nicht bereits kenne. Und ich finde es auch klug von Denali, dass sie die Tür nicht weit aufstößt und mich reinlässt. Ich habe meinem Jungen nichts zu bieten. Nichts außer Kummer und Schmerz.

Falten erscheinen zwischen Denalis Augenbrauen.

„Yeah." Ich räuspere mich. „Definitiv."

„Okay. Komm mit." Sie läuft zu der Sandkiste. Ich folge einen halben Meter hinter ihr, wobei ich den Park erneut nach irgendjemand Verdächtigem absuche. Er ist leer.

Der Junge stoppt, was er gerade gemacht hat, aber steht nicht auf, sondern späht nur zu mir hoch, wobei ihm seine hellbraunen Locken in die Augen fallen.

„Nolan, das ist, ähm, ein Freund von mir. Sein Name ist Mr. Nash."

„Nur Nash", korrigiere ich. Ich gehe in die Hocke. „Hey, Nolan."

Nolans Nasenlöcher weiten sich, wahrscheinlich weil er den Geruch meines Löwen wahrgenommen hat.

„Yeah, ich bin wie du und deine Mom", bestätige ich. Dann realisiere ich, dass *Mom* falsch klingt. Zu alt für ein Kind in seinem Alter. Wie nennt er sie? *Mama? Mommy?* Das sind Dinge, die ich wissen sollte.

Er richtet seine Aufmerksamkeit wieder auf seine Sandburg und klopft den nassen Sand fest.

Ich habe mich noch nie so unsicher gefühlt. „Was machst du da?"

Der Junge schaut nicht auf. „Ein Robo-Auto. Ein Auto, das allein fährt. Mama will eins, damit sie sich nicht mit dem Verkehr rumärgern muss."

Mama. Jetzt weiß ich es.

Ich kann mir das Lächeln nicht verkneifen, als Denali den Kopf senkt und mit den Achseln zuckt. Es ist so ein winziger, aber süßer Einblick in ihr Leben. Ich stelle mir Denali vor, wie sie Nolan durch die Stadt fährt und ihm von all den Dingen erzählt, die sie sich wünscht.

Der Gedanke bringt meine Brust tatsächlich zum Schmerzen. Ich will in all ihre Fantasien eingeweiht sein – selbst, wenn sie so harmlos sind wie ein selbstfahrendes Auto. Die Erinnerung daran, was wir beim letzten Mal taten, als ich bei ihr war, kommt mir wieder in den Sinn und mein Schwanz wird dicker.

Ruhig Blut, Junge. Nicht hier. Nicht vor ihrem Kind. Unserem Kind. Warum fällt es mir so schwer, das zu akzeptieren?

Vielleicht weil ich nichts über Kinder weiß. Oder weil der

Junge ein Fremder ist. Oder weil ich für ihn nicht die Vater-
rolle übernehmen werde. Und dieser Gedanke löst einen
Juckreiz aus, der über jeden Zentimeter meiner Haut kriecht.

Werde ich wirklich irgendeinem *anderen* Arschloch erlauben, die Rolle des Vaters für ihn zu spielen?

Nur über meine verdammte Leiche.

„Ich habe noch nie einen anderen Löwen gesehen", sagt
der Junge, der noch immer nicht von seiner Arbeit im Sand
aufschaut.

„Yeah, ich habe auch noch keinen gesehen. Ich habe noch
nicht einmal die Löwin deiner Mama gesehen", gestehe ich.
Die Sehnsucht, ihr Tier zu sehen, packt mich wie eine Faust,
die sich in mein Shirt krallt und mich nach vorne in die
Tiefen des Verlangens schleift.

Es ist eine unbekannte Sehnsucht. Will ich mich in Tier-
gestalt mit ihr paaren? Laut Parker können das nur Gestaltwandler der gleichen Art tun, was der Grund dafür war, dass
er und Declan Testobjekte in Dr. Smyths Studie von Genkreu-
zungen waren.

Fuck, ja. Ich will das. Oder zumindest will ich die Verfolgung. Die Jagd. Ich will mit ihr rennen, sie auf ihren Rücken
werfen und ihre Kehle mit meinen Zähnen festhalten, um ihre
Unterwerfung zu verlangen. Dann will ich mich verwandeln
und ihren hübschen Körper in Menschengestalt vögeln. Denn
verdammt. Ich werde niemals genug davon kriegen, diese
Perfektion zu betrachten.

Denali zieht ihre Unterlippe durch ihre Zähne und ich
frage mich, ob sie an etwas Ähnliches denkt.

❧

Denali

. . .

71

ZWANZIG MINUTEN mit Nash und ich kann nur daran denken, wie ich mit ihm wieder in die Horizontale kommen kann. Aber das kann ich nicht machen. Nolan ist das ganze Wochenende da. Ich werde Nash nicht hereinbitten oder mit ihm schlafen, während Nolan im Haus ist.

Nicht bis…

Ich weiß nicht.

Ich habe Angst vor der Wucht der Anziehungskraft, die dieser Mann auf mich ausübt, über den ich nur so wenig weiß. Es ist nicht so, dass ich glaube, dass er mir oder Nolan jemals schaden würde. Nichts Derartiges.

Aber ich muss vorsichtig sein. In emotionaler Hinsicht.

Ich will nicht, dass sich Nolan an jemanden gewöhnt, wenn die Dinge auf langfristige Sicht nicht funktionieren werden. Ich will nicht, dass sein Herz gebrochen wird.

Zum Teufel, ich will auch nicht, dass mein Herz gebrochen wird. Und auch wenn ich diejenige war, die beim letzten Mal ging, riss Nash dennoch ein Stück aus meinem Herzen.

Ansonsten hätte er nicht all diese Zeit meine Träume heimgesucht, oder?

Er verschränkt seine Hände ineinander und ich beäuge die straffen Stränge seiner Unterarme, die goldenen Härchen, die sich im Sonnenlicht ringeln und leuchten. Seine Tattoos lugen unter seinen kurzen Ärmeln hervor. Hübscher Mann.

Ja, ich will seinen Löwen auch sehen.

„Was ist mit deinen Eltern?", fragt Nolan Nash. „Hast du ihre Löwen nicht gesehen?"

Ich werde ganz reglos für die Geschichte, denn ich muss mehr über Nash wissen. „Meine Eltern waren nicht da, als ich klein war." Die Anspannung in seinem Tonfall verrät mir, dass es dazu eine Geschichte gibt. „Ich wuchs in Pflegefamilien auf. Ich habe meinen eigenen Löwen nicht kennengelernt, bis ich nach Afghanistan…" Er verstummt und ich spüre, dass er Nolan vor den schrecklichen Dingen schützen will, die er in seinem Leben gesehen hat. Ich verstehe das, weil ich das auch die ganze Zeit tun muss.

„Mr. Nash war ein Soldat im Krieg, Nolan. Ein Held für unser Land. Sein Löwe kam im Krieg raus, um ihn zu retten."

Nolan legt seine Schaufel ab und schaut Nash zum ersten Mal direkt in die Augen. „Sind Löwen Helden?"

Schmerz flackert über Nashs Gesicht.

Ich setze mich im Schneidersitz neben ihn. „Ja." Ich spreche über das hinweg, was auch immer Nash als Antwort geben wollte. Oder was auch immer er denkt. Mir gefällt der gequälte Ausdruck in Nashs Augen nicht. Er leidet vermutlich unter mehr PTBS, als ich mir auch nur ausmalen kann.

„Du weißt, dass der Löwe der König des Dschungels ist, stimmt's, Baby?"

Nolan wendet den Blick nicht von Nash. „Bist du ein Berglöwe?"

Ein überraschtes Lachen kommt von Nash. „Nein. Nur ein Löwe."

„Ich dachte, alle Löwen hätten schwarze Haut."

„Ah." Nash schaut zu mir und Überraschung huscht über sein Gesicht, als hätte er nie darüber nachgedacht, warum er weiß ist. „Nun, yeah. Ich vermute mal, du hast recht – Löwen kommen aus Afrika. Ich schätze, dass sich meine Vorfahren mit Menschen gepaart haben oder anderen Gestaltwandlern in Amerika und dann wurde ihre Haut allmählich heller. Genauso wie deine Haut heller ist als die deiner Mama."

„Jepp und meine ist heller als die meines Daddys", merke ich an. Nolan und ich haben das zuvor schon besprochen, aber ich habe es ihm nie in Bezug auf Paarung erklärt. Ich wollte nicht, dass er sich fragt, welche Farbe sein Vater hat. Ich erzählte ihm nur, dass unterschiedliche Löwen unterschiedliche Farben haben. Ich weiß nicht, wie er auf den

Gedanken gekommen ist, dass Löwen dunkle Haut haben sollten. Natürlich hat er recht. Die einzigen Löwengestaltwandler, die ich vor Nash kannte, waren afrikanischer Abstammung.

„Kluges Kind", murmelt Nash und mein Mund verbiegt sich zu einem schiefen Lächeln.

„Jepp." Ich hoffe, dass das keine weiteren Fragen von Nolan darüber anregt, mit wem ich mich gepaart habe, um ihn zu bekommen. Ich fürchte, dass genau das passieren wird.

„Bist du mein Dad?"

Scheiße!

Viel zu klug für sein eigenes Wohl.

Nash fällt beinahe dort um, wo er in der Hocke saß. Er setzt sich unter viel Aufhebens auf seinen Hintern und streicht den Sand weg, bevor er antwortet: „Nein."

Die einzelne Silbe klingt erstickt und barsch. Ich merke, dass es Nash nicht passt, unser Kind anzulügen, aber ich bin dankbar, dass er sich an unsere Vereinbarung gehalten hat.

Auch wenn mich die Enttäuschung auf Nolans Gesicht umbringt.

Nolan steht auf und rennt zu den Schaukeln, als wolle er von Nash wegkommen. Oder sich verstecken. Er ist zu klein, um allein auf die Schaukel zu kommen, aber er fragt nicht nach Hilfe, sondern fängt den Sitz einfach nur ein und schwingt damit herum, wobei seine kleinen Füße hinter ihm durch den Sand geschleift werden.

Nash steht auf. Einen Augenblick glaube ich, dass er gehen wird und ich bin halb enttäuscht, halb erleichtert, aber stattdessen läuft er zu den Schaukeln.

„Möchtest du, dass ich dich anschubse?"

„Nein." Nolan klingt mürrisch.

„Bist du dir sicher?", fragt er mit aufgesetzter Ungläubigkeit. „Denn ich bin der beste Anschubser in der ganzen weiten Welt. Hast du noch nicht von mir gehört?"

Er hat Nolans Aufmerksamkeit gewonnen, aber unser Sohn ist noch immer verdrossen. „Nein."

„Tja, ich schubse Kleine und Große. Hochflieger, Niedrigflieger. Seitflieger. Du weißt vermutlich nicht einmal, was das alles ist, oder?"

Nolan schüttelt den Kopf, aber steht dort auf, wo er seine Knie durch den Sand schleifen ließ.

„Willst du es probieren?"

Nolan zuckt mit den Achseln.

„Wie wäre es damit – du versuchst es einmal und sagst mir dann, wie es dir gefällt, und wenn es dir keinen Spaß macht, kannst du wieder absteigen. Okay?"

Nolan greift nach den Ketten und Nash hebt ihn hoch, sodass er auf dem Plastiksitz sitzt. „Jetzt verrat mir eines – schaukelst du gerne hoch?"

„Ja."

Nash ist vorsichtig und zieht die Schaukel nach hinten, ohne Nolan vorne rausfallen zu lassen. „Halt dich gut fest."

Ich mache Anstalten, zu ihnen zu gehen, um Nash daran zu hindern, ihn zu hoch fliegen zu lassen, aber Nash zwinkert mir über seine Schulter zu und lässt Nolan sachte los.

Oh Grundgütiger. Der Mann ist die pure Versuchung, wenn sein Charme aufgedreht ist.

„Höher!", schreit Nolan.

Nash fängt ihn um die Taille ein, hält ihn gerade auf der Schaukel und schubst ihn erneut an. Nolan segelt höher und strampelt vor Freude mit seinen kleinen Füßen.

Ich lächle und meine Schultern entspannen sich. Das ist genau so, wie ich mir Nash immer als Vater vorstellte – kompetent, beschützend, *liebenswürdig*.

Nicht wie der gebrochene Mann, der auf der Parkbank

saß, als ich ankam. Nolan bringt das Beste in ihm hervor. Nun, ich verstehe das. Er hat auch in mir das Beste hervorgebracht. Er hat mich Liebe, Vertrauen und Freude gelehrt. Verletzlichkeit.

Ich wäre ein Miststück, wenn ich das Nash vorenthalte. Wenn ich ihn Nash vorenthalte.

Aber er ist auch mein Baby. Es ist meine Aufgabe, ihn zu beschützen. Ich muss mit großer Wachsamkeit fortfahren.

Nash schubst Nolan weiterhin an, so viel länger als ich jemals die Geduld dafür habe. Nolan kreischt „Höher!" und jedes Mal lässt ihn Nash etwas höher fliegen, wobei er jedoch ständig demonstriert, dass er auf die Sicherheit achtet, was mich davon abhält, einzugreifen.

Schließlich mische ich mich ein, um Nash zu retten, der mehr getan hat, als jedes normale Elternteil jemals tun würde. „Okay, Baby, lass Nash mal eine Pause machen."

„Nein!", brüllt Nolan und tritt mit den Beinen. „Höher!"

Nash fängt Nolan um die Taille ein und joggt mit der Schaukel nach vorne, um ihn anzuhalten. „Du hast deine Mama gehört." Seine Stimme ist eher schmeichelnd als tadelnd und irgendetwas flammt in meiner Brust auf. Es ist wieder diese Sehnsucht.

Ein Gefährte, der mich als Elternteil unterstützt.

Nash schiebt seine Hände in seine Taschen und wagt einen verstohlenen Blick zu mir.

Er will mehr. Natürlich will er das.

Kann ich? Soll ich?

„Ich habe Hunger", verkündet Nolan.

Ich ziehe einige Kräcker aus meiner Handtasche und Nolan nimmt sie.

„Nun… danke, dass ihr mich eingeladen habt", sagt Nash. „Ich sollte dann mal wieder los."

Ich bin überrascht, dass er es mir so leicht macht. Er hält

sich daran, dass es von Anfang bis Ende ein Treffen mit unserem Sohn ist und er dann gehen muss.

Aber es fühlt sich falsch an. Jede Faser in meinem Körper will Nash jetzt näher sein. Will mehr über ihn erfahren, es intimer machen. Will ihn nach Hause einladen. Seine Kleider ausziehen. Ihm mit meinem Mund auf seinem Penis den Verstand rauben, nur um mich dafür zu bedanken, dass er mit Nolan so toll war.

Aber ich weiß eines. Ein dominanter Löwe wie Nash gibt nicht so einfach klein bei. Wenn er mir also diese einmalige Gelegenheit gibt, muss ich sie ergreifen.

„Ja, es war schön", gelingt es mir zu sagen, während ich Nolan hochhebe, um ihn auf meiner Hüfte zu tragen.

Etwas, das Schmerz ähnelt, huscht über Nashs Gesicht, aber dann ist es wieder fort, bevor ich erraten kann, worum es dabei geht.

„Ähm, ich sehe dich dann –"

„Das wirst du." Die absolute Sicherheit in seiner Stimme schickt einen Schauder über mein Rückgrat. Ich spüre ein Versprechen oder einen Schwur in seinen Worten, aber ich kann es nicht entziffern. Er plant etwas.

Was mir Sorgen bereiten sollte, aber das ist nicht die Emotion, die durch meinen Körper kribbelt.

Nein. Es ist Aufregung.

Nash hat nicht aufgehört, zu mir zu kommen.

Und er wird es vermutlich auch nicht tun.

Jemals.

Und meine Löwin schnurrt deswegen zufrieden.

 ash

DER SONNENAUFGANG über Temecula ist wunderschön. So anders als in San Diego, wo der Nebel an der Küste haftet. Ich beobachte, wie die Sonne den goldenen Hügel beleuchtet, auf dem ich hinter Denalis Haus geschlafen habe, und rosa Strahlen auf das kleine Häuschen und die Reben darunter wirft.

Ihre alte Nachbarin tritt mit einem Kaffee auf ihre Veranda und ich erstarre, damit ich keine Aufmerksamkeit auf mich lenke.

Mein Körper schmerzt, weil ich die Nacht auf dem harten Boden ohne irgendwelche Decken verbracht habe, aber die Befriedigung darüber, über meine Gefährtin und mein Junges gewacht zu haben, trumpft alles andere. Mir ist egal, ob ich den Rest meines Lebens damit verbringen muss, auf Felsen zu schlafen. Wenn sie dadurch in Sicherheit sind, werde ich es tun.

Ich schaue wieder den Hügel hinab. Denalis Nachbarin ist nach drinnen gegangen. Ich stehe auf und strecke mich, dann schleiche ich etwas näher an das Cottage. Ich muss zugeben, dass ich darauf hoffe, einen Blick auf Denali oder Nolan zu erhaschen. Ich mag zwar einen respektvollen Abstand einhalten, aber das bedeutet nicht, dass ich nicht noch immer wie ein Magnet von ihnen angezogen werde. Ich will alles über sie wissen – ihre täglichen Routinen, was sie zum Frühstück essen, welche Fernsehsendungen sie schauen.

Eine Bewegung fällt mir ins Auge und ich sehe, dass die Nachbarin wieder auf der Veranda ist und eine Schrotflinte in den Händen hält. Sie feuert, bevor ich auch nur einen Gedanken fassen kann.

Es ist ein Warnschuss. Zumindest hoffe ich das. Er prallt von einem Felsen in der Nähe ab und veranlasst mich dazu, den Hügel hinab zu rennen. „Hey!", schreie ich zur selben Zeit, in der sie brüllt: „Keine Bewegung."

Ich zwinge mich, mein Tempo von einem Sprint zu einem zügigen Schritt zu drosseln, während ich weiterhin zu ihr laufe. Niemand feuert in der Nähe meiner Familie eine Schusswaffe ab. Nicht einmal sechzigjährige Damen, die einen Gartenkittel mit Blümchenmuster tragen.

Denali saust aus ihrem Cottage und ich knurre, weil ich sie ohne Schutz draußen sehe. Meine Gefährtin braucht allerdings keinen Schutz. Sie mustert ihre Nachbarin, dann fährt sie herum und sieht mich.

Überraschenderweise will sich mein Löwe gerade nicht mit ihr paaren. Ich spüre auch nicht die vertraute Gewalt in mir aufsteigen. Nur das Bedürfnis, sie zu beschützen. Was in diesem Fall erfordert, das ich mich beruhige. „Senken Sie das Gewehr", befehle ich in meiner besten Alphastimme. Wie sich herausstellt, spielt das gar keine Rolle, denn Denali ist bereits zu ihrer Nachbarin gesprintet und hat ihr die Flinte aus den Händen gerissen. Ich rechne halb damit, dass sie sie auf mich richten und spannen wird, aber sie leert nur den Lauf, bevor sie die Schrotflinte in das Blumenbett schleudert.

Als sie sich zu mir umdreht, sind ihre Augen löwenhell und sie atmet schwer.

Und verdammt. Sie trägt das dünnste vorstellbare T-Shirt und diese winzigen Shorts, in denen ihre Beine unendlich lang aussehen. Sie stemmt die Hände in die Hüften. „Was zur Hölle ist hier los?"

„Ist er das?", verlangt die ältere Frau zu wissen, während ich zu ihnen marschiere. Obwohl die Flinte nicht mehr in ihren Händen ist, sieht sie nach wie vor aus, als wäre sie bereit, mich zu ermorden, wenn sie muss.

Ich würde daran Anstoß nehmen, aber Denali wirkt ehrlich verblüfft. „Wer?"

„Der, vor dem du dich versteckt hast. Ist das der Vater des Jungen?"

Ihre Worte treffen mich wie ein Schlag in die Magengrube, aber Denalis Antwort passt nicht. Sie stottert: „Nein! Nun – es ist kompliziert. Aber nichts desto trotz, warum haben Sie auf ihn geschossen?"

„Ich sah, wie er um dein Haus geschlichen ist. Sieht so aus, als wäre er die ganze Nacht hier gewesen." Sie richtet ihre zusammengekniffenen Augen auf mich. Ihre Augen sind von einem kalten Grau, das zu dem Stahl ihrer Persönlichkeit passt. „Waren Sie die ganze Nacht hier?"

Ich nicke. Es macht keinen Sinn, zu lügen. Ich richte meinen Blick auf Denali. „Ich kann dich nicht ohne Schutz lassen."

Denalis Blick wird warm, aber sie tritt einen Schritt nach vorne und schlägt mir auf die Brust. „Dummer Mann. Du hast mir und Mrs. Davenfield eine Scheißangst eingejagt. Und was? Hast du einfach draußen auf dem Hügel geschlafen? Unter dem freien Himmel?"

Ich kann mir das träge Grinsen nicht verkneifen. „Die Sterne waren wunderschön, aber nicht annähernd so hübsch wie du in diesen kurzen –"

Sie schneidet mir die Worte mit einem weiteren Klaps vor die Brust ab. „In Ordnung, Romeo. Dann wollen wir dich mal nach drinnen schaffen und füttern." Sie steuert mich von der hölzernen Veranda ihrer Nachbarin. „Es tut mir leid, Mrs. Davenfield. Es besteht kein Grund zur Sorge. Nash stellt keine Gefahr dar. Er macht sich nur Sorgen, dass jemand anderes hier auftauchen und mich belästigen könnte."

„Und ich mache mir Sorgen um verrückte Nachbarn mit Schrotflinten", brummle ich leise, während wir weglaufen.

„Das sollten Sie auch", ruft Mrs. Davenfield meinem Rücken hinterher. Anscheinend ist ihr Gehör so scharf wie ihr Sehvermögen. „Um fünf Uhr in der Früh um die Häuser anderer Leute herumzuschleichen ist hier draußen ein Vergehen, das mit der Flinte geahndet wird."

„Ich werde es mir merken, Ma'am."

„Sieht so aus, als wären Sie selbst die Sorte Mensch, die sich mit einer Waffe auskennt."

Ich drehe mich um, um einen besseren Blick auf Mrs. Davenfield werfen zu können, dankbar, dass Denali sie als wachsame Nachbarin hat. Dieser Frau entgeht nicht viel.

Denali hakt sich an meinem Ellbogen unter und zerrt mich vorwärts. „Komm schon, Nash. Ich werde dir Frühstück machen. Magst du kanadischen Speck?"

Mein Magen knurrt. „Ich liebe ihn." Ich bin überrascht, wie intensiv meine Freude darüber ist, dass Denali mir anbietet, für mich zu kochen. Ich bin plötzlich steinhart und frage mich, ob Nolan noch im Bett ist.

In dem Moment, in dem wir durch ihre Tür treten,

schlinge ich einen Arm um ihre Taille und ziehe sie nach hinten an meinen harten Schwanz. Meine Zähne streifen ihre Schulter. „Versprich mir etwas", raune ich in ihr Ohr.

Ihr süßer Zimtduft füllt die Luft. „Was?" Ihre Stimme ist heiser.

Ich schiebe meine Hand zwischen ihre Beine und umfange ihren Venushügel. „Geh nie wieder so angezogen aus deinem Haus."

„Oder was?" Eine Herausforderung schwingt in ihrer Stimme mit und lässt mein Verlangen explosionsartig anwachsen.

Ich schiebe eine Hand nach oben, um ihren Busen zu drücken, während ich mit meinen Fingern über den Saum ihrer Shorts streichle und gegen ihre Spalte drücke.

„Zum einen werde ich jeden Mann töten müssen, der dich ansieht."

Ihr Kopf fällt nach hinten an meine Brust und sie ruckt mit den Hüften nach vorne, wodurch sie sich in meine Hand drückt.

„Und dann werde ich dich dafür bestrafen müssen, dass du mich vor Eifersucht wahnsinnig gemacht hast."

Sie hebt ihre Hand, um meine zu verdecken, und leitet meine Finger an, fester auf ihre Klit zu drücken. „Ach ja?"

Verdammt. Die heisere Note in ihrer Stimme lässt mich beinahe vor Lust erblinden. Aber Nolan muss nur wenige Schritte entfernt von uns schlafen.

„Lass uns in die Dusche gehen", schlägt Denali vor. Kluge Frau. Das Geräusch des Wassers wird ihre Schreie übertönen.

Ich treibe sie vorwärts, wobei ich meine Hände nicht von ihrem hübschen Körper nehme. Wir drängeln uns ins Badezimmer und ziehen unsere Kleider in Rekordzeit aus. Sie dreht sich um, um in die Dusche zu gehen, und ich schlage mit einem lauten Klatschen auf ihren Hintern.

„Schh." Sie schenkt mir über ihre Schulter ein Lächeln, während sie in die Dusche steigt, und alles in mir geht in Flammen auf.

Es ist nicht nur Leidenschaft – auch wenn es davon einen ganzen Berg gibt. Ich bin auch erfüllt von einem Überschwang, Gott, vielleicht sogar *Freude*. Alles an diesem Moment mit Denali erfüllt mich. Befreit mich.

Es ist, als hätte ich mein ganzes Leben auf diesen Zeitpunkt gewartet, an dem ich mit meiner Gefährtin lachen und spielen darf. Sie besinnungslos vögeln darf. Im Anschluss mit ihr frühstücken darf.

Ich kann die intensive Freude darüber nicht fassen.

Ich trete hinter ihr in die Dusche und rolle ein Kondom über meine Erektion. Ich will mir Zeit lassen. Sie einseifen und ihre Haare waschen.

Aber es ist ein Ding der Unmöglichkeit.

Ich presse sie flach an die Wand und meine Hände umfangen ihren Hintern. Wasser prasselt auf uns, strömt über ihr Gesicht und macht ihre Wimpern und Lippen nass. Trotz des Wassers erfüllt ihr Geruch den Raum und lässt mein Tier ganz wild werden.

Mein Kuss ist hart und fordernd. Meine Zunge gleitet in ihren Mund und Zähne stoßen an Zähne.

Ihre Beine heben sich, um sich um meine Taille zu haken und mein Schwanz ist genau dort, wo ich sein will. Ich muss nicht einmal meine Hand benutzen, um ihn einzuführen. Ich finde ihren Eingang, stoße nach vorne und fülle sie mit einem kraftvollen Stoß.

Sie keucht und klammert sich an meine Schultern.

„Bist du okay, Schönheit?"

„Uhn." Sie reibt ihre Titten an meinem Oberkörper und

die harten Spitzen ihrer Nippel gleiten durch meine Brust-
haare. Ihre Hüften klatschen gegen meine und drängen mich
tiefer in sie.

„Willst du mehr, Baby?"

„Ich will es, Nash", haucht sie in mein Ohr.

Daraufhin verliere ich jegliche Kontrolle und hämmere
mich hilflos in sie. Sie wiegt sich vor und zurück, um meinen
Stößen entgegenzukommen und mich tiefer aufzunehmen,
wobei sie sich meinem Rhythmus anpasst.

„Nash."

Jedes Mal, wenn ich meinen Namen von ihren Lippen
höre, werde ich wilder. Ein Knurren beginnt in meiner Brust.

Sie schlägt ihre Hand über meinen Mund, damit es nicht
herauskommt. Dabei reitet sie meinen Schwanz und ihre
hübschen Titten hüpfen und schwingen.

Ich schiebe eine Hand zwischen ihre Pobacken, um gegen
ihren Hintereingang zu drücken und sie gibt einen verzwei-
felten Laut von sich. Ihre Arme legen sich um meinen Hals
und sie benutzt sie, um sich selbst schneller zu bewegen und
mich noch tiefer aufzunehmen.

Ich massiere ihren Anus, während ich mich in sie ramme,
und sie kommt, den Kopf nach hinten geworfen, den Mund
zu einem stummen Schrei geöffnet.

Dass sich ihre Muskeln um meinen Schwanz zusammenziehen, treibt mich auf meinen eigenen Orgasmus zu. Ich
vögle sie hart und schnell, das Klatschen unserer nassen
Körper hallt von den Fliesen wider, bis ich ebenfalls meinen
Höhepunkt erreiche und komme.

Die Befriedigung ist zellulär. Mein ganzer Körper wird
damit geflutet und dennoch ist es nicht genug, als ich mich
aus ihr ziehe.

Ich will sie noch einmal erobern.

Und noch einmal.

Aber das kann ich jetzt nicht tun. Ich gebe mich damit zufrieden, ihren feuchten, geöffneten Mund zu küssen. „Ich würde eintausend Nächte auf deinem felsigen Hügel schlafen, wenn das bedeutet, dass das jeden Morgen meine Belohnung ist."

Sie zieht den Kopf ein, errötet und tritt aus der Dusche. Ich spüre ihren Verlust akut, aber ich nehme mir einen Moment, um mich schnell einzuseifen und abzuwaschen, bevor ich das Wasser ausschalte und rausgehe.

Als ich aus der Dusche komme, hat sie ein Handtuch um sich gewickelt und ihre Hände in die Hüften gestemmt. „Du kannst nicht auf diesem Hügel schlafen, Nash."

Mein Kiefer verkrampft sich. „Ich wache über euch." Ich spreche es mit Endgültigkeit aus. Nichts wird mich davon abbringen können. Sie ist meine Gefährtin. Sie hat ein Junges. Es ist meine Aufgabe sie zu beschützen, bis zum Ende meiner Tage.

Sie verdreht die Augen und schüttelt den Kopf, bevor sie das Bad verlässt, aber ich habe so eine Ahnung, dass sie weiß, dass sie meine Meinung nicht ändern kann.

Ich ziehe meine Kleider an und trete im gleichen Moment nach draußen, in dem sie ihr Schlafzimmer in einem kurzen, geblümten Kleid verlässt.

Ich knurre anerkennend und verdiene mir damit ein Anheben ihrer Lippen.

Sie geht zur Küche und macht sich daran, Essen rauszuholen. „Du machst den Kaffee, ich mache das Essen."

Ich nicke und mache mich an die Arbeit, während ich bewundere, mit welcher Leichtigkeit sie sich durch die Küche bewegt. Fuck sei Dank, dass sie eine Gestaltwandlerin ist. Sie weiß, wie viel ich esse. Sie öffnet zwei Packungen mit kanadischem Speck und brät die Fleischscheiben zur selben Zeit, in der sie eine Pfannkuchen-Mischung anrührt und auf den Tisch stellt.

„Guten Morgen, Kumpel", trällert Denali, als Nolan in der Küche erscheint.

Er schiebt sich hinter das Bein seiner Mutter und macht einen auf schüchtern, während er mich beobachtet. Ich sehne mich danach, seine Locken zu zerzausen und die Schüchternheit aus ihm zu kitzeln, aber ich will nicht zu weit gehen.

„Nash ist zum Frühstück vorbeigekommen. Möchtest du mir helfen, seine Pfannkuchen zu machen?"

Der kleine Junge nickt und sie zieht einen Tritthocker zum Herd. Nolan klettert darauf, um alles zu überwachen. Sie gibt ihm Heidelbeeren, die er auf den Pfannkuchenteig fallen lassen kann, und hilft ihm, ein Lachgesicht zu machen. Ich beobachte die beiden zusammen und Zufriedenheit durchströmt meine Adern.

Ich könnte diese Szene den Rest meines Lebens anschauen. Allerdings würde ich Denali gerne noch mehr Junge schenken. Ein ganzes Rudel.

Ich schüttle diese abwegigen Gedanken aus meinem Kopf. Dieses Bild von Häuslichkeit stellt etwas Merkwürdiges mit mir an. Ich muss mir in Erinnerung rufen, dass ich nicht hierhergehöre. Mein Löwe ist ein Killer und er ist nicht glücklich, außer er kämpft. So ein Gestaltwandler hat nichts in der Nähe von Kindern zu suchen.

„Wie lange bleibt er, Mama?", fragt Nolan.

Sie wirft mir einen Blick zu und räuspert sich. „Ähm, nur zum Frühstück, Schatz. Er hat nur nach uns gesehen, um sich zu vergewissern, dass es uns gut geht. Aber jetzt weiß er, dass das der Fall ist."

Ein Glassplitter durchbohrt meine Brust und bleibt direkt in meinem Herzen stecken.

Aber ich wusste bereits, dass ich es mir hier nicht gemütlich machen sollte.

Ich gehöre definitiv nicht zu ihnen.

~

DENALI

ICH HABE ein Lächeln auf dem Gesicht, als ich an diesem Nachmittag die Wäsche aufräume. Ich glaube, dass es schon den ganzen Tag da ist. Sogar Nolan bemerkt es. „Du bist witzig, Mama", sagt er, nachdem ich ihn zum fünfzehnten Mal im Kreis herumgewirbelt habe. „Ich mag es, wenn du glücklich bist."

Ich will nicht einmal daran denken, was mich in solch gute Stimmung versetzt hat.

Morgensex mit einem Löwen?

Check.

Von einem wachsamen Soldaten beschützt zu werden, dem sein persönlicher Komfort am Hintern vorbeigeht?

Doppel-Check.

Zu wissen, dass er heute Nacht vermutlich wieder da sein wird?

Ja, Dreifach-Check.

Ich kann ihn nicht noch einmal draußen auf dem Hügel schlafen lassen.

Was werde ich also tun? Ihn reinlassen? Ihn einladen, hier zu übernachten?

Der Gedanke führt dazu, dass mein Herz wie wild zu hämmern anfängt. Aber was werde ich Nolan erzählen? Wie lange wird es dauern, bis er an ihm hängt?

Ich finde es faszinierend, dass mich meine tierischen

Instinkte ein weiteres Mal nicht über Nashs Anwesenheit informiert haben. Ein Gestaltwandler, der draußen um mein Cottage schlich, und ich schlief wie ein Baby. Tatsächlich glaube ich, dass ich letzte Nacht besser geschlafen habe als seit Jahren. Es ist, als hätte meine Löwin gewusst, dass er über uns wachte und ich endlich in meiner Wachsamkeit nachlassen konnte.

Ich füllte die Einsamkeit, die mich nach meiner Flucht von Data-X auffraß, mit Nolan. Ich redete mir ein, dass ich niemand anderen wollte oder brauchte. Aber das tue ich.

Mein Handy klingelt. Ich werfe einen Blick auf das Display. Mrs. Davenfield. Meine Vermieterin und neugierige Nachbarin. Ich seufze. Sie will wahrscheinlich darüber reden, warum Nash heute Morgen hier war.

„Hi, Mrs. Davenfield."

„Er ist draußen."

„Wie bitte?"

„Nolans Dad. Sitzt in einem Auto und beobachtet das Haus."

Ich fluche, aber nicht weil ich wütend bin. Tatsächlich glaube ich, dass mein Lächeln breiter wird. „Okay, danke, dass Sie mir Bescheid gegeben haben."

„Möchtest du, dass ich die Cops rufe?"

„Nein, nein. Definitiv nicht. Er stellt keine Gefahr dar. Und Mrs. Davenfield?"

„Was gibt es, Schätzchen?"

Ich spähe ins Wohnzimmer, wo Nolan gerade seine Lieblingssendung *Coco – Der neugierige Affe* auf dem Fernseher anschaut, und senke meine Stimme. „Ähm, sagen Sie das bitte nicht vor Nolan, okay? Er weiß es nicht."

„O-kaaay." Sie zieht die letzte Silbe in die Länge, als würde sie darauf hoffen, dass ich das näher ausführe, aber ich ignoriere es.

„Danke", sage ich und lege auf, bevor sie irgendwelche Fragen stellen kann.

Ich gehe nach draußen und schwinge extra mit den Hüften, während ich zu Nashs verbeultem Mustang schlendere. Er hat die Fenster runtergelassen und seine Lider sinken auf Halbmast, während er mich beobachtet.

Ich lehne mich in sein Fenster und packe sein Kinn, als sein Blick auf mein Dekolleté sinkt. „Behältst du mein Haus noch immer im Auge?" Es liegt ein Schnurren in meiner Stimme. Eine verführrerische Note, die ich nicht einmal erkenne. Ich wusste gar nicht, dass eine Verführerin in mir steckt.

Nash schenkt mir dieses verschmitzte Grinsen. Das, das er auch aufsetzte, bevor er mir gestern den Po versohlte. Meine Pussy verkrampft sich. „Gerade jetzt behalte ich dich im Blick", antwortet er gedehnt.

„Mm hmm. Gefällt dir, was du siehst?"

„Du weißt, dass es das tut."

„Nun, du kannst genauso gut reinkommen. Ich kann dich nicht hier in deinem Auto sitzen lassen, sonst holt Mrs. Davenfiel wieder ihre Schrotflinte."

„Ja, sie hatte ein Auge auf mich. Ich muss sagen, dass ich nichts dagegen habe, dass du so eine wachsame Nachbarin hast."

Meine Brust zieht sich zusammen. Ihm ist es ehrlich wichtig, dass wir in Sicherheit sind. Wie es das bei einem Gefährten auch sein sollte. Nolan muss mir nach draußen gefolgt sein, denn er rennt jetzt zu uns, kracht gegen mein Bein und hält es fest.

„Kannst du Hi zu Nash sagen?", fordere ich ihn auf.

Nash streckt seine Faust aus.

Nolan schaut sie verwirrt an.

„Faustcheck? Streck deine Hand aus." Nolan gehorcht

und Nash berührt mit seinen großen Fingerknöcheln sachte Nolans, dann tippt er mit der Oberseite seiner Faust auf Nolans.

Nolan grinst und schlägt so hart, er kann, gegen Nashs Faust.

„Nolan!" Ich bin schockiert, meinen süßen kleinen Jungen bei einer so aggressiven Tat zu erleben, aber Nash liebt es.

„Oh, du willst raufen?" Er hebt unseren kreischenden Sohn hoch und kitzelt ihn.

Meine Brust füllt sich mit klebriger Wärme.

In dem Moment, in dem er ihn wieder absetzt, brüllt Nolan: „Mehr!" Und sie machen damit weiter, während ich in die Küche gehe, um uns allen ein Glas frisch gepresster Limonade mit Basilikum zu holen.

Nash

DER KLANG von Nolans Lachen stellt etwas Befremdliches mit meinem Herzen an – es sorgt dafür, dass es sich zusammenzieht und zur gleichen Zeit ausdehnt.

Ich werfe und kitzle ihn, bis er auf dem Boden zusammenbricht, halb stöhnend, halb lachend.

„Okay", beruhigt uns Denali. „Wer will etwas Limonade?"

„Ich, ich!", ruft Nolan und rennt nach vorne, um sich seinen Plastikbecher mit einem Deckel und Strohhalm zu holen.

Denali reicht mir ein Glas mit Eis und einer klaren Flüssigkeit, in der grüne Kräuter schwimmen. Ich nehme einen

Schluck und genieße das Prickeln der Zitrone und einen anderen Geschmack.

„Mmm – was ist das?"

„Das ist meine Version von Limonade. Ich möchte nicht, dass Nolan zu viel Zucker zu sich nimmt, weshalb ich sie mit frischen Zitronen, Stevia und etwas Basilikum mache."

Ich glotze sie mit offenem Mund an. Die rattenscharfe alleinerziehende Mutter schafft es auch noch eine Martha Stewart Existenz zu führen? Ich trinke die erfrischende Flüssigkeit in drei Schlucken und schmatze. „Das war das Beste, das ich jemals gekostet habe."

Sie strahlt mich an. „Ich werde dir noch mehr holen."

Mein Handy klingelt und ich ziehe es raus. Parker.

„Hey Alpha", singt Declan in einem trällernden Akzent.

„Bin nicht dein Alpha", murre ich zum x-Mal und schaue Nolan dabei zu, wie er so tut, als würde er mich nicht beobachten, während er mit einem kleinen Zugbaukasten auf dem Wohnzimmertisch spielt. Ich gehe in die Hocke, um ihm zu helfen, ein Stück Schiene anzubringen, das sich gelöst hat. Dabei durchfährt mich ein mulmiges Gefühl. Wem will ich hier etwas vormachen, indem ich mit diesem Kind spiele? Ich bin nicht einmal dazu in der Lage, der Alpha für einen Haufen verkorkster Gestaltwandler zu sein – wie weit entfernt bin ich dann erst davon, ein vernünftiger Dad sein zu können?

„Hast du sie gefunden?"

Ich blicke zurück zu Denali, die mit einem frischen Glas Limonade nach draußen kommt. Ihre langen, schlanken Beine und die elegante Linie ihres nackten Halses lassen die alltäglichsten Bewegungen anmutig erscheinen. „Yeah."

Jubel begrüßt meine Worte. Nicht nur Declan – es klingt wie ein Raum voller Leute.

„Und? Wie ist es gelaufen?", mischt sich Parker ein.

„Du bist auf Lautsprecher geschaltet", informiert mich Declan.

Ich zwicke meinen Nasenrücken mit Daumen und Zeigefinger. Fuck, mein Kopf tut weh.

„Alpha? Alpha?"

„Bin nicht dein Alpha", knurre ich. Denali wirft mir einen besorgten Blick zu und ich wende mich ab. Ich muss mein Tier unter Kontrolle kriegen.

„Du bist in Temecula, stimmt's?"

„Yeah", antworte ich, gerade als Parker hinzufügt: „Wir sind in der Nähe. Wir kommen vorbei, um sie zu besuchen."

„Was? Nein –"

„Es ist eine Party", kräht Declan.

Laurie sagt im Hintergrund: „Können wir Pizza bestellen?"

„Nein. Bleibt, wo ihr seid", befehle ich mit all der Kraft, die ich aufbringen kann.

„Sorry, keine Chance. Alphabfehle funktionieren übers Telefon nicht. Brüll uns an, so viel du willst, wenn wir da sind", sagt Parker.

„Er wird uns nicht anbrüllen", argumentiert Declan. „Er will seine Gefährtin beeindrucken."

„Wir werden in zehn Minuten da sein."

„Woher wisst ihr, wo ich bin?"

„Laurie hat dein Handy verwanzt", erwidert Parker.

„Bis bald, Alpha!", schreit Declan und der Anruf ist zu Ende.

Fuck.

„Alles in Ordnung?" Denali steht einige Schritte entfernt, die Stirn gerunzelt. Ich widerstehe dem Drang, mein Handy auf den Boden zu schleudern und zu fluchen.

„Prima. Nur… wir bekommen bald Gesellschaft. Nicht

solche", füge ich hinzu, als sie sich anspannt. „Freunde von mir. Mitbewohner, um genau zu sein."

„Sie haben dich *Alpha* genannt."

Beschissenes Gestaltwandlergehör.

„Ich bin nicht ihr Alpha. Sie sind nicht einmal Löwen. Sie sind ohnehin nicht in der Lage, ein Rudel zu sein – ein Haufen Sonderlinge. Überbleibsel von Data-X Experimenten."

Sie erbleicht. „Ich verstehe." Als sie Nolan einen besorgten Blick zuwirft, ballt sich die Faust in meinem Solarplexus.

„Er ist in Sicherheit, Denali. Ich gebe dir mein Wort." Was auch immer das wert sein mag.

Sie nickt einmal und die Anspannung weicht aus mir, als mir bewusst wird, dass sie mir glaubt.

Zwanzig Minuten später röhrt ein weißer Camaro heran. Ich trete nach draußen auf die Veranda und Denali und Nolan folgen mir.

„Wappne dich", murmle ich, als Parker, Declan und Laurie zu uns gelaufen kommen. Jemand sagt etwas zu Declan, was ihn zum Durchdrehen bringt, denn er fängt an, spielerisch nach seinen Kumpeln zu schlagen.

„Nicht jetzt." Parker schubst den Iren gegen Laurie. Die Brille des großen, langgliedrigen Gestaltwandlers fliegt davon und er fällt beinahe vornüber.

„Alles klar, meine Fresse." Declan packt Laurie und hilft ihm, seine Brille aufzuheben. „Ich werde mich benehmen."

„Das ist dein Rudel?", fragt Denali ungläubig.

„Nicht meines." Ich schüttle den Kopf.

„Parker." Ich deute auf ihn, während sich der grauhaarige Mann nähert. Mein Kampfmanager bleibt abrupt stehen, aber Declan und Laurie laufen weiter, weshalb sie ihn fast umrennen.

„Declan." Ich steche in die Luft, während ich auf jeden von ihnen deute. „Laurie Lawrence."

„Sie sind wie *Die Stooges*", murmelt Denali, als sich Parker zu Declan dreht und Laurie so tut, als würde er ihre Köpfe aneinanderschlagen. „Nur dass einer dünn ist."

„Und sie Gestaltwandler sind", stimme ich mit einem Seufzen zu.

Denali schnuppert in der Luft und in ihren Augen leuchtet ihre Löwin. „Was sind sie?"

„Parker ist ein Wolf. Nun, größtenteils Wolf. Laurie ist ein… nun, das wirst du schon rausfinden. Er ist ziemlich schüchtern. Ich weiß nicht, was Declan ist."

„Ich bin irisch", meint Declan und grinst breit, wobei er schiefe Eckzähne entblößt.

„Ich bin eine Eule." Laurie hebt seine Hand mit einem verlegenen Lächeln. Sein Kopf zuckt, als würde Strom durch ihn gejagt.

Denali atmet tief ein und der Geruch von Zimt erfüllt die Luft.

„Löwin." Parker beäugt sie mit Zufriedenheit.

Ein Knurren rumpelt durch mich und ich trete näher zu Denali.

„Mom?", sagt eine leise Stimme bei unseren Knien. „Ich dachte, wir können nicht über unsere Tiere reden."

Denali wirbelt herum und geht in die Hocke, um die Schultern ihres Sohns zu packen. „Das stimmt, Baby. Das ist am sichersten. Geh jetzt nach drinnen und spiel etwas, während Mama mit Nashs Freunden redet."

Nolan trottet wieder ins Haus, aber die drei Neuankömmling haben einen guten Blick auf ihn erhascht. Parkers und Lauries Münder hängen weit auf.

Declan gibt einen erstickten Laut von sich. „Heilige verdammte –"

„Hör mit dem Fluchen auf", knurre ich. „Keine Schimpf-worte, keine unangemessenen Themen. Verstanden?"

Laurie, dessen Augen hinter seinen dicken Brillengläsern riesig wirken, nickt heftig.

„Ist das…?" Parker deutet und ich schlage nach seiner Hand. Der Junge ist keine Monstrositätenschau. Nolan beob-achtet uns noch durch die Fliegengittertür und die Neugierde steht ihm ins Gesicht geschrieben. Ein Haufen Fremder taucht hier auf, um ihn anzugaffen – dieses Kind wird traumatisiert sein.

„Er sieht genauso aus wie du", murmelt Laurie.

Ich kann einfach nicht anders, als mich umzudrehen, um zu schauen, ob das stimmt. Bei genauerer Betrachtung von Nolans Kinnlinie, seiner Nase, den goldenen Strähnen in seinen Haaren – sieht er aus wie ich.

Meine Organe scheinen sich zu bewegen und neu in mir anzuordnen.

„Nash? Was ist hier los?", fragt Parker.

„Das ist Denali. Meine Gefährtin."

Sie schüttelt meine Hand ab. „Unsere Paarung zählt nicht", informiert sie die Truppe. „Sie geschah unter Zwang."

Mein Löwe knurrt abermals.

Parker schnuppert in der Luft, in der unsere vermischten Gerüche hängen. Kein Gestaltwandler kann in Denalis Nähe kommen, ohne zu erkennen, dass ich sie markiert habe. „Ich denke, dass es trotzdem zählt."

„Es ist kompliziert", sage ich und Denali wirft mir einen dankbaren Blick zu.

„Verstanden", sagt Declan. „Für einen einfachen Soldaten ist Nash ziemlich kompliziert."

Ich starre ihn wütend an, doch es hat keinerlei Wirkung.

„Wie habt ihr euch alle kennengelernt?", fragt Denali.

„Käfigkämpfe", antwortet Parker. „Im Gestaltwandler-Stil."

Ich fluche bei Denalis schockiertem Blick. So hatte ich ihr die Neuigkeiten nicht beibringen wollen.

„Sein Löwe muss regelmäßig jemanden zum Bluten bringen. Inzwischen beinahe nächtlich, oder?", fährt Declan unbekümmert fort.

„Halt die Klappe."

„Ich bin Parker, Ma'am." Parker reicht ihr seine Hand. „Manager der Grube. Ich organisiere Nashs Kämpfe."

„Und Laurie und ich wetten auf sie", erklärt Declan. „Wir sind auch Buchmacher. Dein Gefährte hat uns in den letzten Monaten eine Menge Geld eingebracht."

„Ich verstehe. Und ihr seid sein Rudel?"

„Er ist unser Alpha, auch wenn er behauptet, dass er das nicht ist", sagt Laurie.

„Wie funktioniert das?" Denalis Stirn kräuselt sich.

„Wir nennen ihn Alpha und er sagt uns, wir sollen uns verpissen – hey!" Declan unterbricht sich, als Laurie ihm seinen Ellbogen in die Rippen rammt.

„Fluch nicht", erinnert ihn der schlaksige Gestaltwandler.

„Okay, okay, Vogelhirn. Meine Fresse, deine Ellbogen sind wie Dolche." Eine Grimasse schneidend reibt sich Declan dort über die Brust, wo Laurie ihn erwischt hat.

„Wer will Abendessen?" Parker reibt die Hände aneinander. „Pizza?"

Ich räuspere mich, gerade als Denali sagt: „Eigentlich –"

„Pizza, Mama?" Nolan hüpft hinter ihr aus dem Haus. „Kann ich Pizza haben?"

Denali seufzt.

„Natürlich, kleiner Mann", verkündet Declan. „Du kannst so viel Pizza haben, wie du willst. Was?" Er macht ein unschuldiges Gesicht, als ihn alle außer Nolan wütend anstarren.

Eine Stunde später sitzen wir in Denalis Wohnzimmer und zehn leere Pizzaschachteln stapeln sich auf der Veranda. Gestaltwandler essen eine Menge. Declan und Parker kämpfen um das letzte Stück.

„Also ihr zwei habt euch erst einmal getroffen?", fragt Laurie. Er fläzt auf dem Boden und seine lange Gestalt liegt dort ausgestreckt, wo er die letzten zwanzig Minuten mit Nolan gespielt hat. Er zuckt nicht mehr so schlimm.

„Ja", sagt Denali. Sie und ich teilen uns eine Couch und jeder Nerv in mir ist lebendig und will einige Zentimeter nach rechts rutschen und sie berühren.

„Dann wollt ihr sicherlich etwas Zeit allein für euch", meint Parker.

„Aye, das ist eine großartige Idee", sagt Declan. „Wir können babysitten –"

„Nein", schreien Denali und ich beinahe gleichzeitig.

„Okay." Declan hält die Hände hoch. „Meine Fresse. Man sollte meinen, ich hab angeboten, zu verdam –"

„Kein Fluchen", rügen Laurie und Parker. Parker schlägt Declan auf den Kopf.

„Auch kein Schlagen", fügt Denali hinzu.

Murrend stapft Declan nach draußen auf die Veranda.

Ich reibe mir über die Stirn. „Ich bin nur dankbar, dass er nicht seinen Fusel mitgebracht hat."

„Oh, er hat ihn mitgebracht", informiert mich Laurie. „Wir haben ihm nur nicht erlaubt, ihn mit ins Haus zu bringen."

„Geh und behalte ihn im Auge", befehle ich. Laurie folgt ihm.

Denali erhebt sich und greift nach Nolan. „In Ordnung Baby, Zeit zum Schlafengehen."

„Aber ich bin noch gar nicht müde", protestiert der Junge mit einem Gähnen.

„Ich weiß." Sie scheucht ihn in den Flur und hält einen Augenblick inne, um zu mir zu schauen, eine Frage in den Augen.

„Ich werde auf dich warten", sage ich. Nach einem Moment des Zögerns nickt sie.

Ein Weilchen sitze ich da und lausche, wie sie Nolan fürs Bett fertig macht. Seine hohe Stimme, die protestiert, ihr hübsches Murmeln. Einfache, häusliche Laute, die mich beruhigen sollten. Ich reibe mir über die Augen. Was zum Teufel mache ich hier eigentlich?

Als ich zur Veranda gehe, registriere ich, dass mein Löwe ruhig ist. Er ist schon so, seit ich mit Denali geschlafen habe. Ausnahmsweise ist er einmal entspannt, aber ich weiß, dass es nur eine Frage der Zeit ist, bis die Flashbacks zurückkehren. Bis mein Löwe wieder jemanden zum Bluten bringen muss.

„Gute Gefährtin hast du da, Boss", sagt Parker, während ich zu dem weißen Camaro laufe. Er und Declan rauchen. Eine Flasche liegt neben Declan.

„Du musst morgen in der Grube kämpfen", fügt der Wolf hinzu. „Willst du, dass ich es verschiebe?"

Während ich versuche, mir eine Antwort einfallen zu lassen, starre ich zu dem Abhang hinter ihrem Haus, wo ich sie verfolgt und erobert habe. Ich habe so lange mit meinem randalierenden Löwen gelebt, dass ich kein anderes Leben kenne.

„Wir sollten gehen." Declan hüpft von der Motorhaube und wirft seine Zigarette auf den Boden. „Du und die Miss habt eine Menge zu klären."

Untertreibung des Jahrhunderts. Während die Jungs in das Auto steigen, balle ich die Fäuste. Normalerweise sind sie von einem Kampf verschrammt. Jetzt ist alles verheilt. Normalerweise ist das mein Hinweis, in die Grube zurückzukehren und auf jemanden einzudreschen, bis ich nichts mehr spüre.

Gestaltwandlerkämpfe, Flashbacks und ein instabiler Löwe. Was für ein Leben kann ich einer Gefährtin und einem Sohn überhaupt bieten?

„Wir sehen dich morgen", sagt Parker. „Außer wir tun es nicht." Ein halbes Winken und sie fahren aus der Einfahrt. Da realisiere ich, dass die verkorkste Gestaltwandlertruppe, das Einzige war, das mich von meinen Problemen ablenkte, auch wenn ich so tat, als sei ich gegen ihren Besuch.

DENALI

„WERDEN deine Freunde heute Nacht hier schlafen? Wie eine Pyjamaparty?"

„Nein, Baby."

„Das ist schade. Sie waren nett. Vor allem der Vogel-Mann." In seinem Schlafoverall niedlich aussehend, klettert Nolan in sein Bett. Ich rutsche neben ihn, um ihm eine Geschichte vorzulesen. Er beharrt darauf, dass er Teile des Buchs selbst liest, und ich ergreife die Chance, mit ihm zu kuscheln und das Babyshampoo einzuatmen, das an seinen Locken haftet. So schlief ich früher ein, wenn ich nach einem Tag auf den Feldern nach Hause kam, wo ich mit den anderen Saisonarbeitern gearbeitet hatte. Ich löste den Babysitter ab und nutzte die kostbaren Momente, um meinen Jungen in meinen Armen zu halten.

Ist Nash überhaupt klar, wie es war, einen Sohn großzuziehen und dabei noch zu versuchen, zu überleben? Meine Löwin ist bereit, mit ihm zusammen zu sein, aber es wird mehr als einen Nachmittag auf dem Spielplatz und ein Pizza-Dinner brauchen, um mir zu beweisen, dass er Teil des Lebens meines Sohnes sein sollte.

„Mama", fragt Nolan mit schläfriger Stimme, „ist Nash mein Dad?"

Ich bemühe mich, mich nicht zu versteifen. „Wieso fragst du das?"

„Laurie sagte, ich sehe wie er aus."

Ich hole tief Luft und bete, dass Nolan in den nächsten zwei Sekunden einschläft.

„Ist er es?"

Ich schlucke den Kloß in meiner Kehle. Ich will es ihm nicht erzählen. Ich will nicht, dass sein kleines Herz gebrochen wird wie meines, wenn es zwischen Nash und mir nicht funktioniert. Aber ich kann nicht lügen. Ich bat Nash zu lügen und das kam mir nicht richtig vor. „Ja, Schatz. Das ist er. Er war fort und hat für unser Land gekämpft und wusste nicht, dass ich dich bekommen habe. Ansonsten wäre er für dich da gewesen." Das kommt der Wahrheit ziemlich nahe. Er hat um sein Leben gekämpft, nicht für sein Land, aber es war die Schuld seines Landes.

„Wird er bei uns bleiben?"

„Ich weiß es noch nicht. Nash und Mama versuchen noch, das alles zu klären."

„Ich will einen Dad."

Ich atme wegen des plötzlichen Schmerzes scharf ein. Ich dachte, dass ich meinem Sohn gerecht werden würde und ihm eine Mom und Dad wäre. Ich schätze, ich habe mich geirrt. „Ich weiß, Baby." Ich drücke ihn fester. „Wir werden sehen, was passiert. In der Zwischenzeit, Mama liebt dich. Das weißt du, oder?"

„Ja." Er hält einen Moment inne und fügt dann hinzu: „Ich hab dich lieb, Mama."

„Das ist das Einzige, das zählt. Ich gehe nirgendwohin."

~

Nash

DER GERUCH von Zimt weht noch vor Denali in den Raum. Ich erhebe mich von dem Sofa und streiche die Krümel von meinem Shirt.

„Du bist noch hier."

„Ich habe dir doch gesagt, dass ich auf dich warten würde", sage ich. „Außerdem hast du mir kein Dessert angeboten." Ich hebe den Deckel von der Keksdose und nehme mir noch einen Keks.

„Du bist schlimmer als Nolan."

„Die hier sind so gut, dass ich sie alle essen könnte. Willst du einen?"

„Zur Hölle, ja." Sie lehnt sich an die Arbeitsplatte und macht Anstalten, den Keks zu nehmen, den ich ihr anbiete. Ich schüttle den Kopf und führe ihn an ihren Mund. Blaugrau springt in ihre Augen, während sie mir erlaubt, ihn ihr zu füttern.

„Das sind deine Lieblingskekse, stimmt's? Erdnussbutter."

„Nolans inzwischen auch. Ich mache sie die ganze Zeit."

„Er ist ein gutes Kind."

Ihr Gesicht nimmt weiche Züge an. „Der Beste."

Langsam füttere ich ihr noch einen Keks. Ihre Augen huschen über mein Gesicht, erfüllt von Sehnsucht. Doch es hat sich eine kleine Falte zwischen ihre Augenbrauen gegraben, als ich fertig bin.

„Nash, was machen wir –"

Ich senke meinen Kopf und stoppe ihre Worte mit meinem Kuss.

~

„*Lieblingskekse?* ", *fragt Nash. Wir sitzen beide auf der Pritsche und stochern in dem Essen, das uns die Wachen gebracht haben.*

„Erdnussbutter."

*Nash zieht eine Braue hoch. „Erdnussbutterkekse",
murmelt er.*

„Sie sind leicht zu backen und die Zutaten können in fast jeder Küche gefunden werden."

Die Tür schwingt auf und ich presse meinen Körper nach hinten an die Wand, während Angst meine Arme hinaufkriecht. Was für eine feige, unterwürfige Kreatur ich doch geworden bin.

Nash tut das genaue Gegenteil. Ich spähe an seinem riesigen Körper vorbei, während er sich zu dem Wachentrio dreht.

„Du sollst mit ihr schlafen", befiehlt einer.

„Das habe ich bereits." Nashs ruhige Stimme steht im Kontrast zu der großen Anspannung in jedem Muskel seines Körpers. Er hat es getan – nachdem er meinen Körper mit seiner Zunge zwischen meinen Beinen zu geschmolzener Lava verwandelt hatte.

„Der Boss will, dass du es noch einmal tust." Zwei der

Wachen heben Stäbe, die elektrisch knistern. Ich unterdrücke ein Wimmern und drücke mich tiefer in die Ecke.

„Ihr regt sie auf."

„Wir werden mehr als das tun, wenn du nicht tust, was man dir sagt. Ihr wisst beide, was ihr zu tun habt."

„Geht raus", knurrt Nash.

Die Wachen sind so klug, ihre Augen ununterbrochen auf Nash zu richten. Er ist furchterregend, sogar in menschlicher Gestalt. Ich wette, sein Löwe würde die Wachen dazu bringen, sich in die Hose zu machen. Doch sie halten sich mit ihren elektrischen Stäben für unbesiegbar. „Du wirst tun, was du tun sollst, oder sollen wir den Job für dich erledigen?" Der stichelnde Wachmann zieht den Reißverschluss seiner Hose nach unten.

Ein Brüllen bricht aus Nashs Kehle hervor und er schnellt nach vorne. Die erste Wache erbleicht und weicht zurück, aber seine Freunde sind nur allzu bereit, ihre Elektroschocker zum Einsatz zu bringen. Nash hat keine Chance.

„Stopp", kreische ich und eile an seine Seite. „Tut ihm nicht weh. Wir werden es tun. Nur..."

Nashs Schultern beben von der Anstrengung, seinen Löwen in Zaum zu halten. Seine Augen glühen in einem tödlichen Gelb. „Lasst uns allein." Seine Stimme ist angespannt. „Bevor ich euch in Stücke reiße."

„Dann legt endlich los", blafft der Wachmann und die Tür knallt zu.

Nashs Kopf senkt sich und seine Fäuste ballen sich an seiner Seite. So stark. So hilflos.

Ich kenne ihn erst seit ein paar Stunden, aber ich kann es nicht ertragen, ihn so zu sehen.

Ich berühre seine Schulter.

„Denali... ich –"

„Es ist okay", stoppe ich seine Entschuldigung. Es ist

nicht seine Schuld. Nichts davon ist seine Schuld. Ich greife nach ihm, streiche mit meiner Hand über die harte Linie seines Rückens nach unten und mein Körper wird ganz warm, weil ich die angespannten Muskeln unter meiner Hand fühle.

„Danke, dass du mich beschützt hast."

Er dreht sich um und ich zucke fast zurück wegen des Feuers, das in seinen Augen brennt. Er will mich. Noch einmal. Ich blinzle und lasse die Löwin raus. Verlangen rauscht in langsamen, heißen Wellen durch mich.

Nash grollt seine Anerkennung – irgendetwas zwischen einem Brüllen und einem Schnurren. Er umfängt meinen Nacken und erobert meinen Mund. Sein Kuss ist hungrig. Beharrlich. Er hat seine geschickte Zunge bereits zwischen meinen Beinen eingesetzt, mich zum Orgasmus gebracht und seine Länge in mich eingeführt. Dieses Mal ist es jedoch anders.

Mir wird bewusst, wie sehr er sich zuvor zurückgehalten hat.

NASHS WERTSCHÄTZUNG meiner Backkünste sollte mich nicht so sehr freuen. Das hier sind schließlich nicht die 1950er. Ich bin nicht meine Großmutter, zu Hause in New Orleans, die ihre Liebe durch Essen zeigte. Ich hätte nie gedacht, dass ich das Herz eines Mannes durch seinen Magen gewinnen wollen würde. Aber ich liebe es, dass er so tut, als wären die einfachsten Dinge, die ich gemacht habe, seltene Delikatessen. So ähnlich, wie er auch mich behandelt.

Er erobert meinen Mund, wie er das auch in jener ersten Nacht getan hat, mit einer Wildheit, die meine Knie schwach werden lässt. Es ist, als könne er nicht genug von mir kriegen. Oder als würde sein Überleben davon abhängen, dass unsere Lippen verbunden bleiben.

In jener ersten Nacht tat es das auch, schätze ich mal.

Vielleicht tut es das immer noch – zumindest für Nash. Sein Löwe wirkt ruhiger, seine Blutergüsse und Schnitte sind alle verheilt.

Es liegt eine gewisse Macht in dem Wissen, dass ich ihn geheilt habe.

Ich erinnere mich daran, dass meine Großmutter früher stets zu sagen pflegte: „Benutze deine weiblichen Attribute niemals für deinen persönlichen Gewinn, Denali. Sie sind zum Heilen da." Mir war nie klar, dass sie es wörtlich meinte.

Gerade jetzt brenne ich darauf, Nash noch einmal zu heilen.

Ich knabbere an seiner Unterlippe und öffne den Knopf seiner Jeans.

„Vorsicht, Baby", krächzt er. „Bist du dir sicher, dass du mich von der Leine lassen willst?" Er zieht mir mein Shirt über den Kopf.

Ich ziehe eine Braue hoch. „Ich bin mir ziemlich sicher, dass ich mit dir klarkomme."

Seine Mundwinkel heben sich zu einem schiefen Lächeln. „Ich bezweifle es, Baby." Er drängt mich zurück gegen die Küchentheke und dreht mich so, dass ich ihr zugewandt bin. Als er einen Holzlöffel aus dem Krug mit dem Kochbesteck zieht, beginnt mein Herz vor Aufregung zu hämmern. Nach dieser Seite von Nash verzehre ich mich. Nach dem dominanten Alpha, der das Kommando übernimmt.

So sehr ich seinen Respekt für meine Grenzen auch zu schätzen weiß, in meinen Träumen lässt er ein Nein nie gelten. Erlaubt mir nie, ihn wegzustoßen. Er verlangt seinen rechtmäßigen Platz in meinem Leben. Aber das sind nur Fantasien.

Nash klopft leicht mit dem Löffel auf meinen Po. Er testet mich. Wartet auf eine Reaktion.

Ich schaue über meine Schulter zu ihm. „Wirst du diesen Löffel tatsächlich benutzen oder sollte –"

Er bewegt sich rasch, fixiert meine Hände hinter meinem Rücken und zwingt meine Brust nach unten auf die Theke. Ich lache, während er mit dem Holzlöffel auf meinen Po schlägt. Ich bin eine Gestaltwandlerin, weshalb der Schmerz flüchtig ist. In diesem Moment registriere ich ihn nur als Reiz, der mein Verlangen vergrößert.

Nash schiebt meine Füße weiter auseinander. „Spreiz deine langen, reizenden Beine. Zeig mir die Stelle, an der ich dich heute Nacht wund machen werde."

Ich blecke meine Zähne und knurre bei seinem Dirty Talk, währen meine Mitte dahinschmilzt.

Nash führt den Löffel nach oben zwischen meine Beine und schlägt damit auf meine Pussy. Ich reiße an seinem Griff um mich, nicht dass ich mich wirklich befreien will. Es ist intensiv, aber wundervoll. Schmerz, der sofort in Lust überfließt.

„Was glaubst du, wie es sich anfühlen wird, das große Löwenglied deines Gefährten in deiner Pussy aufzunehmen, nachdem sie gründlich gespankt wurde?"

Ich weiß ehrlich nicht, wie es mir gelingt, nicht in Ohnmacht zu fallen. Mir ist heiß und schwindlig vor Lust und ich will unbedingt, meine Shorts ausziehen. All die Barrieren zwischen uns entfernen.

„Warum zeigst du es mir nicht?", fordere ich ihn heraus.

Er spankt meine Pussy weiterhin mit festen Schlägen mit dem Holzlöffel. Dann klappert der Löffel plötzlich auf den Boden und Nash schiebt meine Shorts und Höschen meine Hüften hinab. „Es ist *Stunden* her, seit ich diese Pussy zuletzt gevögelt habe", sagt er, als wäre das viel zu lang. Aber ich erinnere mich aus unserer Zeit in der Zelle, dass es ihm nicht an Durchhaltevermögen mangelte.

Er lässt meine Handgelenke los, um ein Kondom überzustreifen und ich winde mich aus den Shorts und Höschen, die um meine Füße verheddert sind. Ich stemme meine Hände auf die Küchentheke und nehme wieder meine Position ein, die Füße weit gespreizt, den Hintern rausgestreckt.

Nash schlägt auf meinen nackten Po und ich schimpfe ihn. „Zu laut", murmle ich.

„Oh, es wird laut werden", knurrt er, kurz bevor er mich mit seiner Härte aufspießt. Er hält mir bei seinem nächsten Stoß den Mund zu. „Denn ich habe definitiv vor, dich zum Schreien zu bringen."

Meine Nippel kratzen über die Innenseite meines BHs, hart wie Diamanten. Nash legt einen Arm um meine Hüften, um sie davor zu schützen, gegen die Theke zu krachen, während er mich mit jedem brutalen Stoß auf meine Zehenspitzen hebt.

„Du musstest von deinem Gefährten erobert werden, nicht wahr, Baby? Brauchtest du einen großen Löwenpenis, der dich füllt?" Diese unfeine Seite von ihm steht in solchem Kontrast zu dem Löwen, mit dem ich mich gepaart habe, dennoch törnt sie mich genauso sehr an. Nein – viel mehr.

„Ja." Meine Lippen bewegen sich an seiner Hand.

Ich brauche es. Ich brauche es so sehr, dass ich bereit bin, zu weinen und zu flehen, damit er mich zum Höhepunkt bringt.

Sein Daumen gleitet in meinen Mund und ich sauge daran, fest. Er fährt fort, sich in mich zu rammen, mit seinen Lenden gegen meine Pobacken zu klatschen und mich mit jedem kraftvollen Stoß auf die Zehenspitzen zu heben. Ich will – nein, ich muss – ihn tiefer aufnehmen. Tiefer als es diese Stellung erlaubt.

Als würde er spüren, dass ich ruhelos werde, zieht er sich aus mir und wirbelt mich herum. Ich stürze mich in Katzenmanier auf ihn – springe hoch, um seine Taille mit meinen Beinen und seinen Hals mit meinen Armen zu umschlingen. Er taumelt nach hinten und seine Augen leuchten bewundernd.

„Musst du oben sein, meine Königin?"

Ich beiße brutal in seinen Hals. Er läuft gegen den Tisch und stolpert, dann kracht er auf den Boden, wobei er jedoch darauf achtet, dass ich weiterhin oben bin.

Befriedigung durchströmt mich. So sehr ich es auch liebe, wenn er die Kontrolle übernimmt, so durchströmt mich doch auch ein Gefühl der Macht, weil die Rollen umgekehrt sind. Ich fixiere seine Arme auf dem Boden und er erlaubt es mir, obgleich ich weiß, wie mühelos er mich besiegen könnte. Ich setze mich rittlings auf seine Hüften und senke mich auf seine steife Erektion.

„Reite mich, kleine Löwin. Zeig mir, wie begierig du auf diesen Schwanz bist." Er stößt seine Hüften nach oben und ich keuche, als er auf meine inneren Wände trifft.

Ich fauche, als ich über seine dicke Männlichkeit gleite, und grabe meine Nägel in seine Unterarme. Ich reibe jedes Mal mit meiner Klit über seine Schwanzwurzel, wenn ich mich nach unten presse.

Nash keucht und Schweiß sammelt sich an seiner kurz gehaltenen Haarlinie, aber er unterwirft sich seiner Lust nicht. Er beobachtet mich eindringlich und Faszination huscht über sein Gesicht. Ich fühle mich hübsch. Wild. Erstaunlich. Ich habe mein Leben als Gestaltwandlerin nie abgelehnt, aber ich glaube nicht, dass ich es jemals zuvor so genossen habe. In diesem Moment würde ich für nichts in der Welt eintauschen, wer ich bin.

Ein wildes, gefährliches Biest in dem Körper einer hübschen Frau. Ich bin glorreiche, sinnliche Kraft. Ich bin Sieg.

Ich bin die Königin des Dschungels. Markierte Gefährtin von Nash.

Unser Band lässt sich nicht leugnen. Nicht, wenn ich spüre, was er mit meinem Tier anstellt. Wie er mich entfesselt. Unsere Körper wurden füreinander geschaffen.

Das Schicksal mag uns auf die schlimmstmögliche Weise zusammengeführt haben, aber er ist mein und ich bin sein.

Ich werfe meinen Kopf nach hinten und presse die Zähne zusammen, um nicht zu schreien. In dem Moment, in dem sich meine Muskeln um Nashs Härte zusammenzuziehen beginnen, schüttelt er meinen Griff um seine Arme ab und packt meine Hüften, reißt mich mit solcher Kraft nach unten auf seine Männlichkeit, dass er mich beinahe in zwei Hälften spaltet.

Meine Augen rollen zurück in meinen Kopf bei der reinen Ekstase. Der Befriedigung.

Nash schließt seinen Mund, womit er seinen Schrei unterbricht, und ruckt mit den Hüften vom Boden und hebt mich in die Luft, als würde ich auf einem bockenden Wildpferd reiten.

Ein atemloses Lachen sprudelt aus mir, als er schlaff unter mir zusammenbricht. Ich senke meinen Kopf, um ihn zu küssen.

Nash

ICH LIEBKOSE IHRE KRAFTVOLLEN BEINE, die feste Kurve ihres Hinterns. Sie tut das Gleiche und streichelt mit ihren Handflächen und einem anerkennenden Murmeln über meine Brustmuskeln.

„So stark. Das kämpfen steht dir."

„König der Biester", sage ich. „So nennen sie mich im Ring."

„König." Ihre Augen leuchten auf. „Also macht mich das zu deiner Königin?"

Indem ich sie im Genick packe, ziehe ich sie für einen weiteren Kuss nach unten.

„Schhhh." Sie wird ruhig und lauscht und ich halte still, während mein Schwanz nach wie vor in ihr ist. Sie entspannt sich und wiegt ihr Becken auf mir. Es ist nicht Nolan. „Mama-Radar", sagt sie mit einem leichten Lächeln. „Man erhält ihn bei der Geburt und wacht für den Rest seines Lebens jede Nacht bei dem kleinsten Geräusch auf."

Ich denke darüber nach. Werde ich eine Art ähnliche Dad-Fähigkeit bekommen? Oder ist es dafür zu spät?

Dann wiegt sie sich erneut auf mir und ich verliere jegliche Denkfähigkeit.

„Ich habe Nolan erzählt, dass du sein Dad bist."

Ich werde vollkommen reglos. Tatsächlich glaube ich, dass mein Herz komplett stoppt. „Das hast du?" Ich klinge erstickt.

„Yeah. Er fragte und es hat sich einfach nicht richtig angefühlt, ihn anzulügen. Ich weiß, dass ich dich gebeten habe, ihm nichts zu erzählen und ich weiß es zu schätzen, dass du meine Bitte geehrt hast. Aber du musst es nicht mehr geheim halten."

Ich weiß noch immer nicht, wie man atmet. „Yeah? Was hat er gesagt?"

„Er hat mich gefragt, ob du hier wohnen wirst."

Ich suche ihr Gesicht eindringlich nach Anzeichen dafür ab, was sie gerade denkt. Was sie will. Sie ist schwer zu lesen. „Es ist meine Pflicht, euch zu beschützen, ob du dich nun entscheidest, mich bleiben zu lassen oder nicht."

Ihre Augen werden schmal. „Bist du aus Pflichtgefühl hier oder weil es dein Wunsch ist?"

Ich packe ihre Hüften und stoße meinen halbharten Schwanz in sie. „Musst du das wirklich fragen?"

Davon will sie nichts wissen. Sie schiebt sich auf die Seite und steigt von mir. „Ich meine Nolan." Sie schaut mich nicht an, als sie es sagt.

Mein Magen verdreht sich zu einem Knoten. Ich rapple mich auf die Füße und entsorge das Kondom.

Ich weiß es verdammt nochmal nicht.

Ich weiß die Antwort auf diese Frage nicht. Ich habe keinen blassen Schimmer, wie man ein Vater ist. Bevor ich sie aufgespürt habe, gelang es mir geradeso, zu überleben.

„Ich will mich meinem Sohn gegenüber anständig verhalten", würge ich hervor. Das entspricht der Wahrheit.

Sie verschränkt die Arme vor ihrer Brust. „Das ist nicht das Gleiche", giftet sie.

Ich halte meine Hände hoch. „Whoa. Whoa. Ich sage nicht, dass ich kein Vater für ihn sein *will*. Bitte denk daran, dass ich erst vor ein paar Tagen von seiner Existenz erfahren habe. Wenn ich nicht bereit bin, mir die *Vater des Jahres* Brosche anzustecken, dann liegt das daran, dass ich keine verdammte Ahnung habe, wie ich das für ihn sein kann. Das ist alles."

Ihr Schultern fallen herab. „Du hast recht. Ich verstehe das. Vergib mir, ich habe nur einen sehr großen Beschützerinstinkt, wenn es um Nolan geht."

Ich laufe zu ihr und ziehe sie in meine Arme. „Natürlich hast du das. Ich würde auch nichts anderes erwarten. Wir werden die Dinge langsam angehen lassen, okay? Fürs Erste kann ich auf dem Sofa schlafen und über euch beide wachen. Den Rest werden wir schon irgendwie klären."

Sie schmiegt sich an mich und schlingt ihre Arme um meine Taille. „Dankeschön", murmelt sie an meinem Shirt.

Ich streichle ihre weichen Locken. „Danke dir, Baby. Ich bin nur dankbar, dass du mich in das Haus gelassen hast. Nicht, dass ich es nicht liebe, wenn deine Nachbarin auf mich schießt."

Sie kichert und lächelt zu mir auf und mir stockt der Atem, weil sie noch immer so frisch und hübsch aussieht. Als wäre Data-X nie geschehen.

In der Zwischenzeit bin ich zu der Hülle eines Mannes verkommen, der von Flashbacks und dem Drang nach Gewalt geplagt wird.

Nolan und Denali verdienen etwas so viel Besseres als das, was ich zu bieten habe.

Ich hoffe wirklich, dass ich das hier nicht in den Sand setze.

AGENT DUNE

CHARLIE LEHNT SICH NACH HINTEN. Seine Augen schielen leicht, weil er Stunden an bedeutungslosem Videomaterial gesichtet hat. Sein Handy vibriert und er geht ran.

„Agentin Gray."

„Dune. Ich habe dir einen Link geschickt. Das mexikanische Labor hat keine Menschen beherbergt. Sie führten dort Tierversuche durch. Wölfe."

Eis breitet sich auf seiner Hautoberfläche aus.

Wölfe.

Eine Erinnerung, längst vergessen. Sein Großvater und Onkel, die ihre Schrotflinten zogen, um einen Wolf zu jagen.

Grundgütiger.

Was denkt er jetzt wieder? So etwas wie einen Wolfmann gibt es nicht.

Einen Werwolf.

„Ich habe den Namen des Geldgebers. Sieht so aus, als sei er auch einer der größten Geldgeber von Data-X gewesen. Santiago Rodriguez. Stammt aus Lobo Mountain, Mexiko. Momentan wohnhaft in Honduras. Finanziert auch ein Labor für Tierversuche in Barcelona. Das steht alles in den Dateien, die ich hochgeladen habe."

„Dankeschön." Seine Stimme klingt barsch, weil seine Gedanken kreisen und alles noch einmal durchgehen und immer wieder über die Wolfsache stolpern. „Gray? Waren in einem der Data-X Labore Tiere?" Er räuspert sich. „Wölfe?"

„Diese Information ist zensiert worden."

Yeah, aber du könntest vermutlich auf sie zugreifen.

Sie halten beide inne und er weiß, dass sie seinen unausgesprochenen Satz hört.

„Ich werde sehen, was ich rausfinden kann."

„Danke, Gray. Ich weiß das zu schätzen."

„Danke mir noch nicht."

 enali

I<small>CH WACHE</small> zu dem Geräusch einer Tür, die geöffnet und geschlossen wird, sowie schweren Schritten auf. Ich strecke mich. Meine Löwin ist mehr als zufrieden, dass wir einen Mann im Haus haben.

Es hat sich nicht ganz richtig angefühlt, Nash zu zwingen, auf dem Sofa zu schlafen, aber wenn er direkt in mein Schlafzimmer einziehen würde, würde Nolan wirklich denken, dass er hier ist, um zu bleiben. Und das muss erst noch entschieden werden.

Ich steige aus dem Bett und hüpfe unter die Dusche. Meine Routine seit Nolans Geburt bestand darin, zu versuchen, zu duschen, bevor er aufwacht und mich braucht. Natürlich ist jetzt noch ein Erwachsener im Haus, falls er aufwacht. Nicht, dass Nash wissen würde, was er mit Nolan tun soll.

Nolan wacht auf und kommt ins Bad, gerade als ich mit der Dusche fertig bin. „Mama?"

„Ja, Baby?"

„Nash ist noch immer hier und er hat Donuts gekauft."

„Hat er das?" Nun, mein Kind braucht den Zuckerrausch nicht, aber der Gedanke war nett.

„Er sagte, dass ich dich fragen muss, bevor ich einen haben kann."

„Du kannst einen haben, nachdem du eine Tasse Milch getrunken hast. Bitte Nash, dir etwas Milch in eine deiner Schnabeltassen zu schütten." Ich hoffe, dass Nash damit zurechtkommt. Ich schätze, dass ich ihn damit ein wenig teste.

Als ich rauskomme, finde ich Nash und Nolan am Küchentisch sitzend vor, jeder mit einem Donut und einer Tasse Milch. Sie reden über Autos. Ich weiß nicht, ob kleine Jungen Lokomotion so faszinierend finden, weil es ihnen aufgedrängt wird, oder weil es eine angeborene männliche Anziehung zu diesem Thema gibt, aber mein Kind ist auf jeden Fall ganz versessen darauf.

„Ich mag Knicklenker-Traktoren", informiert er Nash.

Nash wischt mit seinem Handrücken Milch von seinem Mund und blickt zu mir. „Er hat gerade *Knicklenker* gesagt."

„Ich weiß. Ist es nicht niedlich?" Ich weiß, mein Grinsen ist albern, aber Flügel flattern in meiner Brust wegen der einfachen Freude, jemanden zu haben, mit dem ich die niedliche Brillanz unseres Sohnes teilen kann.

„Ich habe dir Kaffee gekauft. Wusste nicht, wie du ihn trinkst."

„Dankeschön. Ich mag Sahne, kein Zucker."

Wow. Lernen wir hier wirklich, wie der andere seinen Kaffee mag?

Das Ganze wird gerade real.

Ich nehme den warmen Pappbecher in die Hand und trinke einen Schluck. Nash hat ein Dutzend Donuts aller möglichen Geschmacksrichtungen gekauft. Ich nehme mir meine Lieblingssorte, eine Bärenklaue, und versenke meine Zähne in dem süßen teigigen Gebäck.

„Also, äh, was machst du heute?"

Sein Blick huscht zu Nolan, dann wieder zu mir. „Arbeiten."

Ah. Ein Kampf.

„Um wie viel Uhr?"

„Zwei Uhr nachmittags. Ich werde runter nach San Diego fahren und rechtzeitig wieder hier sein, um euch zum Abendessen auszuführen. Okay?"

Ich kaue an der Bärenklaue. „Bittest du mich um ein Date?"

„Kann ich noch einen Donut haben?", mischt sich Nolan ein.

„Nein", sage ich.

„Trink deine Milch", sagt Nash.

Ich verkneife mir ein Lächeln. Wir klingen wie ein Ehepaar.

„Yeah, ich bitte dich um ein Date. Ich will irgendwo mit euch schick essen gehen."

„Uns beiden?", frage ich zweifelnd. Schick essen gehen klappt mit Dreijährigen nicht besonders gut.

„Yeah?" Er sieht unsicher aus. Er hat keinen blassen Schimmer, wie es ist, ein Kindergartenkind zu unterhalten, während man in einem Restaurant auf das Essen wartet.

„Ich werde schauen, ob ich einen Babysitter organisieren kann."

„Einen Babysitter. Okay, richtig. Gute Idee. Ich werde um sechs wieder hier sein." Er bewegt seine große Gestalt von dem Küchentisch weg und obwohl er gehen muss, damit ich

Nolan und mich rechtzeitig aus der Tür kriegen kann, stelle ich fest, dass ich enttäuscht bin.

Er zögert, als wollte er mir zum Abschied einen Kuss geben, aber er besinnt sich eines Besseren. Stattdessen hebt er seine Hand. „Tschüss."

„Tschau mit au", sagt Nolan.

Nash lächelt und geht. Seine breiten Schultern füllen den Türrahmen, als er hindurchläuft.

Verrückter Mann.

Sexy, hübscher Löwe.

~

Nash

ICH GELANGE RECHTZEITIG ZURÜCK NACH Temecula, um in den Hügeln hinter Denalis Haus umherzustreifen und Wildblumen zu pflücken. Ich benehme mich wie ein verdammter Teenager, der auf sein erstes Date geht. Und ehrlich? Ich fühle mich auch genauso überfordert. Ich weiß absolut nichts darüber, Denalis Gefährte zu sein oder Nolans Dad. Aber ich will es definitiv lernen.

Mrs. Davenfield beobachtet mich durch ihr Fenster, als ich mit den Blumen in der Hand den Hügel nach unten laufe. Ich bin mir ziemlich sicher, dass ich sie lächeln sehe, weshalb ich davon ausgehe, dass ich zumindest heute Abend vor der Schrotflinte sicher bin.

Ich klopfe an die Tür. Denali kommt in einem hautengen roten Wickelkleid an die Tür. Die Sorte, die vorne einen tiefen Ausschnitt hat und jede Kurve ihres umwerfenden Körpers betont. Yeah. Es wird mir definitiv schwerfallen, mich während des Essens zu konzentrieren.

Ich reiche ihr die Wildblumen und ein Lächeln erhellt ihr hübsches Gesicht. Ich bekomme keinen Kuss zur Begrüßung oder so etwas, aber andererseits haben wir auch Publikum.

Nolan legt seine Schüchternheit allmählich ab. Er rennt zu uns und stoppt neben seiner Mom. Ich strecke meine Fingerknöchel aus und er schlägt mit seiner Faust ein.

Eine junge Frau sitzt auf dem Sofa und spielt an ihrem Handy herum.

„Das ist Ashley", stellt Denali sie vor. „Sie wird auf Nolan aufpassen, während wir weg sind."

Ich bedenke sie mit einem finsteren Blick, weil ich niemandem zutraue, auf unser Kind aufzupassen. Aber ich weiß selbst rein gar nichts darüber, wie man auf ein Kind aufpasst, also wer bin ich, dass ich mir ein Urteil erlaube?

„Wir werden nicht lange weg sein", informiert Denali Ashley, während sie die Wildblumen in eine Vase mit Wasser stellt.

Ich lege meine Hand auf ihr Kreuz, während wir nach draußen zu meinem Auto laufen. Es ist Jahre her, seit ich ein Date hatte. Das letzte war vermutlich in der Highschool. Aber ein Gentleman für Denali zu sein, fällt mir leicht. Ich muss meinem letzten Pflegevater nacheifern, einem unbeholfenen, aber freundlichen Mann, der zu jederzeit die perfekten Manieren vorlebte. Ich fühlte mich bei ihnen so fehl am Platz. Ich weiß jetzt, dass es daran lag, dass ich ein Gestaltwandler war, weswegen ich immer das Gefühl hatte, als würde ich nicht dazu gehören. Ich konnte all die netten Leute nicht verstehen, die ein friedliches Leben führten.

Kein Wunder, dass ich mich gleich nach der Highschool den Marines anschloss.

Ich öffne die Tür für Denali und warte, bis sie einsteigt.

„Woran denkst du gerade?", will sie wissen, als ich auf meiner Seite einsteige und das Auto anlasse.

Ich lache. „Die Wahrheit? Ich habe mich gerade daran erinnert, dass mein letzter Pflegevater immer die Türen für seine Frau geöffnet hat. Er war ein guter Mann." Ich fahre los und in Richtung eines Restaurants, das Laurie für uns ausgesucht hat. Er hat versprochen, dass es romantisch sein würde.

„Was ist mit deinen Eltern passiert?", fragt Denali sanft.

Ich zucke mit den Achseln. Ich habe es seit Jahren niemandem mehr erzählt. Vermutlich nicht mehr seit der Highschool. „Mein Dad hat meine Mom getötet." Meine Kehle schnürt sich um die Worte zu und ein Schauder durchläuft mich.

Ich bin dankbar, dass Denali das übliche Keuchen zurückhält. Sie legt ihre schlanke Hand jedoch auf mein Knie. „Warst du dort?", wispert Denali.

„Yeah. Ich glaube, ich denke schon. Ich kann mich nicht an den tatsächlichen Mord erinnern. Aber ich erinnere mich an ihre Leiche. Ihre Kehle war zerfetzt. Ich konnte nicht fassen, wie viel Blut da war. Ich weiß jetzt, dass er der Löwe gewesen sein muss. Und sein Tier hat sie getötet, als er betrunken und wütend war."

Denali umklammert ihren Bauch.

„Ich weiß. Es ist widerwärtig."

„Es ist nur… es tut mir leid. Es tut mir leid, dass du das durchmachen musstest."

„Also wurdest du von Menschen aufgezogen?"

Ich nicke. „Yeah. Hatte bis zum Krieg keine Ahnung, dass ich ein Gestaltwandler bin. Aber das ist kein Thema für ein Date."

„Doch, das ist es." Denali klingt entschlossen. „Wir kennen einander noch nicht richtig. Wir haben eine traumatische Erfahrung miteinander geteilt und haben ein wundervolles Kind, das das beweist. Aber abgesehen von unseren

Lieblingskeksen und Blumen und Farbe kennen wir einander nicht."

„Du hast recht." Ich fahre vor das Restaurant und parke. Plötzlich fühle ich mich von unserer Vergangenheit gefangen. Ich weiß nicht, wie ich sie jemals hinter mir lassen und in eine hellere Zukunft schreiten kann.

Rot flackert an den Rändern meines Sichtfeldes und plötzlich bin ich wieder in den Tiefen der Labore von Data-X.

ICH BIN AN DEN TISCH GEFESSELT, mein Kopf und Gliedmaße sind fixiert. Mein Bauch steht in sprichwörtlichen Flammen. Selbst wenn ich mich bewegen könnte, bin ich mir nicht sicher, ob ich nachschauen wollen würde.

Jemand bewegt sich neben dem Tisch. Weißer Laborkittel. Smyth, Leiter der Data-X Experimente.

„Doktor?", murmelt eine Stimme mit Akzent, kurz bevor Schuhe über den Boden klackern zusammen mit dem Klopfen eines Gehstocks. Ich schließe die Augen, als ich das teure Rasierwasser rieche. „Wie geht es unserem besten Versuchsobjekt?"

„Besser."

„Haben Sie jemals das Zuchttier gefunden, von dem er so angetan war?"

„Leider nein." Smyth rammt eine Nadel mit mehr Kraft als nötig in meinen Arm. Das Brennen wird in der Masse aus Schmerz, die mein gebrochener Körper ist, kaum wahr-genommen.

„Möchten Sie, dass meine Männer sie aufspüren?"

„Tun Sie, was Sie möchten, Santiago. Das Alpha-Projekt ist mein Hauptanliegen."

Ich knirsche mit den Zähnen – was auch immer Smyth

gerade in mich gepumpt hat, brennt wie Säure in meinem Blut.

„Selbstverständlich. Vergessen Sie bei Ihrer Jagd nach der Meisterrasse jedoch nicht, wer Ihre Geldgeber sind." Die Stimme verblasst, als mich eine frische Schmerzenswelle in die Dunkelheit zieht... Mein letzter Gedanke, bevor ich das Bewusstsein verliere, ist: zuerst Smyth töten. Dann Santiago.

„Nash? Nash?"

Fuck. „Gib mir eine Sekunde."

„Du warst irgendwo für eine Minute. Mehr als eine Minute, um genau zu sein."

„Yeah." Ich presse einen Daumen und Finger in meine Augen und versuche, mein Sichtfeld zu klären.

„Du hattest gerade einen Flashback."

Zähneknirschend nicke ich.

„Kriegst du sie oft?"

„Die ganze Zeit."

„Was kann ich tun?"

„Rede mit mir. Erzähl mir etwas."

„Ähm. Okay. Nolan hat heute in der Preschool Kunst gemacht. Sie haben etwas über die Tiere des Dschungels gelernt. Er hat einen Löwen gezeichnet, dem Blitze aus den Augen schießen."

Ein Lachen durchfährt mich, zuerst schmerzhaft. Meine Brust entkrampft sich leicht.

„Ich werde es rahmen lassen." Denalis Stimme spült über mich, warm wie Sonnenschein.

„Denali…" Ich muss es ihr erzählen. Ich werde nie in der Lage sein, Teil von Nolans Leben zu sein. „Diese Visionen, ich werde sie nie loswerden."

„Möchtest du darüber reden?"

Ich schüttle den Kopf.

„Vielleicht solltest du es tun."

„Nein. Es ist nicht sicher. Ich kann nicht riskieren, dass mein Löwe die Kontrolle übernimmt."

„Er würde mir nicht wehtun."

„Das weißt du nicht. Er ist ein Killer."

„Erzähl mir davon, als er zum ersten Mal rauskam."

„Yeah. Das war in Afghanistan, mitten bei einem Feuergefecht. Meine Einheit war in die Enge gedrängt worden. Ich sah zu, wie meine Freunde um mich herum starben. Und dann wurde alles schwarz."

„Er kam raus, um dich zu beschützen." Denali legt eine Hand in meinen Nacken. Ihre Berührung reicht, dass sich die angespannten Muskeln entspannen.

„Ich dachte, ich würde verrückt werden."

„Das kann ich mir vorstellen." Denalis Finger tanzen über meine Haut, während sie sinniert: „Zwanzig ist spät, um dein Tier zum ersten Mal zu sehen. Du musst ihn lange Zeit unterdrückt haben. Er sah seine Gelegenheit und hat sie ergriffen."

„Er kommt in der Anwesenheit von Tod heraus."

„Oder seiner Gefährtin. Ich habe ihn gestern Nacht kennengelernt."

„Ich kann ihn nicht rauslassen. Es lässt sich nicht vorhersagen, was er tun wird." Wen er töten wird. Ich muss mich nur an den Anblick der Leiche meiner Mutter erinnern, um nie, niemals wieder meinen Löwen rauslassen zu wollen. Vor allem nicht wegen dem, wie mein Löwe nach Blut dürstet, seit ich Data-X entkommen bin. Ich kneife die Augen fest zu. „Er blüht bei Gewalt auf. Blutvergießen. Deswegen ging ich zu Smyth. Er sagte, er könnte mich und meinen Löwen rehabilitieren. Er sagte, er würde helfen."

„Fuck."

„Yeah." Ich lache harsch. Ich kann nicht anders. „Yeah,

das fasst es mehr oder weniger zusammen." Ich reibe mir mit einer rauen Hand über das Gesicht. „Komm, gehen wir rein." Ich öffne meine Tür und laufe um den Wagen, um ihre zu öffnen, aber sie ist bereits ausgestiegen. Ihre ellenlangen Beine werden von einem Paar Riemchensandalen mit hohen Absätzen noch betont.

Wir gehen in das Restaurant und werden an unseren Tisch geleitet. Daraufhin bestellen wir eine Flasche des hiesigen Weins, den wir uns teilen, sowie frische Austern als Vorspeise.

Denali beobachtet mich mit ihren Augen, die von langen Wimpern umrahmt werden. Ihr Gesicht ist weich, so versöhnlich. Es ist schwer vorstellbar, dass ich sie mit dem, das ich ihr erzählt habe, noch nicht verjagt habe.

„Ich bin vollkommen verkorkst, Denali. Das fing schon vor Data-X an. Weit davor. Ich wurde so geboren."

Sie schüttelt den Kopf. „Das stimmt nicht. Unsere Tiere sind nicht böse oder falsch. Du denkst das nur, weil du von Menschen aufgezogen wurdest, und wegen dem, was dein Dad tat."

Ich schüttle langsam den Kopf. „Mein Löwe ist gefährlich. Und ich habe das Gefühl, diese Flashbacks – sie kommen aus diesem Teil von mir. Wenn ich mein Tier loswerden könnte, würde ich es tun."

Denali reißt die Augen vor Entsetzen weit auf und öffnet den Mund zum Sprechen, dann schließt sie ihn wieder. Sie trinkt einen Schluck Wein, als wolle sie ihre Gedanken sammeln. „Erzähl mir... bei deinem Flashback... was hast du gesehen?"

Ich leere meinen Wein und reibe mit einer Hand über mein Gesicht. „Bei diesem letzten? Ich war im Labor mit Smyth."

Ihre Hand legt sich auf dem Tisch über meine. „Er kann dir nicht wehtun. Hast du nicht gesagt, dass er tot ist?"

Möchten Sie, dass meine Männer sie aufspüren? Die Härchen auf meinen Armen richten sich auf, als ich mich an die Stimme mit dem starken Akzent erinnere, die mit Smyth sprach. *Santiago.* „Nicht er. Da war noch einer…"

Ich zucke zusammen, als etwas neben uns vibriert.

„Es ist okay. Es ist nur mein Handy." Sie zieht es raus. „Scheiße, es ist die Babysitterin. Da muss ich rangehen."

Ich nicke und trinke mein Wasser, während ich versuche, meine Gefühle zurück in meinen Körper zu zwängen. Ein erwachsener Gestaltwandler, kein geringerer als ein Löwe, der zu Panik reduziert wird.

„Ähm, Denali?" Ich höre das Zögern der Babysitterin durch das Handy.

Denali verspannt sich. „Was ist los?"

„Nichts… Nolan geht es gut. Es ist nur… ein Haufen Kerle ist gerade aufgekreuzt. Wir sind drinnen und sie sind in der Einfahrt."

„Weißer Camaro?", frage ich so laut, dass mich die Babysitterin hören kann.

„Ja. Drei Männer."

„Es ist okay", sagt Denali schnell. „Wir kennen sie. Wir kommen gleich zurück."

„Okay." Die Babysitterin klingt erleichtert. „Ich meine, es ist kein Problem. Sie sind nicht zum Haus hochgekommen, aber sie stehen um das Auto herum und… ich glaube, sie trinken Alkohol." Sie hält inne und sagt in bewunderndem Tonfall: „Einer von ihnen hat einen irischen Akzent."

„Wir sind gleich da. Behalte Nolan im Haus", sagt Denali. Sowie sie auflegt, fluche ich.

„Dein Rudel hat sein Babysitter-Angebot ernst gemeint." Ein Lächeln umspielt ihre Lippen.

„Ich bin froh, dass du das lustig findest."

„Sie geben sich jedenfalls Mühe." Sie wird ernst. „Wir müssen einige Regeln aufstellen, damit sie Unfug machen können, aber keinen Ärger."

„Dazu besteht kein Grund", knurre ich. „Sie können keinen Ärger mehr machen, wenn sie tot sind."

Ich werfe etwas Geld auf den Tisch und wir gehen ohne unsere Austern oder ein Abendessen.

Als wir vor das Haus fahren, ist der weiße Camaro noch immer davor geparkt. Laurie und Parker stehen zu beiden Seiten davon, während Declan auf der Motorhaube sitzt, eine verräterische Flasche neben sich. Der Ire ist oberkörperfrei und stellt seine wirbelnden, schwarzen Tribal-Tattoos zur Schau.

Sowie er uns entdeckt, schmettert er das Lied „In the Jungle".

Denali kichert.

Ich schaue sie finster an.

„Ach, komm schon." Ihre langen Beine beugen sich, als sie aus dem Auto steigt. „Es ist schon ein bisschen witzig."

Ich knurre leise. Denali läuft zum Haus, wo die Babysitterin und Nolan in der Tür stehen und mit großen Augen beobachten, wie sich die Szene entwickelt.

Ich marschiere zu dem Camaro.

Declan deutet auf mich, während er „lion" singt.

„Ah-wee-mo-wet, ah-wee-mo-wet", singen Parker und Laurie, während Declan die hohen Noten übernimmt und sich mit weit ausgebreiteten Armen nach hinten lehnt, bis er fast von der Motorhaube fällt. Ich packe ihn und ziehe ihn den Rest des Weges nach unten.

Auf der anderen Seite der Einfahrt ist Mrs. Davenfield aus ihrem Haus gekommen, um sich auf die Veranda zu stellen.

„Was zum Henker macht ihr hier?", spreche ich durch zusammengepresste Zähne.

„Ach komm schon, Alpha –"

„Bin nicht dein Alpha –"

„ – wir hatten nur ein bissl Spaß –"

„Wir dachten, du wärst drinnen." Laurie späht über die Motorhaube zu uns, wobei seine Brille seine Augen vergrößert.

„Yeah, wo warst du?", fragt Parker.

„Ich war auf einem Date", bringe ich zähneknirschend hervor und schaue zu Laurie. „Schon vergessen? Du hast ein Restaurant für mich rausgesucht."

„Oooooooh", rufen die drei im Chor.

„Ich schätze, wir haben etwas Gutes unterbrochen." Parker wackelt mit seinen grauen Augenbrauen.

„Coitus –", beginnt Declan und ich schubse ihn gegen das Auto.

„Ich. Werde. Dich. Um –"

„Nash... es ist okay", ruft Denali. Sie nähert sich mit der Babysitterin, die Declan bewundernd anstarrt. Nolan trottet hinter ihr her.

Scheiße. Ich stehe kurz davor, eine Schlägerei mit meinem eigenen Rudel im Vorgarten meiner Gefährtin anzuzetteln. Vor einem Dreijährigen.

„Baby, bleib auf der Veranda", sagt Denali, während sie die Babysitterin bezahlt.

„Aber Mama, ich will spielen."

„Ich kümmre mich um ihn." Laurie springt zu Nolan. Der schlaksige Gestaltwandler kniet sich hin, um mit dem Jungen zu sprechen.

„Wir wollten keinen Ärger machen", versichert Parker Denali. „Ihr hättet auf eurem Date bleiben können."

„Wir erhielten einen Anruf, dass drei fremde Männer

draußen in der Einfahrt seien", knurre ich. „Was denkst du, was wir daraufhin tun?"

„Du hattest doch keine Angst vor uns, was, Kleines?", wendet sich Declan an die Babysitterin, nimmt ihre Hand und küsst sie.

„Oh nein." Sie klimpert mit ihren Wimpern. „Ich war mir nur nicht sicher, wer Sie sind."

„Declan O'Connor, zu deinen Diensten. Würde dich sehr gern näher kennenlernen."

Die Frau strahlt Declan an, während er sie zu ihrem Auto begleitet.

Nolan ruft seiner Mom etwas darüber zu, dass er Laurie seine Trucks zeigt, und die zwei verschwinden.

„Nichts passiert", murmelt Parker.

Ich atme geräuschvoll aus. Mein Löwe will noch immer jemanden töten.

„Nash." Denali legt eine Hand auf meinen Rücken und ein Teil der Anspannung verfliegt. „Es ist alles okay. Wirklich. Ich mag deine verrückten Freunde."

Freunde. Ich betrachte sie nicht wirklich als Freunde, aber ich vermute, das sind sie. Das letzte Mal, als ich Männer meine Freunde nannte, wurden sie alle umgebracht. Ich schätze, seitdem habe ich mich dazu entschieden, niemandem jemals wieder so nah zu sein.

Diese Deppen haben trotz meiner besten Bemühungen, sie aus meinem Leben zu halten, einen Weg in eben dieses gefunden.

Verrückte Irre.

～

DENALI

. . .

ALS ICH NACH DRAUßEN KOMME, nachdem ich Nolan ins Bett gebracht habe, ist Nash auf der Jagd, bewegt sich leise durch das Cottage und späht durch die Fenster, ohne die Jalousien zu bewegen.

Ich sollte Angst haben, weil er wirklich glaubt, dass wir in Gefahr sind. Es ist allerdings schwer, Angst zu empfinden, wenn man einen solch wachsamen Beschützer hat.

Ich verspüre auch dieses irre Verlangen seine Anspannung zu lindern. Was verrückt ist, weil ich ihn eigentlich auf Distanz halten sollte. Ich vermute mal, dass meine Löwin diesen Teil nicht versteht. Sie sieht ihn als ihren Gefährten. Er ist mein, zu beruhigen. Zu befriedigen. In mein Bett einzuladen.

Aw, Scheiße. Ich werde ihn so was von in mein Bett einladen.

Ja, dass er auf dem Sofa schläft, hat nur eine Nacht lang gehalten. Tja, ich kann einfach nicht anders. Die ganze letzte Nacht dachte ich darüber nach, wie es wohl wäre, wenn er neben mir schlafen würde. Würde er mich an seine Brust drücken, wie er das in jener Nacht in der Zelle tat?

Würde es so beruhigend sein, zum Geräusch seines Herzschlags einzuschlafen, wie ich es mir vorstelle?

Ich laufe neben ihn und schlinge meine Arme um seine Taille. „Alles okay?"

„Yeah." Er dreht sich, vergräbt eine Hand in meinen Haaren und hebt mein Gesicht zu seinem. „Sorry, dass wir das mit dem Abendessen nicht hingekriegt haben."

Ich lächle zu ihm hoch. „Ich habe gekriegt, was ich brauchte."

„Und was war das?"

„Zeit mit dir allein."

Schmerz flackert auf seinem Gesicht auf, als würde er denken, er hätte diese Zeit verdorben. Ehrlich gesagt, ist es für mich nicht abschreckend, zu wissen, dass er PTBS hat. Ich glaube, ich würde mir größere Sorgen über ihn und seinen Charakter machen, hätte er keines. Falls ich irgendwelche Zweifel daran hatte, dass er von Data-X genauso beschädigt wurde wie ich, so sind sie jetzt vollständig verschwunden. Er mag sich ihnen freiwillig angeschlossen haben, aber er war genauso ein gefolterter Gefangener wie ich.

Seine Furcht vor seinem Löwen gibt mir jedoch Grund zur Sorge. So ein mächtiges Tier kann man nicht unterdrücken. Das ist wahrscheinlich der Grund dafür, dass sein Löwe kämpfen muss, wenn er ihn endlich rauslässt. Oder warte – kämpft er in Löwengestalt?

Ich mache mir eine geistige Notiz, mir einen seiner Kämpfe anzuschauen. Ich muss sehen, womit dieser Mann seinen Lebensunterhalt verdient, so grausig es auch sein mag.

Nash lehnt seine Stirn an meine und zieht einen Fingerknöchel über mein Brustbein, bis er mein Dekolleté erreicht. „Dieses Kleid macht meine Hosen zu eng."

Das Lachen, das über meine Lippen kommt, klingt heiser. „Ach ja?"

Er zwickt eine Brustwarze, fest. Wie die anderen Male, bei denen wir Sex hatten, bin ich von seiner Aggression begeistert. Das sind die wenigen Augenblicke, die er sich bei mir nicht zurückhält. Ich bin immer leicht schockiert davon, auf eine Weise, die direkt in meine Mitte schießt. „Ja."

„Willst du es mir ausziehen?"

Ein tiefes, löwisches Knurren bricht aus seiner Kehle hervor.

Ich lache, drehe mich um und renne zu meinem Schlafzimmer.

Er braucht eine halbe Sekunde, um mir zu folgen, wobei das laute Trappeln seiner Stiefel über die schlichten Kiefernbretter hallt. Er lässt mich bis ins Schlafzimmer gelangen, bevor er mich um die Taille einfängt. Sein Mund drückt sich auf meinen Hals, seine Zähne streifen meine Haut.

„Bist vor mir weggerannt, was?" Seine Stimme ist tief und verheißungsvoll.

Oh Gott, ich hoffe, dass er mich wieder bestrafen will.

„Z-zieht das eine Konsequenz nach sich?" Ich klinge atemlos.

Er lacht dunkel. „Verdammt richtig, das tut es." Er öffnet unter viel Aufhebens seinen Gürtel und zieht ihn durch die Schlaufen.

Ich schlucke, weil ich mir denke, dass ich den Mund vielleicht etwas zu voll genommen habe, aber er wickelt ihn um meine Handgelenke, zieht ihn mit der Gürtelschnalle fest und hoch über meinen Kopf. Meine Arme heben sich wie die einer Marionette.

Er wirft das Ende des Gürtels oben über die Tür und schließt sie, wodurch ich dort gefangen bin. Jetzt bin ich an der Tür fixiert. „Mmm." Er tritt zurück und mustert mich anerkennend. „Nun das ist ein Anblick, von dem ich den ganzen Abend fantasiert habe." Er tritt nach vorne und reißt die Seite meines Wickelkleides auf, womit er meinen weißen Spitzen-BH entblößt. „Abgesehen von dem hier." Er weicht wieder zurück und drückt sein Glied durch seine Hose.

Obwohl die Gürtelschnalle ein wenig in mein Handgelenk piekt, strecke ich mich und lasse mich von dem Gürtel hängen, als würde ich versuchen, zu fliehen.

Nash tritt zu mir und rammt mich wieder gegen die Tür, ehe sich sein Mund auf meinen legt. „Versuchst du, mir zu entkommen, meine Königin?"

„Mmmpf", ist das Einzige, das ich sagen kann, weil er wieder meinen Mund erobert, sobald er spricht. „Hübsche, hübsche Löwin."

Eine seiner Hände schlängelt sich in meinen BH, während

die andere meinen Po packt. Ich hebe ein Bein, um es um seine Taille zu schlingen und bewege meine Hüften, um seinen langsamen Stößen entgegenzukommen. Er zwickt und rollt meine Brustwarzen, eine unerträgliche Folter, die meine Pussy feucht werden lässt. Ich schwanke in dem Griff des Gürtels und meine Knie werden ganz weich. Er zieht seinen Mund meinen Hals hinab und knotet zur gleichen Zeit mein Kleid auf, das er anschließend aufschwingen lässt. Er hat volle Sicht auf meinen weißen Spitzen-BH und Höschen, die sich von meiner mokkafarbigen Haut abheben. Ich bin heute Nachmittag losgezogen und habe sie mir nur für unser Date gekauft.

„Fuck, Denali", knurrt Nash. „Hast du irgendeine Ahnung, was du mir antust?" Seine Augen leuchten gelb. Meine sind vermutlich graublau geworden. Nash wickelt einen Teil meiner Locken um seine Faust und hält meinen Kopf für einen weiteren brutalen Kuss gefangen. Während sich seine Lippen auf meinen bewegen, schiebt er beide Körbchen meines BHs nach unten und malträtiert meine Brüste. Ich schlinge beide Beine um seine Taille und er beißt in meine Unterlippe, die er zwischen seinen Zähnen festhält und zieht. „Ich werde dich gleich hier an der Tür vögeln, Denali. Und du hältst deine Schreie besser zurück, denn wenn du den Jungen aufweckst, werde ich dich nicht kommen lassen."

„Mich kommen *lassen*?" Ich stoße ein empörtes Lachen aus.

Er reißt den Saum an der Seite meines neuen Slips auf und diesen von mir. „Du hast mich gehört." Es liegt eine Herausforderung in seiner Stimme, die ich liebe.

Ich nutze meine Beine um seinen Rücken, um ihn näher zu ziehen und meine nackte Pussy über den Schritt seiner Jeans zu reiben.

Er lässt einen harschen Fluch fahren und knöpft sie auf. Seine Erektion federt heraus, groß und prachtvoll. Ich bin dankbar, dass er die Geistesgegenwart besitzt, ein Kondom hervorzuziehen, denn der Gedanke kam mir nicht einmal in den Sinn. Er streift es über und rammt sich mit einem brutalen Stoß in mich.

Mein gesamter Rücken presst sich an die Tür. Ich werde von Nashs Körper getragen und am Becken von seinem gehoben, was meinen Handgelenken Erleichterung verschafft.

Nash beißt in meinen Hals, weicht zurück und rammt sich wieder in mich. „Ich habe dich genau so, wie ich dich will, Baby."

„Ja", keuche ich. Er füllt mich und befriedigt mich auf eine Weise, wie ich nie wusste, dass ich es brauche. Jeder Stoß ist ein Pakt, ein Versprechen. Er braucht mich. Ich brauche ihn. Das Paarungsband ist unzerbrechlich. Unsere Tiere haben entschieden. „Gott, ja."

Nash hält meine Schenkel fest und rammt sich in mich, sodass die Tür bei jedem Rumms, Rumms, Rumms unserer Körper, die dagegen krachen, in ihren Angeln scheppert.

Wir bewegen uns wie ein Körper, in perfektem Einklang, perfektem Rhythmus. Ich unterwerfe mich seiner Eroberung, wie ich mich auch schon in jener ersten Nacht gefügt habe, und plötzlich wird mir alles klar.

Ich wurde nicht gezwungen.

Data-X mag zwar verlangt haben, dass wir uns paaren, aber unsere Tiere wählten einander nichtsdestotrotz. Nash markierte mich als seine Gefährtin, weil wir Gefährten sind, nicht weil er unter Zwang die Kontrolle verlor. Tatsächlich tat uns Data-X einen Gefallen, indem sie uns halfen, einander zu finden.

Ich weine beinahe, als ich die Bedeutung meiner Entdeckung begreife, gerade als Nash anfängt, die Kontrolle zu verlieren. Seine Bewegungen werden ruckartig und seine Schenkel zittern, während er sich in mich pflügt.

„Bist du bereit, zu kommen, Baby?"

„Wirst du mich lassen?", säusle ich.

Er verliert die Beherrschung. Seine Stöße werden wilder.

„Fuck, yeah. Komm für mich, hübsche Löwin."

Ich unterwerfe mich ihm vollständig, erlaube ihm, mich zu füllen und zu verlassen, in mich rein und raus zu pumpen, bis mein Verlangen den Gipfel erreicht.

Ich reiße mit den Handgelenken an dem Gürtel, presse meine Schenkel um seine Taille zusammen und ziehe ihn tiefer. Er schluckt meine Schreie mit einem Kuss und wir kommen beide simultan zum Ende, bei dem meine Pussy seine pulsierende Härte drückt.

„Du bist mein", skandiere ich. „Du bist mein, du bist mein."

Nash lässt ein zittriges Lachen verlauten und umfängt mein Gesicht. „Bin ich das?" Er legt seinen Unterarm unter meinen Po, um mich hochzuheben und befreit den Gürtel aus der Tür. Ich ziehe meine Handgelenke aus der Schlaufe, während er mich zum Bett trägt. Er legt mich nieder und küsst die roten Male auf meiner Haut, wo sich der Gürtel in diese gegraben hat.

„Wirst du wirklich Anspruch auf mich erheben, Baby?", brummt Nash.

„Ja." Ich greife nach ihm und fahre mit meinen Fingern durch seine Haare. Ich meine es ernst. Nash ist mein Gefährte. Unsere Tiere haben einander erwählt. Den Rest werden wir schon geregelt kriegen.

 enali

DIE GRUBE BEFINDET sich an dem heruntergekommenen Rand eines Industriegebietes. Ich parke mein ramponiertes Auto am Rand eines Parkplatzes, der voller Trucks und Motorräder steht. Der Geruch von Tieren hängt durchdringend in der Luft. Ein Geruch dringt besonders zu mir durch – Nashs Duft. Ich ziehe einen tiefen Atemzug in meine Lungen und marschiere zur Tür. Ich schreite in knöchelhohen Lederstiefeln und einem schwarzen Minirock, der die Länge meiner Beine betont, über den Parkplatz. Ein schwarzes Tube-Top schmiegt sich an meinen Oberkörper. Kajal um meine Augen und dünne goldene Ringe in meinen Ohren, die Haare in einem weichen Afro und mein natürlicher Geruch verkünden laut und deutlich, was ich bin: eine Löwin auf der Jagd.

Ich erhalte eine Menge eindeutige Blicke von einigen tätowierten Typen, die Joints bei ihren Motorrädern rauchen. Weitere Gestaltwandler drehen sich um, als ich das dunkle

Gebäude betrete. Einige Wölfe halten sich in der Nähe der Tür auf. Lederstreifen weisen sie als das „Timberland Rudel" aus. Sie sind eine zusammengewürfelte Truppe von Irokesen-schnitten und schlechten Tattoos. Sie nehmen Haltung an, als ich vorbeigehe und pfeifen in meine Richtung. Ich bedenke sie mit einem finsteren Blick und blecke die Zähne. Ihre Augen leuchten gestaltwandler-hell auf, bevor sie alle die Köpfe einziehen und sich von meinem dominanteren Tier abwenden.

Meine Löwin feixt leicht. Sie sind hier wohl nicht an weibliche Raubkatzen gewöhnt. Als ich meine Nase über den Gestank von Bier und Urin rümpfe, verstehe ich warum. Ich ziehe stilvollere Lokale vor.

Ich komme bis zur Bar, bevor ich zögere. Ich weiß, dass hier irgendwo ein Kampf stattfindet, aber ich will nicht fragen.

Ein großer Mann tritt aus der Ecke. „Denali." Laurie blinzelt mich hinter seinen dicken Brillengläsern an. „Du bist hier. Weiß Nash –"

„Nein. Ich wollte kommen. Ich wollte es sehen." Wenn Nash in meinem Leben, in Nolans Leben sein wird, dann will ich alles über ihn wissen. Das Gute, Schlechte und Hässliche.

Außerdem wollte ich schon immer einen Kampf sehen.

Sein Adamsapfel hüpft, als er schluckt. „Bist du dir sicher –"

„Ich bin mir sicher." Ich lege Dominanz in meine Stimme. „Bring mich zu ihm, Laurie."

Der Geruch von Tieren wird stärker, als wir eine lange Treppe nach unten laufen, ein übler Geruch von Fell und Blut. Meine Löwin drängt sich an die Front, bis sich die Dunkelheit für mein eigenes Augenlicht lüftet. Ich realisiere, dass das Geräusch, das ich gehört habe, das gedämpfte Brüllen war, das von dem brodelnden Meer aus Gestaltwandlern kommt. Der Boden scheint sich zu bewegen, das Dröhnen der Stimmen verleiht diesem Ort seinen eigenen Herzschlag.

„Volles Haus heute Abend." Ich lecke mir über die Lippen. Meine Haut summt, mein Herz hämmert wegen der Nähe von so vielen anderen Gestaltwandlern. Meine Löwin ist aufgeregt und strengt sich an, alles in sich aufzusaugen. Ich fühle mich… lebendig.

„Die Bude ist immer voll, wenn Nash kämpft." Laurie deutet auf die Mitte des Raumes und mir stockt der Atem. Ein riesiger Gestaltwandler mit vernarbtem Gesicht steht mit nacktem Oberkörper in der Mitte eines Käfigs. Sein Kopf und Schultern sind so groß, dass er aussieht, als hätte er keinen Hals. Er trommelt sich auf die Brust und brüllt. Die schreiende Menge spiegelt seine gewalttätige Lust wieder und schlägt auf den Maschendraht ein, während der Herausforderer in den Ring steigt. Der Neuankömmling hat einen Bürstenschnitt und eine amerikanische Flagge um seine Schultern gewickelt.

Nash.

Mein Fuß wackelt auf der Treppe. Nash blickt mit blinden Augen über die Menge und ignoriert seinen knurrenden Gegner. An einem Punkt ruckt sein Kopf zur Treppe. Ich ducke mich und verstecke mich hinter einigen Geparden mit MC-Aufnähern und hoffe darauf, dass sich mein Katzengeruch mit ihrem vermischt. Als ich wieder aufsehe, hat sich Nash umgedreht, um mit Parker zu reden. Ihre Köpfe sind einander zugewandt, während sie sich einen Augenblick besprechen. Dann schüttelt Nash die Flagge von seinen Schultern und faltet sie sorgfältig, ehe er sie an den kleineren Gestaltwandler weiterreicht. Parker huscht rasch aus dem Ring und schließt die Tür. Eine Sekunde später erklingt seine Stimme durch die Lautsprecher und kündigt den Beginn des Kampfes an. Buh- und Jubelrufe übertönen ihn.

„Gegen wen kämpft er?", frage ich Laurie. Der Bohnen-stangen-Gestaltwandler beugt sich näher zu mir.

„Bär. Aus Alaska. Sie nennen ihn *Grizz*."

„Er ist riesig. Werden die Kämpfer nicht gewogen?"

„Nicht bei diesen Kämpfen." Lauries Lachen weht an meinen Ohren vorbei und sein federartiger Geruch kitzelt meine Nase. „Schau einfach zu."

Die Glocke erklingt und die zwei Tiere beginnen, einander zu umkreisen. Der Grizzly ist überraschend leichtfü-ßig. Auf Nashs Gesicht liegt ein Ausdruck der Konzentration. Einige leichte Schläge starten die Action und der vernarbte Gestaltwandler geht zum Angriff über, indem er mit einem Schwinger auf Nashs Kopf zielt. Nash weicht elegant aus und die Menge murmelt. Sie wollen einen guten Kampf. Sie wollen Blut sehen.

Der Grizzly dreht durch, senkt den Kopf und krümmt die Schultern. Seine Fäuste sind eine Maschine, die in einem konstanten, tödlichen Rhythmus schwere Schläge austeilt. Nash kassiert einige Treffer, aber hauptsächlich tanzt er aus dem Weg, hüpft mal hierhin und mal dorthin. Der Bär brüllt vor Frust und bewegt sich schneller. Seine Arme verschwim-men. Ich umklammere Laurie.

„Schau einfach zu", wiederholt er.

Nash spielt mit dem Grizzly und dreht sich leicht auf seinen Füßen. Ein Spiel, ein Tanz und die Menge wird ruhe-los. Sie fangen an, den Bären anzufeuern, der kommt und kommt und kommt.

„Er zermürbt ihn", hauche ich, gerade als die Faust des Grizzlys Nashs Schulter erwischt. Nashs Arm fliegt nach hinten und er revanchiert sich mit einem brutalen Schlag in das ohnehin schon vernarbte Gesicht des Kämpfers. Ich höre das Knacken durch den ganzen Raum. Blut spritzt aus der Nase. Die Menge ächzt freudig, der Fellgeruch nimmt zu. Um uns herum sprießen Krallen aus Händen und Eckzähne werden länger. Nash bleibt in Bewegung, leicht und geschmeidig.

Meine Löwin kratzt an der Oberfläche, unfassbar angetörnt davon, Nashs Können im Käfig zu sehen.

„König der Biester", skandiert die Menge. Gestaltwandler drängen sich an den Käfig, Finger greifen durch den Maschendrahtzaun in einem Versuch, ihren Lehnsmann zu berühren. Sie lieben ihn. Sie wollen ihn, die hübsche Gewalt, die er ihnen schenkt. Er verkörpert ihre Biester, ihr Verlangen. Das Blut, das er vergießt, befriedigt sie mehr als Sex und sie verzehren sich nach mehr und mehr.

Sie können ihn nicht haben. Er ist mein.

Ehe ich mich versehe, dränge ich mich durch die Menge, bis ganz nach vorne zu dem Käfig. Ein Wolf knurrt, als ich mich an ihm vorbeischiebe. Ein Blick in die Augen meiner Löwin und er wimmert und zieht den Kopf ein. Hätte er in Menschengestalt einen Wolfschwanz, würde er ihn einziehen.

König der Biester, nennen sie Nash. Und jeder König braucht eine Königin.

Ich beziehe ganz vorne Posten. Nichts trennt mich von den Kämpfern außer einem dünnen bisschen Metall. Es riecht leicht nach Silber – vermutlich irgendeine Legierung, um Gestaltwandler fernzuhalten. Ich packe das Metall und genieße das leichte Brennen. Und warte.

Nashs Kopf fliegt in meine Richtung. Ich lächle. Seine Augen weiten sich und seine Pupillen erhellen sich zu einem puren brennenden Bernstein.

Hey Baby, schnurrt meine Löwin. Er schüttelt den Kopf, als könne er nicht fassen, dass ich wirklich hier bin.

Er formt meinen Namen mit den Lippen und ich kann seinen Atem praktisch auf meiner Haut fühlen.

„Wer ist die Schlampe?", schnauft der Grizzly und Nashs Augen leuchten golden auf. Der Bär sieht es nicht und verspottet mich nach wie vor. Er hat keine Chance.

Nash wirbelt herum und rammt sich gegen die breite Brust des Grizzlys. Jetzt ist es keine Kunst mehr, nur wilde Schläge, die mit tödlicher Kraft fallen. Der Grizzly versucht, zu kontern, aber jeder Schlag wirft ihn zurück und aus der Bahn, sodass seine Konter zu weit ausfallen. Schließlich sackt der Grizzly zusammen. Nash stößt ihn auf den Boden und brüllt seinen Sieg hinaus. Ich spüre den Laut in jeder Zelle meines Körpers. Die Menge hinter mir tobt.

Parker öffnet die Tür und Gestaltwandler stürmen den Käfig und drängen sich hinein. Nash reckt den Hals und sucht in der Menge nach mir, die skandiert – „König, König, König."

„Hat dir der Kampf gefallen?", fragt Declan an meiner Seite.

„Wo ist er?" Ich knurre halb vor Begehren.

Declans Mund hebt sich zu einem Grinsen. „Ich bringe dich zu ihm."

Aber den Raum zu durchqueren dauert eine halbe Ewigkeit. Declan führt mich schließlich zu der Wand, wo wir an einem irren Gestaltwandler vorbeigehen, der die Luft anheult, nervös und high von der Energie des Kampfes. Schließlich erreichen wir die entlegenste Seite und einen Privateingang. „Da durch." Declan hält die Tür für mich auf. „Durch den Gang. Bieg rechts ab, wenn du die Schließfächer siehst. Du kannst dem Geruch von Blut folgen."

Das Herz hämmert mir in den Ohren, während ich durch den Gang marschiere. Die Wände pulsieren von dem Brüllen der Menge. Aber ein würziger Geruch dringt mir in die Nase.

„Nash", flüstere ich und eile durch den Gang.

Er ist allein in der Umkleide, Blut läuft ihm über den Rücken und sein Kopf ist gesenkt, während er an den Schließfächern lehnt. Ein Krieger, geschlagen, aber nicht gebrochen. Mein Krieger.

„Nash", hauche ich.

Er dreht sich um und ich eile zu ihm und springe in der letzten Sekunde hoch. Er fängt mich mühelos auf und seine Hände umfangen meinen Hintern, als ich ihm wortwörtlich um den Hals falle.

Ich presse meinen Mund auf seinen.

~

DENALI

IN NASHS ARMEN vergesse ich die Zelle, die Wachen. Ich vergesse alles außer der Bewegung seiner Lippen auf meinen.

Ich bin eine neue Schöpfung aus heißem Verlangen und elektrisierender Empfindungen. Mein Herzschlag stolpert, als Nash den Kuss unterbricht und seinen Mund an meinen Hals presst, wobei seine Zähne über meinen Puls streichen.

Ich wimmere und seine Hüften rucken gegen mich. Er ist solide und stark, sein Körper straff und beeindruckend. Ich schlinge meine Beine um seine Taille und er hebt mich hoch, manövriert mich zurück auf das Bett, sodass ich unter ihm bin, sicher und beschützt.

„Denali", knurrt er und seine Augen leuchten bernsteinfarben. Ich bin mir sicher, dass meine graublau sind. „Ich verliere die Kontrolle. Du solltest mich stoppen –"

„Ich will nicht stoppen." Ich war noch nie zuvor mit einem anderen Löwen zusammen. Ich hatte keine Ahnung, wie

unwiderstehlich seine Nähe sein könnte. Ich reiße ihn näher zu mir. Ich kann nicht genug von seinem Geruch kriegen, seiner Hitze, seinen Hüften, die zwischen meinen Beinen ruhen. Er versucht, rücksichtsvoll zu sein, doch das macht mich nur sauer. „Hör auf, dich zurückzuhalten", knurre ich. „Gib es mir, Nash. Ich will das." Indem ich mein Becken hebe, reibe ich meine feuchte Mitte über seine harte Länge.

Er stößt sich mit einer Wucht, die mir den Atem raubt, in mich. Die Pritsche quietsch und ächzt unter der Wucht seiner Stöße. Irgendwo draußen meine ich, zu hören, wie uns die Wachen anfeuern. Es könnte mir nicht egaler sein. Nichts spielt mehr eine Rolle außer der unglaublichen Empfindung von Nash, der sich in mir bewegt. Er hat gerade dreißig Minuten mit seinem Mund an meiner Mitte verbracht und mich zu einem Orgasmus nach dem anderen geleckt, aber das war nicht genug.

Das hier ist es, was ich brauche.

Er stützt seine Arme gegen die Wand über meinem Kopf, um sich noch tiefer und härter in mich zu rammen.

Ich hätte wissen sollen, was kommen würde.

Scharfe Fangzähne fahren in seinem Mund aus. Doch ich kann lediglich mehr *denken. Jetzt. Ja. Das Einzige, das ich bemerke, ist das intensive Vergnügen, von ihm gefüllt zu werden. Von ihm beansprucht zu werden.*

Mein Kopf kracht gegen die Betonwand und ich greife nach oben, um mich dagegen zu stemmen, aber Nash flucht und zieht sich aus mir zurück. Im Nu bin ich auf den Knien, der Wand zugewandt und habe die Hände auf der glatten grauen Oberfläche gespreizt, bevor er von hinten in mich dringt. Ich biege meinen Rücken für ihn durch, strecke meinen Po raus und er packt meine Hüften so kraftvoll, dass er wahrscheinlich Blutergüsse hinterlassen wird.

Er rammt sich immer wieder in mich, bis ich vollkommen

den Verstand verliere. Sterne funkeln hinter meinen Augenlidern. Ich höre ein Knurren, aber ich weiß nicht, ob es von mir oder ihm kam. Das Brüllen war von ihm – es ist ein verflixtes Löwengebrüll und ich hege keinerlei Zweifel daran, dass es jeder Mensch und Gestaltwandler in dem Gebäude gehört hat. Wahrscheinlich hat es jedes Lebewesen im Umkreis von fünf Meilen gehört und Deckung gesucht. Das Brüllen eines Löwen ist unverkennbar.

Nash stößt sich tief in mich und verharrt dort. Ich erschaudere und verkrampfe mich um ihn, während mein Verstand um den Mond kreist. Ich komme erst zu meinem Körper zurück, als sich Nashs Zähne in meine Schulter bohren.

Schmerz durchfährt mich, aber wird rasch gefolgt von Euphorie. Meine Löwin brüllt ebenfalls.

Nash hat mich markiert.

Ich sollte sauer sein. Ich sollte mich umdrehen und ihm eine Ohrfeige verpassen. Doch ich fühle nur Glückseligkeit.

Mein Körper zittert und zuckt, während ich auf einem Hoch fliege, wie ich es noch nie erlebt habe.

Nash zieht mich auf seinem Schoß in eine sitzende Position und leckt die Wunde, bis sie sich schließt. „Denali. Fuck. Denali. Rede mit mir. Geht es dir gut? Es tut mir so leid. Ich hatte das nicht vor."

Meine Augenlider senken sich auf Halbmast und ich halte ihm den Mund zu, um ihn zum Schweigen zu bringen. Mein Schnurren ist meine einzige Antwort.

Nash

Sie riecht nach dem Paarungsduft und ihre gierigen Hände gleiten über meinen gesamten schweißnassen Körper.

„Du bist gekommen. Du hast dir den Kampf angeschaut."

„Ja." Sie schaukelt sich gegen mich. „Ja. Ich muss dich haben."

Obwohl ihr Mund auf mir liegt, gehen meine Gedanken auf Wanderschaft. Sie sah mich in meinem schlimmsten, gewalttätigsten Zustand, mein Tier war draußen und wild.

„Denali, bitte –"

„Ich brauche dich", keucht sie. „Ich brauche dich."

Ich höre auf, zu versuchen, mir einen Reim auf das Ganze zu machen. Ich schiebe ihren Rock nach oben und atme scharf ein. Sie hat kein Höschen an. Fuck, sie hat nichts an außer einem winzigen Stoffstreifen über ihren Brüsten und noch einem um ihre Hüften. Ihre Haut ist warm und glatt und sauber und ich könnte vor Glück sterben. Vielleicht bin ich das auch. Vielleicht bin ich in der Zelle gestorben und jetzt bin ich im Himmel.

„König der Biester." Sie reibt ihre Nase an mir wie eine Katze, die darum bettelt, gestreichelt zu werden.

„Nur wenn du meine Königin bist", knurre ich und dränge sie gegen die Schließßfächer. Ich schiebe meine Hose nach unten und befreie meine Erektion, ehe ich in meiner Tasche nach dem Kondom in meinem Geldbeutel krame. Sie schnurrt, während sie mir hilft, es überzurollen, und führt mich an ihren Eingang.

Es ist so falsch. Ich sollte meine Gefährtin nicht an diesem widerwärtigen Ort vögeln, aber sie will es und ich bin nicht in der Lage, es ihr zu verwehren. Ich stoße mich in sie.

Ihr Kopf fliegt nach hinten, ihre Fingernägel bohren sich in meinen Rücken. „Mein", knurrt ihre Löwin und kratzt jedes Mal, wenn ich in sie stoße, mit ihren Nägeln über meinen Rücken.

„Ja." Ich küsse sie, heiße den Schmerz willkommen und liebe das Gefühl, von ihr beansprucht zu werden. Warum sie

Anspruch erheben *wollen* sollte nachdem, was ich dort oben gerade getan habe, ist mir schleierhaft, aber ich werde nehmen, was ich kriegen kann. Diese Frau ist die Einzige, die mir jemals wichtig war. Die Eine, die ich nicht vergessen konnte. Die ich nicht gehen lassen konnte.

Nun, jetzt habe ich sie gefunden und sie will mich zurück. Es scheint unfassbar zu sein.

Ich halte einen ihrer Schenkel hoch und lege ihn über meinen Arm, der gegen die Wand gestützt ist. So habe ich einen guten Winkel, um mich in sie zu hämmern, und ich setze so viel Kraft ein, dass ich die Metallspinde hinter ihr eindelle.

„Denali", keuche ich.

„Beanspruche mich, Löwe", fordert sie mich heraus.

Ich lache. Fuck, es ist das erste Mal seit Jahren, dass ich lache. Es ist nicht so, dass irgendetwas witzig wäre, es ist diese unglaubliche Leichtigkeit, die sich über mich legt. Denali will mich. Sie hat keine Angst. Sie *mag* meine Aggression.

Ich stoße mich härter und härter in sie, der Dampf hinter meinem Orgasmus braut sich zu einem Sturm aus Leidenschaft zusammen. Ich bin beinahe wie von Sinnen vor Lust und stelle fest, dass es mir schwerfällt, mich zu fokussieren, aber ich greife um sie und schiebe einen Finger zwischen ihre Pobacken.

Sie schreit in dem Moment auf, in dem ich ihren Anus finde. Ihr Gesicht verzerrt sich, ihr Mund öffnet sich. Ihre Pussy zieht sich fest um meinen Schwanz zusammen und pulsiert, während sie gefangen in ihrem Orgasmus zuckt und bebt.

Ich brülle so laut wie in jener Nacht, in der ich sie markierte. So laut, dass ich die Wände zum Beben bringe. Das Blut rauscht in meinen Ohren, als ich mich noch einmal, zweimal, fünfmal in sie ramme und dann komme ich.

Der Raum dreht sich, Schweiß tropft mir in die Augen.

Sie kichert an meinem Hals. „Das ganze Gebäude ist verstummt, nachdem du gebrüllt hast. Ich wette, sie wussten nicht, wie laut ein Löwe sein kann, wenn er Anspruch auf seine Gefährtin erhebt."

Ich bin froh, dass sie es witzig findet, denn ich fühle mich plötzlich wie ein erstklassiges Arschloch. Weiß jetzt jeder in der Grube, dass ich sie gerade für mich beansprucht habe?

Sowie ich ihre Füße den Boden berühren lasse, sackt sie gegen mich. Ich berühre ihre dunkle Haut, glatt wie eine polierte Walnuss und reibe sie wie einen Talisman. Aber als ich meine Hand wegnehme, sind meine Finger rostrot verschmiert. Ich packe ihre Schultern. „Fuck."

„Nash?"

„Blut… auf deinem Körper…" Sämtlicher Atem weicht aus meinen Lungen. Meine Hände flattern über sie, mein Sichtfeld verengt sich. Oh Gott. Ich wusste immer, dass ich ihr wehtun würde. Ich bin eine Gefahr.

„Es ist okay. Baby, es ist okay. Das ist nicht mein Blut. Du bist voll davon."

Oh. Richtig. Der Kampf. Fuck sei Dank.

„Es tut mir leid." Ich sacke vor Erleichterung zusammen. Das Blut auf ihrer Haut – das ist eine Szene direkt aus meinen Alpträumen.

„Es ist okay. Lass mich nur machen." Sie zieht mich zu den Duschen und schaltet das Wasser an. Indem sie die abnehmbare Duschbrause in eine Hand nimmt, spült sie das Blut von meiner Haut und massiert mich mit ihrer freien Hand, bis ich die Augen schließe.

Die Haut ist bereits verheilt, gesund. Ich bin nicht mehr

so schnell geheilt seit… ich weiß nicht, wie lange das schon her ist.

„Besser?", fragt sie und reicht mir ein Handtuch.

Ich trockne mich ab, dann greife ich nach ihr. Meine Arme schließen sich um ihre schlanke Gestalt. Sie ist geschmeidige Kraft verpackt in einem zarten, weiblichen Paket. „Denali." Ich senke meinen Kopf auf ihre markierte Schulter und atme unseren vermischten Geruch ein. Sie ist warm und glatt. Ihre Arme fühlen sich wie Zuhause an.

„Komm, Baby. Lass mich dich nach Hause bringen."

Nash

„Lieblingsfilm?"

„König der Löwen", sage ich und Denali schnaubt. Wir liegen einander in den Armen. Ihre Hände wandern meinen Rücken hoch und runter und fahren die Flächen und Vertiefungen meiner Muskeln nach. „Was ist mit dir?"

Ihr Blick huscht zur Seite. Sie blinzelt und ihre Augen werden feucht. „Frei geboren – Königin der Wildnis."

Ich spanne meinen Griff um sie an. „Denali, ich werde dich rauskriegen –"

Die Tür kracht auf. Ich schnelle in die Höhe, die Krallen ausgefahren, aber sie sind auf mich vorbereitet. Der Elektroschocker trifft meinen Körper. Meine Knie knicken ein, doch der Schmerz ist nichts im Vergleich zu den Schreien meiner Gefährtin, als sie sie von mir wegschleifen.

 enali

ER VERFOLGT mich durch die Kiefern. Ich kann den Fall seiner schweren Pfoten nicht hören, aber ich weiß, dass er direkt hinter mir durch die Bäume springt. In dem Moment, in dem ich auf den Parkplatz am Fuß des Temescal Ridge Wanderweges parkte, riss ich mir die Kleider vom Leib, verwandelte mich und ließ Nash fassungslos glotzend zurück.

Fang mich, Löwe.

Ich will, dass Nash sein Tier so akzeptiert, wie ich das tue. Er hat es viel zu lange zu seinem Feind erklärt. Er sollte die Freude der Jagd spüren. Der Verfolgung. Davon, seinen langen, schlanken Körper bei einem Lauf von fünfzig Meilen pro Stunde zu strecken.

Ich ließ Nolan in der Preschool und plante meine Termine um. Ich hätte Nolan mitbringen können, aber Nash ist so unsicher in Bezug auf seinen Löwen. Ich muss ihm meine volle Aufmerksamkeit widmen und ich will nicht, dass er sich den Kopf darüber zerbricht, ein Vater für Nolan zu sein. Denn auch wenn er sich vorsichtig in dieser Rolle versucht, weiß ich, dass er sich noch immer daran gewöhnt.

Ich liebe es, meine Löwin rauszulassen. In Höchstgeschwindigkeiten zu rennen, Hasen zu jagen und Gerüche zu verfolgen. Ich liebe es wild und eins mit der Natur zu sein.

Eine riesige Pfote kracht auf mein Hinterteil und wir stolpern zu Boden. Ich rolle mich herum und springe wieder auf. In Nullkommanichts bin ich wieder unten und auf meinem Rücken. Nash tritt auf meine Kehle, um mich unten zu halten, dann leckt er mir übers Gesicht. Er ist umwerfend. Größer als jeder Löwe, den ich jemals gesehen habe – zweimal so groß wie meine Löwin. Seine Mähne ist sandfarben, seine Augen bernsteinfarben. Seine Pfoten haben die Größe eine Esstellers. Sein langer Schwanz zuckt hinter ihm.

Wir schnurren beide. Er ist glücklich. Ich schwöre, ich kann die Freude genauso klar in seinem Löwen nach oben sprudeln fühlen, wie ich die Sonne auf meinem Fell spüre. Das dumpfe Rauschen, das ich an seinem Tier spürte, als ich ihm zum ersten Mal wieder begegnete, ist verschwunden.

Er entfernt die Pfote, die mich unten hält, und ich springe auf die Pfoten und raufe mit ihm, wobei ich versuche, ihn zu Fall zu bringen. Natürlich ist das unmöglich. Er spielt mit mir, erlaubt mir um ihn zu hüpfen und an seiner Kehle zu knabbern, bevor er mich wieder zu Boden wirft.

Plötzlich sind wir in Menschengestalt, obwohl ich mich nicht daran erinnern kann, dass ich daran gedacht hätte, mich verwandeln zu wollen. Hat sein Löwe das irgendwie mit einem Alphabefehl ausgelöst? Genau wie an dem Nachmittag, als er bei meinem Cottage auftauchte, liege ich unter ihm auf meinem Rücken, nur sind wir dieses Mal nackt. Der Waldboden unter mir ist weich und gefedert von Gestrüpp, das weiche Bett der Natur für zwei Löwen.

Er drängt seine harte Erektion zwischen meine Beine. „Du wirst also gerne gejagt, meine reizende Löwin?" Er reibt seine Nase an meinem Hals.

Seine Schwanzspitze drängt sich ohne Hilfe von einem von uns gegen meinen Eingang. Wir habe keine Kondome dabei und ich glaube nicht, dass Nash überhaupt daran denkt, aber in diesem Moment ergebe ich mich dem Schicksal. Falls es uns bestimmt ist, noch ein perfektes Junges zu zeugen, dann akzeptiere ich das. Alles fühlt sich so leicht und möglich an, während Nashs Herz über meinem schlägt.

Er stößt sich in mich, während er sich auf seine Hände stemmt, um sein Gewicht zu stützen. „Ich liebe dich, Denali."

Wir erstarren beide. Er hat den Blick eines Rehs aufgesetzt, das im Scheinwerferlicht gefangen ist, als hätte er keine Ahnung gehabt, dass er das sagen würde.

Harte Entschlossenheit legt sich auf sein Gesicht. „Es stimmt", sagt er inbrünstig. „Mir ist egal, dass wir nicht über die Dauerhaftigkeit verfügen, um zu beweisen, dass wir es schaffen können. Du bist mein."

Ich hebe meine Hüften, um ihn anzuspornen, sich wieder in mir zu bewegen. „Ist es Liebe oder ist es der Anspruch eines Löwen?", frage ich sanft. Denn da besteht ein Unterschied. Der Anspruch eines Löwen ist die Entscheidung seines Tieres. Liebe ist eine menschliche Emotion. Kennt Nash überhaupt Liebe?

Qualen huschen über Nashs Gesicht. Ich sehe seine Zweifel an sich selbst, an dem, was aus ihm geworden ist, aber er schüttelt den Kopf. „Ich hätte es nicht gesagt, wenn es nicht wahr wäre."

Tränen brennen in meinen Augen, weil ich ihm glaube. Die Worte waren einfach aus seinem Mund gepurzelt. Er liebt mich.

Ich schlinge meine Arme um seinen Hals. „Ich liebe dich auch, Nash. Du bist mein."

Seine Augen flammen hell auf und er rammt sich in mich. Die Vögel in den Bäumen zwitschern und zirpen, als würde unsere Energie sie nähren. Der Himmel beginnt sich über uns zu drehen oder vielleicht wird mir auch nur schwindlig vor Lust. Ich weiß nur, dass alles auf dem Berg zu unserer Paarung beizutragen scheint – die Bäume, die Blätter, die Blumen, die anderen Tiere. Da ist etwas Magisches an unserer Vereinigung. Eine wunderbare Vollziehung, als wäre das hier unsere wahre Paarung. Die, zu der wir bestimmt waren. Nicht dieser wahnsinnige Biss damals in einer Zelle.

Ich bin überhaupt nicht überrascht, als Nash brüllt und seine Zähne in meiner Schulter versenkt, an der gleichen Stelle, die er auch beim letzten Mal wählte.

Ich bocke unter ihm, während mein Orgasmus in Wogen der Lust und Erlösung durch mich rauscht. Da ist kein Schmerz. Nur Erfüllung. Das hier sollte so sein. Eine Verbindung von Gestaltwandlerseelen. Wir gehören zusammen, zueinander. Das lässt sich jetzt nicht mehr leugnen oder davor fliehen.

Es ist erledigt.

～

Nash

ICH HABE NICHT VOR, Denali zu beißen. Wie beim ersten Mal weiß ich nicht, was ich tun werde, bis meine Zähne bereits in ihrem Fleisch vergraben sind und ich ihr Blut schmecke. Ich gebe sie frei und lecke das Blut weg. „Es tut mir leid, Baby."

„*Nein*", stoppt sie mich. Es ist der Befehl einer Königin.

Sie lässt keinen Raum für Proteste. „So hätte unser Paarungsbiss eigentlich ablaufen sollen."

Ihre Worte fegen wie eine warme Brise durch mich.
Meine Augen und Nase brennen einen Moment lang wegen
des Ausmaßes des Ganzen. Sie hat mich als ihren Gefährten
akzeptiert.

Diese kratzige Stimme in meinem Kopf, die mir stets
einredet, dass ich sie eigentlich nicht haben kann – dass ich
ihr nichts außer meinem Schmerz und Elend und Gewalt zu
bieten habe – setzt ein, doch ich bringe sie zum Verstummen.
Ich werde nichts und niemandem erlauben, mir diesen
Moment zu nehmen. Es könnte durchaus das erste Mal in
meinem Leben sein, dass ich wahre Freude erlebt habe.
Wahre, vollkommene, ungetrübte Freude.

Denali ist mein. Die Sonne scheint und die Vögel zwitschern. Ich bin draußen in der Natur und niemand versucht,
uns zu töten. Zumindest nicht im Moment. Und mein Körper
fühlt sich unglaublich an.

Er summt mit einer Energie, die ich nie gekannt habe.
Kraft und Vitalität strömen durch meine Adern. Es ist, als
hätte ich gerade irgendein Elixier getrunken, das mir Super-
kräfte verleiht. Liegt das daran, dass ich mich mit Denali
gepaart habe? Oder daran, dass ich meinen Löwen rennen
ließ? Oder an beidem?

Plötzlich bin ich wieder in spielerischer Stimmung. Ich
rolle mich von Denali und hebe sie auf ihre Füße. „Dann
rennst du jetzt besser oder ich zeige dir all die Dinge, die
mein Löwe tun will, um seinen Anspruch deutlich zu
machen." Ich schlage ihr auf den Po und verwandle mich.

Sie rast wie der Blitz davon und die flauschige Spitze
ihres Schwanzes schwingt hin und her, während sie über
Felsen hüpft und ihr schlanker Körper mit knochenloser
Eleganz springt.

Wir rennen stundenlang die Bergflanke hoch und runter. Einige Wanderer kommen vorbei und wir müssen uns in eine Felsspalte quetschen, um sie vorbei zu lassen. Dann springen wir hinab zu einem Bach, aus dem wir trinken. Ich war noch nie zuvor so lange in der Gestalt meines Löwen. Es ist sowohl befreiend, als auch erschreckend.

Was, wenn er zu stark wird? Was, wenn er mir nicht erlaubt, mich zurückzuverwandeln? Was, wenn er verlangt, regelmäßig rausgelassen zu werden? Und meine größte Angst von allen – was, wenn er jemanden tötet oder verstümmelt?

Aber ich fühle die dunkle Gewalt nicht so in mir brodeln, wie sie normalerweise meinen Magen zum Rumoren bringt. Der kranke Löwe, der kämpfen muss, um zu überleben, scheint weit entfernt zu sein von dem kraftvollen Tier, das jetzt durch den Wald stolziert. Ich fühle mich wahrhaftig wie der König des Dschungels.

Ich verliere jegliches Zeitgefühl, aber Denali muss ihre menschlichen Sinne besser mit ihrer Löwin integriert haben, denn am frühen Nachmittag führt sie mich zurück zum Auto.

Sie verwandelt sich an der Tür, dann greift sie nach dem Griff. Es ist abgeschlossen und ich sehe Panik in ihren Augen aufblitzen, weil sie die Schlüssel auf dem Sitz liegen ließ, als wir hier ankamen.

Ich nehme wieder meine Menschengestalt an. „Ich habe sie", informiere ich sie. Meine Stimme ist rau, weil ich zuvor in Löwengestalt war. Ich hole die Schlüssel aus der Astgabel eines Baumes, wo ich sie versteckte, bevor ich ihr heute Morgen folgte.

Ihr Lächeln ist blendend. „Du passt immer auf mich auf, nicht wahr?"

Ich nicke und bin plötzlich todernst. „Darauf kannst du einen lassen."

Sie bemerkt meinen Tonfall, hebt ihren Kopf und sieht

mir über das Autodach hinweg in die Augen. Sie schämt sich ihrer Nacktheit nicht, was sie sogar noch spektakulärer macht, während die Nachmittagssonne ihre Haut zum Leuchten bringt. „Das tue ich." Ihre Stimme ist sanft.

Irgendetwas hat sich zwischen uns verändert. Etwas Wundervolles und Ernstes. Die Verteidigungswälle, die wir hochgezogen hatten, brechen allmählich ein und wir befinden uns jetzt auf der gleichen Seite. Sind ein Team.

Ich werfe ihr die Schlüssel zu und sie fängt sie mühelos auf und öffnet die Tür. Wir ziehen beide unsere Kleider an und steigen in ihr kleines Auto.

„Also, Nash?" Denali wirft mir unter ihren langen Wimpern von der Seite einen Blick zu. Liebreizende Löwin.

„Yeah?"

„Wie fühlst du dich wegen deiner Vaterschaft?"

Oh Gott. Mein Herz beginnt schneller zu schlagen. Das ist wichtig. Sie fragt mich etwas Wichtiges wegen dem, was sich heute zwischen uns verändert hat. Ich muss das richtig beantworten.

Aber ich kann auch nicht lügen.

„Ich habe eine Scheißangst", gestehe ich.

Sie bricht in überraschtes Gelächter aus. „Ich kenne das Gefühl. Beim Schicksal, als Nolan geboren wurde, hatte ich Träume darüber, dass sich die hintere Tür des Autos beim Fahren öffnete und sein Autositz rausfiel."

„Oh, meine Fresse."

„Und ich hatte einen, bei dem ich noch auf der Highschool war und seine Babyschale ausversehen vor dem Klassenzimmer stehen ließ. Ein Paar der anderen Kinder hatten ihn hochgehoben und ich war in Panik und versuchte, ihn zu finden."

Ich lasse ein reumütiges Lachen verlauten. „Es ist eine beängstigende Aufgabe. Eine, die niemand vermasseln will."

„Genau." Sie schaut wieder zu mir, ihr Blick ist scharf. „Bist du ihr gewachsen?"

Mein Nacken kribbelt. Wieder habe ich das Gefühl, dass meine Antwort den Kurs meines Lebens verändern könnte. *Unserer* Leben.

„Yeah." Ich klinge keuchend.

„Bist du dir sicher? Denn diese Sache kannst du nicht halbherzig tun. Entweder bist du dabei oder du bist draußen. Und du kriegst mich nicht, ohne dich Nolan vollkommen zu verpflichten."

Das Kribbeln ist jetzt überall – rast meine Schultern und Rückgrat hinab, über meine Beine. „Ich weiß", meine Stimme klingt erstickt. „Ich bin dabei. Ich bin mit Haut und Haaren dabei, Denali. Ihr seid meine Familie."

Wenn das stimmt, warum schwitze ich dann? Warum hämmert mein Herz schneller, als es das tat, als ich mit fünfzig Meilen pro Stunde über diesen Berg rannte?

Will ich einfach nur, dass es stimmt, aber ich weiß, dass ich es in Wahrheit nicht haben kann?

Oder werde ich mich Denali und Nolan beweisen können? Werde ich zu etwas werden können, das ich niemals für möglich gehalten hätte?

Ich weiß es verdammt noch mal nicht, aber ich sollte meinen Scheiß besser schleunigst geregelt kriegen.

KAPITEL 10

 *ash*

ICH SCHRAUBE die neue sichere Fliegengittertür in den Türrahmen von Denalis Cottage. Ich hatte in den letzten Tagen keinen Kampf, weshalb ich meine Zeit damit verbrachte, Dinge an dem Cottage zu reparieren. Sicherzustellen, dass ihr Häuschen angemessen geschützt ist, war der erste Punkt auf meiner Agenda, aber ich strich auch ihre Küchenschränke neu und installierte ein Bewässerungssystem für die Blumenbeete. Ich freundete mich sogar mit Mrs. Davenfield an, Denalis neugieriger Vermieterin, indem ich auch an ihren Blumenbeeten ein Bewässerungssystem anbrachte.

Während ich so herumbastle, kommt mir der Gedanke, dass ich vielleicht einen neuen Beruf finden könnte – etwas Harmloseres als Kämpfen oder Krieg. Das Handwerker-Zeug liegt mir. Es ist eine einsame Arbeit, aber nützlich. Sie erfordert Muskelkraft, die ich habe, und Fähigkeiten im Problemlösen. Wie sich herausstellt, kehrt mein klares Denkvermögen zurück, wenn mein Löwe nicht darum kämpft, freigelassen zu werden.

All diese Zeit hatte ich eine fürchterliche Angst, meinen Löwen rauszulassen und meine Löwengestalt anzunehmen. Ich dachte, dass er Amok laufen und töten würde, weil das bei den anderen Malen passierte, an denen er rauskam.

Vielleicht war er nur am Durchdrehen, weil ich ihn unterdrückte. Das und dass ich mich von meiner markierten Gefährtin fernhielt.

Mein Handy klingelt und ich ziehe es heraus und werfe einen Blick auf den Namen des Anrufers. Es ist Denali.

„Hey Baby. Was gibt's?"

„Nash, die Preschool hat gerade angerufen. Nolan übergibt sich. Ich bin vollkommen eingespannt mit einer Klientin – ich bade sie momentan und kann nicht gehen. Kannst du ihn abholen?"

Ich versuche, mein überraschtes Keuchen zu dämpfen. „Äh, yeah. Werden sie mir erlauben, ihn mitzunehmen?"

„Ich habe ihnen gerade meine unterschriebene Erlaubnis geschickt. Du wirst deinen Ausweis zeigen müssen, aber yeah. Ich habe ihnen gesagt, dass sein Vater ihn abholen würde."

Ich schlucke schwer.

Sein Vater.

Richtig.

Das bin ich.

Nun, Scheiße.

Ich wurde auf hochriskante Missionen für mein Land geschickt. Ich überlebte Foltern durch die Hände meiner Regierung. Mit einem kotzenden Preschooler komme ich locker klar.

Oder?

Ich steige in mein Auto und fummle an den Schlüsseln herum. Ich kann das. Ich kann das so was von. Ich wiederhole das Mantra auf der gesamten Fahrt zur Preschool. Dann muss ich mir selbst Mut zusprechen, damit ich überhaupt aus dem Auto steige.

Die Türen zur Preschool sind abgeschlossen, weshalb ich einen Klingelknopf drücken muss, damit ich reingelassen werde. Die Direktorin kommt heraus, um mich zu begrüßen. Sie bedenkt mich definitiv mit einem finsteren Blick und mustert mich gründlich von oben bis unten. Ich schätze, abwesende Väter genießen hier kein hohes Ansehen.

Ich hätte darauf vorbereitet sein sollen.

Sie führt mich zum Zimmer der Schmetterlinge, in dem ich Nolan finde, der auf einer Matratze in der Ecke liegt, während die anderen Kinder spielen. Er sieht definitiv grün um die Nase aus.

„Hey, Kumpel", sage ich sanft.

Er rappelt sich auf seine Füße. „Wo ist Mama?"

„Sie arbeitet. Ich werde dich nach Hause bringen."

Nolan fängt zu weinen an. „Ich will meine Mama."

Verdammt. Ich habe keine Ahnung, was ich jetzt tun soll. Nehme ich ihn auf den Arm und renne einfach hier raus? Versuche ich, ihn dazu zu überreden, dass er ohne Theater mitkommt?

„Ich weiß, dass du dich nicht gut fühlst, Kumpel. Ich werde mich um dich kümmern. Komm her, kleiner Mann." Ich bin erleichtert, als er sich ohne großes Theater von mir hochheben lässt.

Seine Lehrerin bedenkt mich mit dem gleichen misstrauischen Blick wie die Direktorin, aber sie hilft mir, Nolans Sachen einzusammeln und zeigt mir, wie und wo ich ihn austragen muss.

Ich bin schlimmer als Schwarzenegger im Kindergarten

Cop, so wie ich durch die Gegend schwanke in dem Versuch, Nolans Mittagessen und Tasche mit der Schmutzwäsche sowie Nolan in den Armen zu tragen, während ich die Türen öffne und mir den Weg nach draußen suche.

Als wir zu meinem Auto kommen, begehe ich den dümmsten Fehler, die Beifahrertür für ihn zu öffnen. Anstatt einzusteigen, starrt er auf die Rückbank und dann heult er: „Wo ist mein Autositz?"

Scheiße! Autositz... ich sollte diese Dinge wissen. Warum hat Denali nichts gesagt? Und dann fällt mir ein, dass sie etwas darüber sagte, dass ich zu ihrer Arbeit kommen soll, aber ich dachte, sie meinte, ich sollte das tun, wenn ich nicht alleine klarkäme. Sie hat mir vermutlich gesagt, dass ich dort zuerst hinfahren soll, um den Autositz abzuholen.

Nolan dreht jetzt völlig am Rad, hängt sich von dem Türgriff und brüllt.

Ich mache dem Kind keinen Vorwurf. Er ist krank und er will seine Mom. Ich bin definitiv weit entfernt davon, seine Mama zu sein. Aber ich werde ihn nicht zurück in die Preschool bringen, weil ich keinen Autositz habe. Wir werden es nach Hause schaffen.

„Es tut mir wirklich leid, Kumpel. Ich habe den Autositz nicht dabei. Aber ich werde dich ganz fest auf den Rücksitz schnallen und dich im Nu nach Hause fahren, okay?"

Keine Antwort, weil er zu heftig weint.

Das ist wirklich ätzend.

Ich öffne die hintere Tür und hebe ihn auf den Sitz, wo ich den Gurt vorsichtig um seine Taille und hinter seinen Rücken fädle, damit er ihn nicht erwürgt. „Ich werde dich gleich nach Hause bringen, kleiner Mann."

Er übergibt sich auf dem gesamten Rücksitz just in dem Moment, als wir bei Denalis Haus ankommen. Doch mir ist gerade alles egal außer der Tatsache, dass der arme kleine

Kerl leidet. Ich ziehe ihn raus und trage ihn nach drinnen, wo ich ihn ohne Umschweife ins Bad bringe, um ihn sauber zu machen.

Ich fülle die Badewanne und ziehe ihm seine versauten Kleider aus. Er beruhigt sich in dem warmen Wasser, auch wenn mich seine Teilnahmslosigkeit noch mehr beunruhigt als das Weinen. Ich benutze einen Waschlappen, um sein Gesicht zu waschen und reiche ihm seine Zahnbürste, damit er den schlechten Geschmack aus seinem Mund putzen kann.

Ich wähle Denalis Nummer, während er in der Wanne sitzt und an die Wand starrt. Dunkle Ringe liegen unter seinen Augen.

„Wie geht es ihm?", fragt Denali sogleich.

„Er ist ziemlich krank. Soll ich ihm irgendetwas geben?"

„Du meinst Medizin? Hat er Fieber?"

Ich berühre seinen Kopf mit meinem Handrücken. „Ich glaube nicht."

„Dann gib ihm einfach, was auch immer er unten behalten kann. Bring ihn zum Trinken. Vielleicht Toast. Oder Apfelmus. Du weißt ja, wie das läuft."

Ich weiß überhaupt nicht, wie das läuft, und ich fühle mich deswegen wie ein Arschloch. Wie viele Male musste sich Denali in Nolans kurzem Leben schon mit so etwas rumschlagen?

Nolan steht in der Wanne auf.

„Okay, sieht so aus, als bräuchte er mich. Ich muss Schluss machen", sage ich zu Denali.

„Nash?", sagt sie, als ich gerade auflegen will.

„Yeah?"

„Du schaffst das, Dad."

Dad. Ich fühle mich ziemlich weit davon entfernt, ein Dad zu sein. Das Wort sorgt dafür, dass sich der Raum zwischen meinen Rippen zusammenzieht und ich muss den Atem aus meinen Lungen zwingen.

„Ich werde mein Bestes geben", sage ich.

Ich ziehe den Stöpsel aus der Wanne und wickle ein Handtuch um Nolan, nachdem ich ihn rausgehoben habe. Er zittert und steht lammfromm und kleinlaut da. Ich trockne ihn zügig ab und trage ihn in sein Zimmer. „Wo sind deine Schlafanzüge, Kumpel?"

Er deutet auf eine Schublade und ich ziehe einen Spider-man-Schlafanzug raus und mache mich zum Affen, als ich versuche, herauszufinden, wie ich ihn anziehen muss.

„Ich werde dich auf das Sofa setzen. Wir werden eine gute Sendung im Fernsehen aussuchen, die du anschauen kannst, okay? Willst du irgendetwas essen oder trinken?"

Er schüttelt den Kopf, weshalb ich ihn auf der Couch unterbringe und *Coco – der neugierige Affe* einschalte.

„Ist es okay, wen ich rausgehe und das Auto putze, Kumpel? Ich bin gleich draußen vor der Tür, falls du mich brauchst."

Nolan nickt, weshalb ich mit einem Eimer Wasser und einer Scheuerbürste nach draußen gehe. Die ganze Zeit, die ich dort draußen bin, mache ich mir Gedanken darum, wieder rein und zurück zu dem armen Kind zu gehen für den Fall, dass er sich noch einmal übergibt oder mich braucht.

Fuck.

Wenn es sich so anfühlt, ein Vater zu sein, dann weiß ich nicht, ob ich das emotionale Durchhaltevermögen dafür habe.

Und das ist wirklich verrückt, wenn es von einem Kerl kommt, der vor einem Monat emotional vollkommen tot war.

Denali

. . .

Ich komme nach Hause und finde Nolan auf Nashs großem
Körper auf dem Sofa zusammengeringelt und schlafend vor.
Nash hat einen Arm um Nolans schlafende Gestalt gelegt und
drückt ihn zärtlich an sich.

Herz. Geschmolzen.

Nash schaut Zeichentrickfilme, was lustig und süß ist. Ich
vermute, dass er den Fernseher nicht ausschalten oder den
Sender wechseln wollte.

Es hat mich beinahe umgebracht, nicht selbst zur
Preschool eilen zu können, als sie anriefen, aber ich konnte
nicht von meiner Klientin weg – vor allem nicht, nachdem ich
ihren Termin früher in der Woche verlegt hatte. Außerdem
wollte ich, dass Nash eine Gelegenheit bekommt, ein Dad zu
sein. Ich merke, dass er sich mit der Rolle sehr unwohl fühlt.
Zum Teufel, ich hatte auch schreckliche Angst davor, eine
Mom zu werden. Aber man erhält kein spezielles Training. Es
ist eine *schwimmen oder untergehen* Art von Sache und die
einzige Möglichkeit, damit zurecht zu kommen, besteht darin,
einfach ins kalte Wasser zu springen. Also ja, sich um ein
krankes Kind zu kümmern, ist mehr oder weniger der
Schnellkurs dafür, wie man sich als Eltern verhalten kann.

„Wie geht es ihm?", murmle ich, während ich zu ihnen
laufe, um Nolans Stirn zu fühlen. Sie ist klamm, aber nicht
heiß.

Nash streichelt mit seinem Daumen über Nolans Wange.
„Okay", wispert er. „Er schläft mittlerweile seit einer
Stunde."

„Danke, dass du ihn abgeholt hast."

Nash ruckt ungeduldig mit dem Kopf. „Danke mir nicht.
Das hätte ich schon die vergangenen drei Jahre tun sollen."

Ich hasse, wie viel Schuld er auf sich lädt. Ich berühre

seine Schulter. „Und du hättest es getan, wenn ich dir von ihm erzählt hätte." Ich warte, bis er mir in die Augen sieht und dann noch einen Moment länger, bis er sich entspannt und zustimmend nickt.

„Willst du, dass ich ihn ins Bett bringe?", frage ich.

Nash schüttelt den Kopf. „Nein. Ich hab ihn."

Ich lächle und Nash schenkt mir ein verlegenes Grinsen. „Ich bin ziemlich stolz auf mich, dass ich so weit mit ihm gekommen bin."

Ich streiche mit meinen Fingern durch seine kurz geschorenen Haare und massiere seinen Schädel. „Das solltest du auch sein, Daddy."

Er versteift sich nur einen Augenblick bei dem Wort *Daddy*, was ich als exzellentes Zeichen auffasse. Nash gewöhnt sich endlich an seine neue Rolle.

Zum ersten Mal seit Jahren bin ich von echter Hoffnung erfüllt. Vielleicht hat Data-X mein Leben doch nicht für immer verkorkst. Vielleicht sind noch immer gute Dinge möglich. Ein liebevoller Vater für meinen Sohn. Ein Partner und Gefährte. Vielleicht sogar mit einem weißen Lattenzaun.

Das verlangt nach einer Feier. Ich laufe in die Küche und beginne zu summen, während ich die Zutaten heraushole, um Erdnussbutterkekse zu backen.

~

Agent Dune

Er fährt an einem kleinen Cottage vorbei, das auf einem Grundstück mit einem größeren Haus in Temecula steht. Nash, derjenige, der diese ganze Untersuchung ins Rollen gebracht hat, hat hier in letzter Zeit gewohnt. Es gibt keine

Möglichkeit, anzuhalten und eine Überwachung in die Wege zu leiten, weil die Gegend zu spärlich bevölkert ist, weshalb er weiterfährt und die nächste Meile nicht umdreht.

Er hat die San Diego Kämpfer jede Minute, die er sich davonstehlen konnte, beobachtet. Er weiß nicht, was er glaubt, irgendwann zu sehen – dass einem von ihnen plötzlich Haare wachsen und er auf alle viere fällt? Oder mit einem Haustierwolf joggen geht?

Das Einzige, das er weiß, ist, dass das mulmige Gefühl, das er hat, seit Gray *Wölfe* erwähnte, nur stärker wird.

Die Data-X Labore befanden sich draußen auf dem Land. Er hatte angenommen, dass das dazu dienen sollte, neugierigen Blicken auszuweichen, aber was wenn es so war, weil sie Wildnis für die Tiere brauchten?

Aber glaubt er wirklich, dass es so etwas wie Werwölfe geben könnte?

Er erinnert sich daran, wie Nashs Augen gelb glühten. Wie Charlie ihn nach dem Massaker in Afghanistan nackt und blutverschmiert hochhob. All ihre Männer bis auf Nash waren erschossen worden. All die Aufständischen waren tot gewesen – aufgerissen, die Körperteile überall verstreut, als wären sie von einem wilden Tier zerfleischt worden.

Ist Nash ein Werwolf?

Ist Charlies Vater einer?

Woher wusste Jared Johnson es? Soweit Charlie weiß, verändern seine Augen nie die Farbe. Ihm wächst nie ein Schwanz und er heult auch nicht den Mond an.

Sein Vater kreuzte früher stets für ein paar Tage im Monat auf, immer in der Nacht, als wäre es ein großes Geheimnis, ihn zu sehen. Donnerwetter, war er immer mit dem Mond gekommen?

Er schüttelt seinen Kopf heftig. Nichts davon ergibt Sinn.

 enali

ICH SCHRECKE AUS DEM SCHLAF, als Nash schreit. Er zappelt neben mir, als würden ihm Stromschläge versetzt werden. In den wenigen Wochen, seit er eingezogen ist, habe ich bemerkt, dass er nachts zuckt, weil er Flashbacks oder Alpträume hat, aber dieses Mal ist es schlimmer. Das letzte Mal, als ich seinen Körper so zucken und krampfen sah, war, als wir in unserer Zelle waren und mich die Wachen wegbrachten.

„Nash", hauche ich, dann spreche ich lauter, „Nash. Es ist okay. Du bist in Sicherheit."

Ein Geruch trifft mich – die Reinigungsflüssigkeit, die sie benutzten, um die Betonwände zu reinigen und das Blut abzuwaschen. Gestaltwandlerblut.

„Nein", flüstere ich, während Schauder meine Arme hoch und runter jagen. Das ist kein Alptraum. Nash ist wieder an diesem Ort, gefangen in der Erinnerung.

Rieche ich diesen Ort wirklich? Wie? Es ist, als würde Nashs Flashback auch auf mich übergehen. Muss eine Art Gefährten-Fähigkeit sein.

Ich schüttle Nashs angespannten Bizeps, aber ich spreche zu dem Flashback. „Nein. Du kannst ihn nicht haben. Er gehört mir."

Nash gibt einen erstickten Laut von sich und seine Augen klappen auf. „Denali?"

Ich werfe meine Arme um ihn. „Es ist alles in Ordnung. Ich bin hier. Komm zurück zu mir, Baby."

„Denali", krächzt er, während seine Hände über meinen Körper streichen. „Denali."

„Es ist okay", wispere ich und drücke ihn eng an mich. Sein riesiger Körper zittert und Zorn durchfährt mich. Ich wünschte, ein paar der Leute von Data-X hätten die Explosion überlebt, damit ich sie von neuem töten könnte.

Ein Laut bricht aus seiner Kehle hervor, kein Wimmern oder Schluchzen, sondern etwas, das aus seinem Körper gerissen wird. Ich halte ihn fester. „Ich bin hier, Baby. Ich bin es. Deine Gefährtin. Ich werde dich nicht gehenlassen."

„Lass sie gehen", knurrt er und seine Augen rucken hinter den geöffneten Lidern hin und her. Er packt meine Schultern grob und stößt mich von sich. „Nein", murmelt er. „Nein. Fass sie nicht an."

„Was –"

„Nein!", brüllt Nash. Er ist noch in dem Flashback gefangen. Seine Arme schlagen weit aus und er erwischt mein Gesicht mit seinem Handrücken. Ich fliege vom Bett und krache auf den Boden.

Ein warnendes Knurren entringt sich meiner Kehle, da sich meine Löwin an die Oberfläche drängt, um zu kämpfen, auch wenn Nash nicht der Feind ist.

„Denali!" Nash schießt aus dem Bett und starrt auf mich

hinab. Seine Augen sind jetzt fokussiert, hyperwachsam und ich beobachte, wie es ihm dämmert und Entsetzen über sein Gesicht huscht. Das Licht von dem kleinen Nachtlicht in der Steckdose beleuchtet ihn von hinten und lässt ihn noch größer und gefährlicher erscheinen. Seine geballten Fäuste sind bereit, auf den Feind einzudreschen.

Doch es ist kein Feind hier.

„Nash?" Ich erhebe mich, reibe über meinen pochenden Wangenknochen und nähere mich ihm vorsichtig, während ich in der Luft schnuppere. Der antiseptische Geruch des Data-X Labors ist verschwunden, weggewaschen von der sauberen Nachtluft. „Bist du bei mir?"

„Fuck." Es ist eine gebrochene Silbe. Er fällt auf seine Knie. „*Denali*. Bitte sag, dass ich dich nicht geschlagen habe."

Ich presse meine Lippen zusammen und versuche, mir zu überlegen, was ich sagen soll.

Er lässt den Kopf in seine Hände sinken. „Oh Gott. Es tut mir so verdammt leid. Das ist unverzeihlich. Unverzeihlich."

„Du hattest einen Flashback", sage ich. „Was war es? War er von mir?"

Er hebt sein Gesicht und richtet einen gequälten Blick auf mich. „Sie wollten dich vergewaltigen. Ich musste sie aufhalten. Stattdessen habe ich *dir* wehgetan." Seine Stimme bricht.

Ich spüre das Rauschen von seinem Löwen, das ich schon fühlte, als er hier zum ersten Mal vorbeikam. Das Summen einer tickenden Zeitbombe. Ein Tier, das kurz davorsteht, durchzudrehen.

„Mir geht's gut, Nash. Ich bin eine Gestaltwandlerin. Ich werde bald heilen." Ich will mehr als alles andere, dass er mich in seine Arme zieht oder mir erlaubt, ihn zu halten. Aber er scheint mich nicht berühren zu wollen.

Er steht auf und taumelt nach hinten zur Schlafzimmertür. Auf dem Weg schüttelt er den Kopf und grunzt etwas.

Ein kaltes, warnendes Kribbeln durchläuft mich.

„Was?" Ich mache mich auf den Weg an seine Seite, bis er wiederholt: „Ich kann das nicht tun."

Ich stoppe und Furcht steigt in meiner Kehle auf. „Was kannst du nicht tun?"

„Hier sein. Bei dir und Nolan. Ich bin zu gefährlich."

„Du kannst nicht einfach gehen. Dein Löwe –"

„Ich werde leben. Oder auch nicht. Wie auch immer es ist nicht mehr dein Problem."

Die Bettwäsche ist auf den Boden gefallen. Ich hebe die Decke auf und umklammere sie fest. „Es *ist* mein Problem." Ich kann nicht mehr mit ruhiger Stimme sprechen. „Es wurde mein Problem, als du mich mit deinem Biss markiert hast. Als du mir ein Junges gemacht hast."

„Denkst du etwa, das weiß ich nicht?", faucht er. Ehe ich mich versehe, ist er direkt vor mir, die Zähne weiß und gefletscht. „Denkst du, ich lebe nicht jeden Tag mit den Schuldgefühlen? Es bringt mich um, Denali." Seine Hände packen meine Arme und schütteln mich. „Aber ich kann damit leben. Womit ich nicht leben kann, ist das Wissen, dass dich mein Löwe verletzt hat." Sein Griff lockert sich. „Was, wenn er Nolan verletzt? Ich muss mich von euch zweien fern-halten, so sehr mich das auch umbringt."

„Das würdest du nicht tun." Mein pochendes Gesicht und Arme strafen meine Überzeugung Lügen.

„*Ich habe es gerade getan.*"

„Du wolltest es nicht tun – du hattest einen Flashback."

„Ich weiß. Aber ich habe ständig Flashbacks. Ich weiß nicht, wozu ich in der Lage bin. Ich lief als Mann und Gestaltwandler in dieses Labor. Ich wurde zu… etwas ande-rem. Sie machten mich zu etwas anderem."

„Du kannst dir Hilfe holen", sage ich zittrig. „Du kannst versuchen –"

„Ich *versuche* es doch, gottverdammt. Das hier", er deutet auf das zerwühlte Bett, „war ich, wie ich es versuche. Es wird nicht funktionieren."

Ich schlucke den Kummer, der in mir ansteigt. Druck baut sich hinter meinem Gesicht auf und brennt in meinen Augen. Wird er uns wirklich sitzenlassen? „Was soll ich Nolan sagen, wenn er aufwacht und du nicht hier bist?" Falls meine Stimme zittrig klingt, so ist das wegen Nolan, nicht mir.

„Ich weiß es nicht." Nash beugt seinen Kopf. Er dreht sich nicht um. „Sag ihm… sein Vater ist tot."

Übelkeit schwappt zähflüssig und schwer durch mich.

„Dann geh." Schmerz lässt meine Stimme barsch klingen. „Verlass uns. Es ist ja nicht so, als wäre es uns zuvor nicht gut gegangen. Du bist derjenige, der sich dazu entschieden hat, hier aufzutauchen. Ich wusste, ich hätte dich nicht reinlassen sollen."

Nash schüttelt den Kopf. „Du hast recht. Das hättest du nicht tun sollen." Er dreht sich um und läuft aus dem Raum.

Mein verprügeltes Herz fällt dort auf den Boden, wo er noch vor einem Augenblick stand.

 *ash*

*K*ALTES *L*ICHT*. Graues Licht. Ich liege auf dem Boden. Mein Körper prickelt vor Qualen. Das letzte Mal, als sie mich hier rausholten, verlor ich nach dem ersten Schmerztest das Bewusstsein. Ich weiß nicht, wie lange sie mich durch die Mangel genommen haben, aber ich tat nichts, um Widerstand zu leisten. Sie warfen mich wieder zurück in die Zelle und ich habe mich nicht bewegt, nicht einmal als sie Essen reingeschoben haben. Das hätte vor einem Tag sein können oder vor einer Woche. Das Essen riecht falsch, als wäre es schlecht geworden.*

Denali ist fort. Ich konnte sie nicht beschützen. Soweit es mich angeht, verdiene ich es, hier zu verrotten.

Die Tür öffnet sich und die Luft weht über mich, geschwängert von dem Geruch antiseptischer Reinigungsmittel.

„Die Experimente haben ihren Tribut gefordert." Diese

Stimme kenne ich. Smyth. Der Arzt, der das Sagen über das Programm hat. „Aber er ist noch immer ein starkes Exemplar. Ehemaliges Mitglied der Sondereinsatztruppe. Sein Löwe brach hervor, als er an einer Menschenschlacht teilnahm. Er wurde von der Gruppe getrennt, auf dem Boden fixiert und sein Löwe übernahm die Kontrolle. Fing zwanzig Kugeln ein. Zerfetzte jeden einzelnen Feind. Ein geborener Killer."

„Aber jetzt", sagt eine Stimme mit einem starken Akzent und voller Verachtung, „ist er ziemlich erbärmlich."

„Er hat zu einem der Zuchttiere eine Bindung geformt. Eine Löwin. Wir glauben, er hat ihr den Paarungsbiss gegeben."

„Wirklich? Wo ist sie?"

„Sie ist entkommen, Sir. Irgendeine Unachtsamkeit von den Wachen. Sie haben ihr keine Handschellen angelegt und sie tötete einen und zerfleischte den anderen. Wir versuchten, sie aufzuspüren, aber sie ist höchstintelligent und sehr entschlossen. Begab sich in die Kanalisation – die Spur verschwand."

„Ich frage mich… wenn Sie sie finden würden und zu ihm zurückbrächten, ob dann wieder Leben in ihn kommen würde?" Die Tür schließt sich, die Stimmen werden gedämpft.

Nein.

Ich rolle mich herum, wobei ich ein Stöhnen unterdrücke, und schleppe mich zu dem Essenstablett. Ich tauche meine Finger in die Pampe und esse. Der Schleimbrei ist geschmacklos, das Fleisch fast verdorben, aber ich würge es hinunter. Als ich fertig bin, steht mein Körper in Flammen. Das Essen macht seine Arbeit – gibt meinem Körper, was er braucht, um sich zu erholen. Ich werde heilen und ich werde kooperieren *und so tun, als ginge es mir gut. Wenn sie mich nach dem Paarungsbiss fragen, werde ich sagen, dass es eine Gewalttat war. Dass er nichts bedeutete. Ich werde lügen und tun was auch immer sie von mir wollen. Mich unterwerfen. Gehorchen. Selbst wenn es meinen Löwen in den Wahnsinn treibt.*

Ich muss leben... wenn nicht um meinetwillen, dann um Denalis willen.

~

DENALI

DREI TAGE LEBE ich wie ein Zombie. Ich weiß nicht einmal, wie ich die üblichen Abläufe bei meinen Klienten und mit Nolan hinter mich bringe. Ich brach zusammen und weinte, als Nolan fragte, wohin Nash gegangen sei. Mein kleiner Junge schlang seine Arme um meinen Hals und drückte mich. Er gab sein Bestes, um mich zu trösten.

„Weine nicht, Mama. Er wird zurückkommen."

Ich schüttelte den Kopf. „Nein. Das wird er nicht, Nolan. Es tut mir leid, Baby, aber ihm geht es nicht so gut, dass er mit uns zusammen sein kann. Sein Löwe ist krank."

Mit der Wahrnehmungsfähigkeit eines Kindes korrigierte er mich. „Nein, Mama. Sein Löwe ist nur krank, wenn er weg von uns ist."

Daraufhin weinte ich noch heftiger, aber ging in die Dusche, um mich zusammenzureißen.

Jetzt sitzen wir beide draußen im Garten. Er spielt mit einem Kipplaster. Ich starre auf den immer gleichen Fleck auf der Terrasse. Ich zwinge mich, aufzustehen und den Wasserschlauch anzuschalten, um die Bäume zu wässern.

Beim Schicksal, dieser Schmerz in meiner Brust. Diese Schwere.

Ich wünschte, Nash wäre niemals hergekommen. Ich wünschte, er hätte mich nicht dazu gebracht, mich noch einmal in ihn zu verlieben. Dazu, anzufangen, zu glauben, dass ich das perfekte Leben haben könnte, von dem ich träumte.

Ich verstehe, dass es ihm nicht gut geht. Ich weiß, dass er Angst hat, dass er mich so verletzen könnte, wie sein Vater seine Mom angriff. Aber trotz allem werde ich ihm nie, niemals vergeben, dass er sich in meinem Leben breitgemacht hat, nur um dann wieder zu gehen.

AGENT DUNE

NASH VERLIEß das Cottage oben in Temecula, aber irgendein Bauchgefühl bringt Charlie dazu, es dennoch zu observieren. Dort ist ein Kind und es sieht aus wie Nash. Charlie kann nicht viel über die Mutter, Denali, herausfinden, außer dass sie vor vier Jahren aus New Orleans verschwand und dann erst vor kurzem mit dem Kind, Nolan, in Kalifornien wieder auftauchte.

Charlie versteckt sein Auto eine Meile entfernt und wandert den Hügel hinauf und um diesen herum zur Rückseite des Cottage. Aus der Ferne kann er das Kind in dem eingezäunten Garten spielen sehen. Denali ist draußen bei ihm und gießt die Pflanzen mit einem Gartenschlauch. Ein nicht gekennzeichneter weißer Van fährt vor das Cottage. Irgendetwas daran kommt ihm merkwürdig vor.

Denali sagt etwas zu dem Jungen und geht nach drinnen.

Der Kopf des Jungen ruckt in die Höhe und dann fällt er zu Boden, schlaff wie eine Stoffpuppe. Ein Mann springt über den Zaun und lässt sich direkt vor ihn fallen. Er hebt den Jungen hoch und wirft ihn über den Zaun, wo ihn ein anderer Mann auffängt und zum Van rennt. Die gesamte Operation dauert keine dreißig Sekunden.

Charlie sprintet den Hügel hinab, da sein Instinkt, die Unschuldigen zu beschützen, stärker ist als das Verlangen, Informationen zu sammeln, aber es ist zu spät. Beide Männer sind in dem Van und er fährt davon.

Er wirft sich mit dem Bauch auf den Boden, reißt seine Kamera heraus und schießt Fotos von dem Van und den Nummernschildern, während dieser um die Ecke rast und verschwindet.

Fuck.

Sein Fahrzeug ist viel zu weit weg, um sie zu verfolgen. Er dreht sich um und schleicht wieder den Hügel hoch.

Während seiner Karriere als Agent der Sondereinsatztruppe hat er viele schreckliche Dinge gesehen und gehört. Er hat für sein Land getötet. Hat für sein Land Verbrechen begangen und vertuscht. Aber nichts verdrehte ihm den Magen so sehr, wie Denalis qualvolle Schreie die Bergflanke hinauf schallen zu hören, als sie realisiert, dass ihr Sohn verschwunden ist.

Nash

„ALPHA? Alpha?"

„Bin nicht dein Alpha", brumme ich und grapsche nach meinem Glas. Meine Finger treffen auf eine Flasche und ich hebe stattdessen diese hoch und schlucke das kühle Feuer, als wäre es Wasser.

„Meine Fresse", haucht Declan. Er, Laurie und Parker beugen sich über mich. „Du riechst wie ne Terpentinfabrik. Was für'n Scheiß ist das?"

Ich blinzle und stemme mich von der Bar nach oben, um mich benommen in dem leeren Raum über der Grube umzuschauen. Ich muss schnurstracks hierher gefahren sein, nachdem mich Denali rauswarf. Ich trank die ganze Nacht und den Großteil des Morgens, um zu vergessen. Sogar mein Löwe steht jetzt unter Strom, verbrennt den Alkohol aus meinem Körper und verlangt, dass ich zurückgehe und beanspruche, was rechtmäßig mir gehört.

Doch ich verdiene Denali nicht. Ich verdiene keine Familie und noch viel weniger eine Gefährtin.

„Vorsicht", murmelt Laurie, der sich hinter mich schiebt.

„Allesss gut. Mir geht's prima."

„Deine Augen sind rot. Im Sinne von, sie leuchten. Ich habe das noch nie zuvor gesehen."

„Löwe", krächze ich durch aufgesprungene Lippen. „Will raus."

„Holt ihm etwas Wasser. Und Steak. Roh", befiehlt Parker und dreht sich wieder zu mir. „Fuck, Nash. Was hast du getan? Wo ist Denali?"

„Hab sie verlassen. Kann nicht mit ihr zusammen sein. Kann nicht ihr Gefährte sein."

„Was ist mit Nolan?"

Ich schüttle den Kopf. „Ich bin zu abgefuckt, um ein Kind großzuziehen."

„Du weißt nicht, ob das stimmt", widerspricht mir Parker sanft. Er lehnt sich neben mir an die Bar. „Also wirst du dich einfach von ihnen fernhalten?"

Ich zucke mit den Achseln. Mein Löwe wird das nicht

zulassen. Er wird darum kämpfen, zurückzugehen, und mich in den Wahnsinn treiben. Ich sollte mich jetzt gleich in Ketten legen.

„Hätte in der Zelle bleiben sollen." Ich zittere, da mir plötzlich kalt ist. „Sie hätten mich dort drin verrotten lassen sollen."

„Halte durch, Boss", murmelt Parker. „Wir werden einen Weg aus diesem Schlamassel finden." Er geht hinter die Bar und reicht mir eine zwei Liter Flasche mit Wasser. Ich trinke das ganze Teil aus, doch als Declan und Laurie zurückkehren und einen Teller mit Steaks vor mich stellen, schüttle ich den Kopf.

„Du musst bei Kräften bleiben. Zumindest so lange, dass wir herausfinden können, was wir tun müssen, wenn dein Löwe die Kontrolle übernimmt."

„Ruf Sam an. Seine Gefährtin wird wissen, was zu tun ist." Sie arbeitete bei Data-X, sie kann irgendetwas Tödliches zusammenbrauen. Abgesehen davon kann Sam Sprengstoffe besorgen und mich in Stücke sprengen.

„Alles klar. Wir werden einen Plan schmieden." Parker schiebt den Teller näher zu mir und der Geruch von Fleisch überzeugt mich schneller, als es irgendjemand könnte. Nachdem ich den Teller leergegessen habe, fühle ich mich etwas besser. Vielleicht kann ich Layne dazu bringen, mir irgendetwas zu verabreichen, das mich vergessen lässt. Einige Wolfrudel benutzen Vampire, um die Erinnerungen derjenigen löschen zu lassen, die das Rudel bedrohen. Angeblich funktioniert es bei Gestaltwandlern nicht, aber vielleicht wird es reichen, damit ich vergesse, wie nah ich dem Paradies gekommen bin.

Allein der Gedanke lässt mich wieder zur Flasche greifen.

Denali. Ein knackendes Geräusch und ich öffne meine Hand, um das zerbrochene Glas fallen zu lassen. Geistesabwesend zupfe ich einige Splitter aus meiner Handfläche, bevor meine Haut über ihnen heilt.

Parker holt tief Luft. „Boss –"

Mein Handy klingelt und er verstummt, als ich danach greife. Ich starre auf den Namen auf dem Display. Ich sollte nicht rangehen. Sie zu verlassen, hat mich fertiggemacht. Jetzt mit ihr zu reden, wird sicherstellen, dass ich nie wieder atmen werde.

Aber ich bin so dankbar, dass sie überhaupt gewillt ist, meine Nummer zu wählen nach dem, was ich ihr und Nolan antat, dass mein Daumen über das Display wischt.

„Nash?" Das Entsetzen in Denalis Stimme reißt mich auf die Füße.

„Denali."

Ihr Schluchzen dringt durch die Leitung und bricht mir das Herz.

„Was –"

„Sie haben ihn geholt. Nolan. Sie kamen und holten ihn."

Rot erfüllt mein Sichtfeld und ich kämpfe dagegen an. *Nicht jetzt!*

„Wer?" Parker und der Rest sind dicht um mich geschart.

„Männer in Schwarz. Weißer Van. Ich war hinten im Garten und habe nicht –" Sie weint zu heftig, um sprechen zu können.

„Halte durch, Denali, wir sind auf dem Weg", sagt Parker. Seine Stimme ist gedämpft, als dränge sie durch Glas an meine Ohren. Mein Sichtfeld verengt sich und ich bleibe sehr reglos in dem Versuch, die Beherrschung zu wahren.

„Gib mir das Handy", sagt Laurie und windet es aus meinen kraftlosen Fingern. „Denali? Kannst du mich hören? Denkst du, dass du dort in Sicherheit bist? Gibt es irgendeinen Ort, an den du gehen kannst?" Sein Murmeln folgt mir, während ich zu dem Camaro marschiere. Parker und Declan erreichen ihn vor mir. Wir rasen vom Parkplatz, noch bevor sich die Türen schließen, bevor ich überhaupt Zeit zum Atmen habe.

„Wer hätte das tun können? Wer denkst du, steckt dahinter?", fragt Parker.

„Ruf Sam an." Declans Hände umklammern das Lenkrad so fest, dass seine Knöchel weiß hervortreten. Der Camaro beschleunigt in einer Kurve. „Er kann es herausfinden."

„Denali ist unversehrt", verkündet Laurie. „Ich habe mit ihr ausgemacht, dass sie sich mit uns trifft." Er beugt sich nach vorne, um Declan den Weg zu weisen.

„Keine Sorge, Nash", sagt Parker. „Ich rufe Verstärkung."

Ich höre ihn kaum über das Brüllen in meinen Ohren. Zorn erfüllt mich wie nichts, das ich zuvor empfunden habe. Lava wird mit der Wucht eines Hurrikans durch meine Adern getrieben. Eine Sekunde später drückt mir Laurie das Handy in die Hand. „Alpha, sie wollen von dir hören."

„Nash?", dringt Sams Stimme aus dem Handy. „Ich habe Layne hier und Jackson und Kylie. Was ist los? Geht es um Denali?"

Die Lava wird zu Eis.

„Mein Sohn", knurre ich. „Sie haben meinen Sohn geholt!"

 ash

„ICH GING NUR REIN, um mein Handy zu holen – es hatte geklingelt. Sie holten ihn, während ich drinnen war, und als ich rauskam, war es zu spät." Abgesehen von einer kratzigen Stimme und vom Weinen verquollenen Augen wirkt Denali ruhig und gefasst, während sie die Geschichte zum wiederholten Male erzählt. Wir sind in einem von Sams sicheren Unterschlüpfen versammelt. Er und seine Gefährtin sind hergeflogen, sowie sie die Nachricht hörten, und weitere Mitglieder aus ihrem Rudel und Freunde sind einsatzbereit und warten auf Befehle. Parker und Declan blicken unablässig auf ihre Handys und gehen immer wieder, um weitere Anrufe zu tätigen.

„Irgendeine Idee, wer diese Kerle waren?", fragt Sam.

„Ich weiß wer." Mein Löwe versucht schon seit Tagen es mir zu sagen. *Deswegen* sind die Flashbacks schlimmer geworden. „Da war noch ein anderer bei Smyth. Ein Geschäftspartner mit einem spanischen Akzent." Wenn ich meine Augen schließe, kann ich die kräftigen, kultivierten Töne über mich rollen spüren. Ich kann die polierten schwarzen Anzugschuhe und die Spitze des Gehstocks sehen.

„Santiago", sagt Sam grimmig. „Wir haben letztes Mal alle erwischt bis auf diesen Schweinehund."

„Wer ist Santiago?", fragt Denali.

„Er hat das Geld gegeben", verkündet Sam. „Smyth hatte die Vision. Santiago hat das Projekt finanziert."

„Wir hatten die Gene", füge ich hinzu. „Ein mit Orden ausgezeichneter Soldat und eine starke Löwin." Ich reibe mir über das Gesicht und wage einen Blick zu Denali. Gerade jetzt strengt sie sich an, stark zu bleiben.

„Santiago wird ihm nicht wehtun", sagt Sam. „Er ist davon besessen, reine Gestaltwandlerlinien zu erschaffen. Er denkt, Nolan ist der Beginn davon."

„Das sind wenigstens etwas gute Nachrichten", murmelt Declan.

„Wir werden ihn erwischen." Sam steht auf, als Stimmen von der Tür erklingen. Layne tritt zuerst ein, eine zierliche Asiatin, die ein schwacher Geruch von Chemikalien umgibt. Sie arbeitete in einem Data-X Labor, bis Sam es in die Luft jagte. Ein riesiger Wolf ist hinter ihr. Jackson – ein erfolgreicher Geschäftsmann, dem eine Informationssicherheitsfirma gehört. Ich erhebe mich, als Jackson auf mich zukommt. Er ist riesig und dominant, sein Wolf erhellt seine Augen. Mein Löwe ist sich seiner und Laynes Anwesenheit – die dominanter ist, als sie aussieht – sehr bewusst.

„Nash." Jackson schüttelt meine Hand. „Ich habe viel über dich gehört. Meine Gefährtin und ich werden jede Ressource, die wir haben, zu deiner Verfügung stellen." Er nickt zu Denali und schließt sie mit ein.

„Danke", sage ich.

Ich bin so unfassbar dankbar. Ich habe nichts für keinen von diesen Männern getan und dennoch sind sie alle hier, um mir zu helfen.

„Kylie durchsucht bereits den Cyber-Untergrund nach Anzeichen von Santiagos Männern", murmelt Layne aus der Ecke.

„Wir haben einen Helikopter und Privatjet, die bereit sind, sowie wir Neuigkeiten erhalten."

„Dankeschön." Denali lässt einen zittrigen Atemzug fahren. Ich nicke, unfähig, zu sprechen. In dem engen Raum ist mein Tier nicht glücklich über so viele Alphas in der Nähe meiner verletzlichen Gefährtin.

Nicht, dass sie noch meine Gefährtin wäre. Das habe ich gründlich in den Sand gesetzt, als ich sie im Stich ließ und unser Junges ohne Schutz vor den Monstern, die ihn entführten, zurückließ.

„Ich werde Kylie helfen", sagt Jackson und Layne folgt ihm aus dem Raum.

„Das sind deine Freunde?", fragt Denali flüsternd.

Ich zucke mit den Achseln. „Freunde von Freunden." Ich balle meine Fäuste, um mich daran zu hindern, nach ihr zu greifen. Ich muss sie berühren, aber sie schüttelte meine Berührung ab, als ich hier ankam. Ich will sie nicht bedrängen.

Die Tür öffnet sich erneut und eine Frau huscht herein. Zierlich, blond, menschlich. Ein Wolf tritt mit ihr in den Raum, noch ein riesiger, dominanter Mann mit Tattoos an den Händen und an seinem Hals. Er weicht nicht von der Seite der Menschenfrau, an der sein Geruch haftet. Sie trägt auch sein Mal.

„Denali?" Die Frau geht schnurstracks zu meiner Gefährtin, kniet sich hin und nimmt die Hände meiner Gefährtin.

„Ich bin Amber." Sie sieht von ihrer nicht bedrohlichen Position mit Augen auf, die von Mitgefühl erfüllt sind, und ein Teil der Spannung weicht aus dem Raum. „Ich bin hier, um euch zu helfen, Nolan zu finden."

Meine Gefährtin schluckt. „Wie?"

Amber sieht zu dem großen Wolf auf, bevor sie antwortet: „Ich verfüge über eine übersinnliche Wahrnehmung. Ich… sehe manchmal Dinge. Kurze Bilder von den Erfahrungen der Menschen."

„Amber hat eine Gabe", sagt der große Wolf sanft. Seine tätowierte Hand streicht über ihre Haare und Amber scheint Kraft aus seiner Berührung zu ziehen.

Die Hellseherin atmet tief ein. „Hast du irgendetwas von Nolan hier? Ein Stück seiner Kleider oder so etwas?"

„Ich habe etwas", sagt Laurie, als niemand spricht. Der dünne Gestaltwandler läuft nach vorne und hält ihr ein kleines Spielzeugauto hin. „Das Rad fiel ab und er gab es mir, damit ich es repariere."

„Er muss dich mögen", flüstert Denali, in deren Augen sich Tränen sammeln. „Es ist sein Lieblingsauto." Ihr Körper zittert leicht und ich halte sie fester.

„In Ordnung." Amber nimmt das Spielzeug und umschließt es mit ihrer Hand. „Kannst du mir ein wenig von Nolan erzählen?"

Denalis Zittern verstärkt sich. Sie versucht und versagt darin, sich zusammenzureißen.

„Wir werden euch zwei allein lassen", murmelt Parker. Er, Declan und Laurie laufen zur Tür. Ich erhebe mich, unschlüssig, was ich tun soll. Amber nimmt sofort meinen Platz ein, beugt sich nah zu meiner Gefährtin und unterhält sich flüsternd mit ihr.

„Nash." Der große Wolf reicht mir seine Hand zum

Händedruck. „Wollte mich nur vorstellen. Ich bin Garrett, Alpha des Tucson Rudels. Ich habe die besten Jungs aus meinem Rudel hier. Sowie wir die Info kriegen, sind wir alle bereit, loszufliegen, um Santiago aufzuspüren und zu bekämpfen."

Ich kann vor Dankbarkeit kaum nicken.

Garrett lässt seine Knöchel knacken. „Es wird Zeit, dass wir Santiago das Handwerk legen. Er ließ letztes Jahr meine Schwester entführen. Ihr Gefährte ist ein Alpha in Mexiko, wo Santiago viele Jahre lang sein Hauptquartier hatte. Sie haben nichts mehr von ihm gesehen, seit er entkam, als alles rauskam."

Sam schlüpft in den Raum und blickt zu den zwei Frauen. „Irgendetwas?"

„Noch nicht", antwortet Garrett mit leiser Stimme. Genau in dem Moment holt Amber scharf Luft und neigt den Kopf nach hinten, die Augen geschlossen.

Sam streckt sein Handy mit der geöffneten Aufnahme-App aus und fängt Garretts Blick auf. Er wartet darauf, dass der große Wolf nickt, bevor er sich dicht neben Amber kniet und die Aufnahme startet.

„Hier drinnen sind viele Emotionen", murmelt Amber. „Eine Menge Leute, denen Nolan wichtig ist." Die Augen nach wie vor geschlossen, streckt sie ihre Hand aus und Denali ergreift sie.

„Ich spüre ihn. Er hat Angst, aber ist in Sicherheit. Männer in Schwarz, mit Schusswaffen." Ein leichtes Lächeln umspielt ihre Lippen. „Ich glaube, er ist in Löwengestalt, damit er sie beißen kann, wenn sie ihm zu nahe kommen. Ich sehe Gitterstäbe – sie haben ihn eingesperrt. Aber er wurde nicht verletzt."

Denali erschlafft wie eine Marionette, deren Fäden durchtrennt wurden. Ihr Kopf fällt auf ihre und Ambers Hand. Ich gehe zu Denali, um ihre Schulter zu drücken, und sie packt meine Hand mit ihrer freien.

Der Kontakt mit ihr durchfährt mich wie ein Stromstoß, energiespendend, harmonisierend. Mein Kopf klärt sich, mein Fokus schärft sich.

„Sie sprechen spanisch. Sie sagen..." Amber verstummt und ich kämpfe den Drang nieder, zu verlangen, dass sie uns erzählt, was sie sagten. Ich hoffe wirklich, dass sie spanisch spricht. Während die Sekunden vergehen, legt sich ihre Stirn in Falten. Sie zuckt leicht und wimmert. „Nein –" Sie zieht den Kopf ein und hebt ihre Arme, um sich zu schützen. Einige Sekunden vergehen.

„Amber?", grollt Garrett. Seine Schläfen sind feucht von Schweiß.

Der Mensch stößt einen Schwall Luft aus und lässt die Arme mit einem Seufzen sinken. „Sie haben ihm ein Betäubungsmittel verpasst. Sie bringen ihn irgendwohin. Ich hörte eine der Wachen Honduras sagen." Amber erschlafft. Garrett hebt sie hoch und sie krümmt sich in seinen Armen zu einem Ball zusammen und presst sich an seinen riesigen Körper.

„Es ist okay, Baby", murmelt er. „Das hast du gut gemacht." Er schaut zu Sam. „Hast du alles aufgenommen?"

„Yeah." Sam erhebt sich. „Jackson und Kylie durchsuchen das Darknet nach allem, das sie finden können. Ich werde es ihnen erzählen."

„Dankeschön", sage ich zu Amber und Garrett. Der Wolf nickt und trägt seine halb bewusstlose Gefährtin aus dem Raum.

„Oh mein Gott." Denali atmet geräuschvoll durch. Die Tränen, die sie so tapfer zurückgehalten hat, kullern über ihre Wangen. Ich umschließe sie mit meinen Armen.

Parker und Declan kehren zurück, die Hände voller Tüten mit Essen. „Zeit, Energie zu tanken." Sie geben Packungen mit Fleisch herum.

Ich nehme meine entgegen, reiße die Verpackung auf und nehme einige Bissen von einem rohen Steak.

„Garretts Gang ist zu vier Supermärkten gegangen und hat sie leergeräumt", informiert mich Parker. „Jackson arbeitet mit Kylie noch daran, die Koordinaten rauszukriegen, aber Ambers Infos haben geholfen. Der Jet ist fast startklar. Wir werden zum Haus von Garretts Schwager in Mexiko fliegen und das als Hauptquartier nutzen."

Ich schlucke einen Mund voll Rind. „In Ordnung. Nach dem hier rücken wir aus."

„Ich werde es weitersagen."

„Parker." Ich packe seinen Arm, bevor er geht. „Danke." Ich drehe mich zu Declan und Laurie, die neben der Tür warten. „Euch auch. Ich kann nicht –" Meine Kehle schnürt sich zu. „Ich kann euch nicht genug danken."

„Alles klar", sagt Declan. „Alpha."

„Alpha", wiederholen die anderen zwei und ausnahmsweise lasse ich den Titel einmal stehen.

Denali

Ich kann nicht atmen. Kann nicht denken. Die Reise nach Mexico City rauscht an mir vorbei. Wir kommen nach Einbruch der Dunkelheit an und fahren einige Stunden zum Haus von Garretts Schwester.

Sedona, Garretts junge Schwester, begrüßt uns an der

Treppe der luxuriösen Hacienda und führt uns zu einer Reihe von Zimmern. Sie ist ein Wolf, wie die meisten von ihnen, und ihrem Geruch haftet ein Hauch Muttermilch an. Sie hat einen säugenden Welpen.

„Carlos trifft sich gerade mit seinem Rudel. Sie wollen alle kämpfen."

„Meine besten Kämpfer sind auf dem Weg", informiert Garrett sie nach einer festen Umarmung. „Kylie gibt ihr Bestes, Santiagos Spur in Honduras zu finden. Dank ihrer Infos und Ambers Visionen sollten wir bald einen Standpunkt haben."

Sedona zeigt uns unsere Zimmer. Amber und Garrett beanspruchen sogleich eines für sich – der Mensch sieht vollkommen verausgabt aus. Laurie, Parker und Declan sind verschwunden und nachdem er mir einen Kuss auf die Stirn gedrückt hat, zieht Nash los, vermutlich um mit Jackson und Carlos zu reden.

„Gibt es irgendetwas, das ich dir bringen kann?", fragt Sedona und mir wird bewusst, dass sie mit mir redet. Wir stehen in einem hübschen Schlafzimmer, das zu bewundern mir einfach die Energie fehlt. Meine Ohren sind mit Watte gefüllt, mein ganzer Körper ist taub.

„Mir geht's gut. Ich sollte versuchen, ein wenig zu schlafen. Ich konnte im Flugzeug nicht schlafen."

Sie schneidet mitfühlend eine Grimasse, berührt meine Schulter und lässt mich allein.

Ich lege mich hin, aber werfe mich hin und her und döse nur einige Minuten, bevor ich wieder aufstehe. Meine Löwin will herumstreifen. Ich tapse durch den Flur und stoppe an einer halb geöffneten Tür. Ein Bildschirm flackert auf der gegenüberliegenden Seite des Raumes – Filmmaterial irgendeiner Art. Eine Zelle. Wer auch immer sich das Material anschaut, spult vorwärts, bis ein Gefangener in Sicht kommt.

Ich unterdrücke ein Keuchen. Es ist Nash – aber nicht so, wie ich ihn jemals gesehen habe. Er ist barfuß, oberkörperfrei und in einem zerfetzten Arbeitsanzug. Sein Körper ist übel zugerichtet, abgemagert. Die Hülle des Soldaten, der er einst war und des Kämpfers, der er jetzt ist. Er sieht halb tot aus bis auf diese brennenden, bernsteinfarbenen Augen.

Schwer atmend, drücke ich die Tür auf.

„Denali?" Sam erhebt sich von seinem Platz, von wo er den Bildschirm betrachtet hat. „Ich wusste nicht, dass du hier bist."

„Ist das – ?"

„Aufnahmen von Data-X. Ich schaue sie mir noch einmal an, um vielleicht irgendwelche Hinweise zu finden." Der junge Wolf sieht erschöpft aus. Nein – gequält. Ich versuche, mich daran zu erinnern, was Nash mir erzählte, aber all seine Freunde verschwimmen miteinander. War Sam auch ein Gefangener von Data-X?

„Was haben sie ihm angetan?"

Sam zuckt mit den Achseln. „Tests. Folter." Er reibt sich geistesabwesend über den Arm und zuckt zusammen, als hätte er Schmerzen. „Smyth versuchte bei seinen Experimenten, an die Grenzen der Gestaltwandler zu gehen."

„Du warst auch dort", rate ich. Ich weiß, dass Sam die Verbindung zu dem Tucson Rudel ist.

Seine Augen sind uralt in seinem jungen Gesicht. „Yeah."

Wir sehen einander an. Mehr muss nicht gesagt werden, denn wir haben es beide durchlebt. Genauso wie Declan und Laurie und Parker. Deswegen halten sie sich so sehr an Nash. Wir wurden alle unwiderruflich von Data-X beschädigt.

Mein Blick huscht wieder zu dem Bild von Nash. Ich hätte zurückgehen und ihn rausholen sollten. Das werde ich mir nie verzeihen. „Ich…" Ich räuspere mich. „Ich wusste nicht, dass es so schlimm wurde."

191

„Er ist taff. Er überlebte."

„Nicht alles von ihm." Das ist es, gegen das er ange-kämpft hat. Meine Sicht verschwimmt.

„Man verliert einen Teil von sich, wenn man gefoltert wird. Wenn jemand versucht, einen zu nichts zu reduzieren." Sam schaltet den Bildschirm aus, aber es ist zu spät. Nashs Bild hat sich für immer in mein Gedächtnis eingebrannt.

Meine Brust hebt und senkt sich hektisch, meine Lungen flattern wie ein Vogel, der versucht, aus einer Falle zu fliehen. Alles in mir tut so schrecklich weh. Unser Junges ist fort. Mein Gefährte ist beschädigt, möglicherweise irreparabel.

„Ich bin nicht zurückgegangen. Ich war schwanger und hatte solche Angst. Ich hatte niemanden. Ich habe es gerade so geschafft, zu überleben." Noch während ich meine Entschuldigungen wiederhole, verpuffen sie, doch Sam berührt mich am Arm.

„*Nein*. Zurückzugehen, wäre Selbstmord gewesen. Ich wartete und plante jahrelang, bevor ich zurückging, um Rache zu nehmen, und ich hatte niemanden zu verlieren. Nicht bis ich Layne kennenlernte."

„Du bist derjenige, der die Labore in die Luft gejagt hat?"

Er nickt.

„Mit Nash?"

Er zögert. „Ich befreite Nash. Dann half er mir, Smyth zu finden."

Er befreite Nash. Er tat das, was ich hätte tun sollen. „Wie helfe ich ihm?"

„Du tust gar nichts. Sei einfach. Sei, wer du bist. Sei seine Gefährtin."

Meine Hand hebt sich zu meiner Schulter und berührt das verheilte Mal, das unter meinem Shirt versteckt ist. „Ich weiß nicht, ob ich das kann."

„Du kannst es", sagt Sam. „Ich bin mir sicher, dass du

es kannst. Wenn ich heilen kann, dann kann er es auch." Irgendwie glaube ich ihm. Er ist jung, aber er hat gerade erst seine Gefährtin Layne gefunden. „Er ist gebrochen, Denali. Sein Geist ist zerbrochen, aber er braucht nur seine fehlenden Stücke. Du weißt, welche das sind, oder?"

Ich nicke. „Sein Sohn und seine Gefährtin." *Nolan… und ich.*

❧

AGENT DUNE

Es SIEHT ihm überhaupt nicht ähnlich, zuzulassen, dass etwas persönlich wird. Ja, die Suche nach dem Geheimnis der Labore war persönlich, aber das war mehr wegen einer nagenden Neugierde. Einem Verlangen, seine Vergangenheit zu verstehen.

Es schlug nie den Umweg ein, dass ihm etwas wichtig war. Dass er sich ein bestimmtes Ergebnis wünschte.

Aber irgendwie, irgendwo sind ihm diese Sonderlinge ans Herz gewachsen. Diese Leute, mit denen experimentiert und die zu Wölfen gemacht wurden. Oder waren sie von Anfang an Werwölfe und die Regierung studierte sie?

Wie auch immer, er wählte eine Seite. Er wählte sie.

Und ihnen fehlte einer ihrer Gruppe. Ein kleines, wehrloses Kind.

Und er stand verdammt noch mal da und sah zu, wie es passierte.

Also ja, es ist jetzt seine Pflicht geworden, diesen Jungen zurückzuholen.

Er ruft Agentin Gray an. „Was hast du für mich?"

„Du übst ganz schön viel Druck aus für jemanden, der um einen Gefallen bittet."

„Ein kleiner Junge wurde entführt." So. Zur Abwechslung entscheidet er sich einmal für Ehrlichkeit. „Ich muss ihn zurückholen."

Er hört Gray scharf einatmen. Agenten wissen nicht viel über das Leben der anderen Agenten. Das wird absichtlich so gehandhabt. Aber er nahm stets an, dass Gray Kinder hat und sie deswegen nicht im Außendienst arbeitet.

Das Klackern ihres blitzschnellen Tippens dringt durch die Leitung. „Ich habe einen Standort für Santiago. Er wurde redigiert, aber ich fand einen Weg, um auf die Akte zuzugreifen. Er hat eine Villa in Honduras, in der Nähe von La Ceiba. Ich schicke dir die Koordinaten. Er ist gestern mit einem Privatjet von den USA nach Honduras geflogen, aber es gibt keine Aufzeichnungen über einen Jungen. Natürlich könnte man ein Kind leicht verstecken."

„Richtig. Dankeschön."

„Brauchst du Hilfe, dort hinzukommen?"

Er lächelt. „Nein. Darin bin ich am besten."

„Das weiß ich. Viel Glück, Dune."

In all diesen Jahren, die sie ihn nun schon betreut und mit Informationen versorgt, hat sie ihm nie Glück gewünscht. „Danke, Gray. Ich werde es vielleicht brauchen."

„Dune?"

„Yeah?"

„Noch jemand hat versucht, auf diese Informationen zuzugreifen – auf der Suche nach Santiago. Ein Außenseiter – ein Hacker aus dem Darknet."

Erkenntnis durchströmt ihn.

Die Wölfe.

„Lass sie rein."

Sie atmet hörbar ein. „Okay."

Verdammt. Entweder weiß Agentin Gray ebenfalls, dass ihre Regierung bei dieser Geschichte auf der falschen Seite steht, oder sie setzt mehr Vertrauen in seine Entscheidungen, als er gedacht hätte.

Er beendet den Anruf und packt seine Sachen. Zeit, nach Zentralamerika zu gehen.

KAPITEL 14

ICH BIN in einem Zimmer voller Wölfe. Die Hälfte sind riesige, tätowierte Biker, die andere Hälfte muskulöse Bergarbeiter, die sich auf Spanisch miteinander unterhalten.

Mein zusammengewürfeltes Rudel steht hinter mir.

„Kylie hat sich in die Regierungsakten gehackt. Wir haben die Koordinaten von Santiagos Villa. Hier." Jackson deutet auf eine Karte in Satellitenansicht. „So wie es aussieht, handelt es sich um ein Privatgelände in der Nähe einer Landebahn außerhalb von La Ceiba."

„Nash", ruft Jackson. „Was meinst du? Du hast hier das Sagen." Ich weiß, was ihn diese Worte kosten. Sein Wolf ist dominanter als alle, die ich bisher kennenlernte. Fast zu dominant, um ein Rudel zu führen. Vielleicht fokussiert er seine Energie deswegen darauf, ein Milliarden-Dollar-Unternehmen zu leiten.

Ich drücke den Rücken durch, als alle Augen auf mir

landen. Mein Löwe ist ruhig. Er freut sich auf die Gelegenheit, Blut der Feinde zu vergießen, aber noch mehr als das will er das Kommando haben. Es ergibt Sinn – ich bin derjenige, mit einem militärischen Hintergrund. Ich habe seit Jahren keine Kriegsstrategien angewendet, aber hier ist das in Ordnung, da alles einfach zugänglich ist. „Wir greifen in Wellen an. Die erste Truppe wird so viele Wachen, wie sie kann, heimlich ausschalten. Wenn der Alarm losgeht, wechseln wir zu einem Großangriff, um eine Bresche zu schlagen und auf das Gelände vorzudringen. Die Helikopter werden uns Deckung geben."

Überall um mich herum nicken Wölfe.

„Garrett, du wirst die zweite Welle anführen. Sam, gibt es irgendeine Möglichkeit, wie wir ihm signalisieren können, dass er den Angriff starten soll?"

„Wir können Funkgeräte besorgen", sagt Sam zur gleichen Zeit, in der sich Laurie zu Wort meldet: „Ich werde es tun."

„Das wird funktionieren", stimme ich zu. „Carlos, deine Männer kennen den Dschungel. Ich brauche eine sorgfältig ausgewählte Gruppe für die erste Welle."

Carlos nickt und seine Augen leuchten gelb auf. Von all den Wölfen hier sehnen sich er und seine Männer am meisten nach Rache. Ich hege keinerlei Zweifel daran, dass der mexikanische Alpha an vorderster Front kämpfen wird.

„Ich werde der Erste sein, der reingeht", erkläre ich. „Ich werde Nolan anhand seines Geruchs aufspüren, wenn ich kann, aber meine Priorität ist Santiago."

„Willst du ihn tot oder lebendig?", fragt einer von Garretts Wölfen.

„Muerto", brummt ein mexikanischer Wolf.

„Wir halten Santiago am Leben, bis mein Sohn gefunden wurde. Danach übergebe ich ihn gerne dir und deinen

Männern, Carlos." Ich lächle so breit, dass ich meine Fangzähne entblöße, während zustimmendes Gemurmel um mich herum ausbricht.

„Bevor wir uns in Gruppen aufteilen, lasst mich eines sagen." Ich warte, bis der Raum verstummt. „Ich bin ein Soldat. Ich habe nie darum gebeten, Alpha zu sein. Ich hätte nie gedacht, dass ich ein Anführer sein würde." Ich blicke zu Jackson, der nickt. Er weiß, wie es ist, tödlich und dominant zu sein.

„Aber es gibt Grenzen dessen, was ein Mensch ertragen kann. Ich bin kein Mensch. Ich bin ein Löwe. Ein Menschenfresser." Ich ernte einige erschrockene Blicke nach diesem Geständnis. Ich lasse meinen finsteren Blick durch den Raum schweifen und Garrett erwidert ihn. Ich bin mir sicher, dass er Rache an den Männern nahm, die seine Schwester entführten. Er kennt den Preis für Freiheit, dafür, seine geliebten Menschen zu beschützen. „Ich habe Jahre damit verbracht, diese Seite von mir zu unterdrücken, und zugelassen, dass sich das Böse ausbreitete. Aber jetzt nicht mehr."

„Das Böse wurde ausgemerzt, aber es gibt noch eine letzte Hochburg. Wir haben lang genug gewartet." Die Gestaltwandler nicken einheitlich, als ich verkünde: „Es ist Zeit, in den Krieg zu ziehen."

Denali

ICH MARSCHIERE nach draußen zu den Jeeps vor der Hacienda und an den wartenden Wölfen vorbei. Sie laden ihre Sachen auf und machen sich bereit, zur Landebahn zu fahren und zu

Santiagos Gelände zu fliegen. Sowie mich Nash sieht, läuft er in meine Richtung.

Ich trete ihm frech entgegen und baue mich vor ihm auf. „Layne hat mir gerade von dem Plan erzählt. Ich komme mit dir."

Anstatt zu antworten, nimmt Nash meine Hand und zieht mich zur Seite. Ich warte, bis wir weit weg vom Rest der Gruppe sind, bevor ich mich wiederhole: „Mir ist egal, was du denkst. Ich komme mit dir."

Nash nickt. Ich lasse mich nicht täuschen. In der Minute, in der er denkt, dass ich unachtsam bin, wird er mich in einen Kerker sperren, um sicherzustellen, dass ich in Sicherheit bin. Mir wurde erzählt, dass die Hacienda über einen verfügt.

„Nash. Ich bin eine Löwin. Ich bin auch eine Kämpferin. Außerdem kennt niemand Nolans Geruch so gut wie ich." Ich will mich zu einer Kugel zusammenkrümmen und weinen bei dem Gedanken, dass sich mein kleiner Junge in den Händen dieser Irren befindet. „Er ist mein Sohn."

„Er ist auch mein Sohn. Meine Priorität ist, dich zu beschützen."

Ich gebe seine letzten Worte nicht wütend zurück. Das hier ist ein neuer Nash. Er hat sich verändert. Welche Probleme er auch immer damit hatte, die Rolle anzunehmen, die ihm rechtmäßig zusteht, er scheint sie überwunden zu haben.

„Ich werde klug sein. Ich kann mich im Hintergrund halten, bis es an der Zeit ist, Nolan zu suchen."

„In Ordnung."

Der Atem entweicht mir in einem Schwall. „Also kann ich mitkommen?"

„Denali, ich glaube nicht, dass ich dir jemals etwas verwehren könnte, wenn du es wirklich willst."

Ich sacke zusammen und er ist für mich da und hält mich

in seinen Armen. Vorhin erlaubte ich ihm nicht, mich anzufassen. Ich konnte es nicht ertragen. Dieser Mann brach mein Herz in eine Million Stücke. Aber auch wenn ich wütend auf ihn sein will, ich brauche ihn gerade viel zu sehr. Und er ist alles gewesen, das ich von ihm gebraucht habe.

„Ich habe mich so angestrengt, ihn zu beschützen", würge ich hervor. „Ich versteckte mich, so lange ich konnte."

„Schhh, Baby. Es ist nicht deine Schuld", sagt er auf eine Weise, die mir verrät, dass er denkt, es sei seine Schuld.

„Es ist auch nicht deine."

„Mein Löwe versuchte, mich zu warnen. Darum drehten sich all meine Flashbacks. Ich hätte dort sein sollen. Ich hätte euch beschützen sollen."

Ich kann nicht sprechen, weshalb ich ihn umarme.

Seine Lippen finden mein Ohr. „Baby, wenn du mir noch eine Chance gibst, dann schwöre ich, dass ich nie wieder gehen werde." Er tritt zurück und hält meine Schultern fest. „*Jemals*."

Meine Augen schwimmen in Tränen. Werde ich ihn zurücknehmen?

Es wäre unmöglich, es nicht zu tun. Wenn Nolan und ich die fehlenden Teile von ihm sind, dann ist er der fehlende Teil von mir.

Ich nicke und er streicht die Tränen, die über meine Wangen rinnen, mit seinem Daumen weg. „Ja, du wirst mich zurücknehmen?"

Mein Kopf wackelt auf meinem Hals, aber ich bringe ein Nicken zustande.

Nash hält mein Gesicht fest und lehnt seine Stirn an meine. „Fuck sei Dank", haucht er. Sein Kiefer spannt sich an, als er zurückweicht. „Ich werde unseren Sohn zurückholen", schwört er in dem Timbre eines Eides.

„Ich weiß, dass du das tun wirst", wispere ich. Ich glaube,

Nash würde Berge versetzen, um es möglich zu machen. Er wird unseren Nolan zurückholen.

Das muss er.

~

Nash

Sowie der Helikopter landet, bin ich auf dem Boden. Ein anderer Tag, ein anderer Dschungel. Erinnerungen aus meinen Soldatentagen kommen mir in den Sinn und gehen mir durch den Kopf. Aber keine Flashbacks. Zum ersten Mal seit Jahrzehnten ist mein Verstand klar.

Mein Löwe ist ruhig und wartet den rechten Augenblick ab. Er weiß, dass ich ihn bald von der Leine lassen werde. Er wurde für das hier geboren. Kein Monster. Ein Krieger, geboren für die Schlacht. Geboren, um seine Sippe zu beschützen. Ein Alpha.

Wir versammeln uns ungefähr eine Meile entfernt von dem Gelände. Alle sind still und machen sich für die Schlacht bereit. Denali steht in der Nähe und starrt ins Unterholz. Sie ist so hübsch, ihr Gesicht gefasst. Sie trägt dunkle, locker sitzende Kleider. Sobald wir uns dem Gelände nähern, wird sie ihre Löwin rauslassen. Trotz allem freue ich mich darauf, wieder ihr Tier zu sehen.

Jackson läuft vorbei und ich beuge mich dicht zu ihm. „Ich muss dich um einen Gefallen bitten." Ich rucke mit dem Kinn zu Denali. „Passt du auf sie auf?"

„Jeden Schritt des Weges." Er packt meine Schulter kurz. Gestaltwandler berühren sich öfter, als es Menschen tun, aber ich habe gehört, dass Jackson ein berüchtigter Einzelgänger ist. Er fand Sam, nachdem Sam als Teenager Data-X entkommen war. Jackson nahm ihn bei sich auf und Sam war der Einzige, der ihm nahestand, bis Kylie kam.

„Bereit, Alpha?" Parker und Declan tauchen an meiner Seite auf. Sie stehen kurz davor, sich auszuziehen und Wolfgestalt anzunehmen. Sie bestanden darauf, ebenfalls zu kämpfen, und ich versuchte nicht, es ihnen auszureden, aber ich befahl ihnen, mit Garrett reinzugehen. Ich spüre, dass sie in meiner Nähe bleiben wollen.

Ich packe ihre Schultern. „Ihr kennt Nolans Geruch. Ihr müsst für mich nach ihm Ausschau halten."

„Aye, Boss."

„Dankeschön."

Über unseren Köpfen schießt eine riesige Eule vom Himmel herab und lässt sich auf einem Ast nieder. Mein Funkgerät knistert.

„Ich lasse das Gelände auskundschaften", sagt Sam. „Layne observiert es gerade."

„Alles klar." Ich gebe allen ein Zeichen. „Wir rücken aus."

Nash

SANTIAGOS VILLA IST EIN RUHIGER, weitläufiger Schatten, der zwischen dem Dschungel und dem Meer gelegen ist. Wir nähern uns von der Dschungelseite und warten in der Dunkelheit entlang der hohen Mauer auf unseren Moment.

„Kein Mond heute Nacht", murmelt Carlos. „Und der Wind weht vom Meer herein. Jegliche Wachen, die auch Gestaltwandler sind, werden nicht riechen können, dass wir kommen." Über unseren Köpfen flattern die Blätter ruhelos im Wind. „Wir setzen uns besser bald in Bewegung."

„Auf mein Signal." Ich trete nach vorne. Ich rufe meinen Löwen und lasse meine Hände zu Pfoten werden. Vorsichtig, klettere ich an der Mauer, die das Gelände umgibt, hoch. Gepflegte Wiesen erstrecken sich vor mir. Von Lauries und Laynes Erkundungsausflügen weiß ich, dass an jedem möglichen Ausgang oder zu verteidigenden Stelle des Geländes Wachen mit Gewehren stehen, einschließlich einiger Wachen, die die Grundstücksgrenze ablaufen.

Die große weiße Eule segelt auf leisen Schwingen über meinem Kopf hinweg und ich gebe das Signal, bevor ich auf den Rasen springe. Die Wölfe folgen mir und überwinden die Mauern ohne Weiteres. Es erklingen einige überraschte Schreie entlang der Waldgrenze, als Wölfe aus den Schatten springen und die erste Reihe Wachmänner ausschalten. Schwarz gekleidete Körper schlagen gleichzeitig auf dem Boden auf.

Jetzt haben wir nur noch wenige Minuten, um in die Villa zu dringen. Doch zuerst müssen wir den Rasen überqueren, ohne erwischt zu werden.

Das Gewehr auf meiner Schulter balancierend, krieche ich nach vorne zusammen mit der Reihe vorrückender Wölfe.

Denali

„Sie sind drin", berichtet Sam.

„Roger", erwidert Garrett über das Walkie-Talkie und erhebt sich mit seinen Wölfen. „Wir sind bereit."

„Roger, wartet auf mein Signal."

Einige angespannte Augenblicke warten wir schweigend. Die Wölfe gleichen gigantischen Statuen, während sie in Vorbereitung auf ihre Verwandlung ohne T-Shirt dastehen. Eine Brise raschelt durch die Bäume und die wechselnden Schatten huschen über die tätowierten Muskeln.

Ein Schrei und Schüsse erklingen in der Ferne.

Das Walkie-Talkie knackt. „Deckung aufgeflogen. Los, los, los!"

Ich springe auf die Füße und lasse die Löwin meine Haut übernehmen. Ich klettere dank meiner Krallen die Mauer hoch und lande in vollem Lauf auf dem Rasen. Vor mir rennen Wölfe, die Nasen zur Villa ausgerichtet, die Schwänze im Wind schwingend. Ein weißer Blitz schießt von links heran. Ich ziehe den Kopf ein, bis ich realisiere, dass es sich um Laurie handelt. Seine große gefiederte Gestalt fegt heran. Funken blitzen in der Luft auf, als er Schüsse auslöst. Ein Schrei vor mir und ein Wolf geht zu Boden. Der Rest rennt schneller, erreicht die niedrige Mauer der Villa und springt über diese. Weitere Schüsse werden abgefeuert, doch es ist zu spät. Garretts Rudel befindet sich unter den Wachen, ein Schwarm tödlicher Schatten.

Weitere Schützen erheben sich auf einem Wall und richten Waffen auf uns, doch Wölfe tauchen hinter ihnen auf, bevor sie feuern können.

Ein riesiger Wolf, fast so groß wie ein Löwe, kracht gegen sie und wirft sie lässig nach unten zu den wartenden Wölfen. Ich erkenne Tank in ihm, den Stellvertreter von Garretts Rudel, der so dominant ist, dass er selbst ein Rudel führen könnte, wenn er wollte.

Mich an die Mauer pressend, ducke ich mich in eine Nische und warte darauf, dass die Wölfe kurzen Prozess mit den Feinden machen.

Ich muss mich darauf konzentrieren, Nolan zu finden.

Ich nehme wieder Menschengestalt an. Neben mir tut es mir Jackson gleich. Daran, wie er mir an den Fersen klebt, erkenne ich, dass Nash ihn auf mich angesetzt hat. Mein persönlicher Wachwolf.

„Unseren Informationen zufolge, verfügt das Haus über einen Westflügel, der zusätzlich geschützt wird. Wenn ich raten müsste, würde ich sagen, dass er dort ist."

Ich nicke.

Weitere Schüsse und ein Heulen erklingen. Eine Sekunde später ziehe ich den Kopf wegen einer Explosion ein. Trümmerstücke regnen gegen die Mauer.

„Ich dachte, ich hätte gesagt, keine Sprengstoffe, bis wir Nolan finden!", heule ich. „Wer hat die Granaten mitgebracht?"

Jackson schüttelt den Kopf.

„Achtung, Feuer!", schreit jemand und das Gebäude wird von einer weiteren Explosion erschüttert. „Ganz recht! Nehmt das, ihr Arschlöcher", dröhnt die Stimme einer jungen Frau durch einen Lautsprecher.

Jackson gibt ein ersticktes Geräusch von sich. „Kylie." Sein Gesicht wirkt gequält.

Ich brauche eine Sekunde, bis mir einfällt, dass das der Name seiner Gefährtin ist. „Was? Sie ist hier?"

„Sie kann nicht hier sein", würgt er hervor. Er erhebt sich und starrt durch den Rauch und Asche.

„Geh", dränge ich ihn. „Suche sie. Ich komme schon klar."

Noch eine Explosion und Kylie jubelt triumphierend zusammen mit Garretts Wölfen. Er stürmt davon und verschwindet.

„Scheiß drauf", fluche ich und verwandle mich wieder in meine Löwin. Die Schlacht hat sich bewegt – die Explosionen erklingen weiter weg. Mit schlängelndem Schwanz tapse ich nach vorne, die Nase auf dem Boden in dem Versuch, den Geruch meines Sohnes aufzuspüren.

Die Mauern erbeben, während ich durch einen Gang mit Marmorboden schleiche. Ich stoppe nur, als Männer brüllen und gestiefelte Füße durch Zimmer in der Nähe trampeln. Das Rat-tat-tat von Maschinengewehren nimmt kein Ende. Nachdem ich ein Zimmer voller toter Gangster durchquert habe, finde ich ein Paar blutiger Pfotenabdrücke und folge ihnen zu dem Geruch von saurem Schießpulver und dem Geruch des Meeres.

Als ich mich der Rückseite der Villa nähere, wird das Dröhnen großer Waffen lauter. Ich renne schneller und schleiche unter den Rauchschwaden an der Wand entlang. Ich halte abrupt und zucke zusammen, als jemand das Feuer auf mich eröffnet. Meine Pfoten rutschen auf dem polierten Stein aus. Ich ziehe mich gerade rechtzeitig zurück, um dem Kugel-hagel auszuweichen. Marmorsplitter bohren sich durch mein Fell und ich heule vor Schmerz auf. Etwas landet neben mir und explodiert. Ich brülle, als Schmerz in meinen Augen aufflammt. Geblendet stolpere ich rückwärts und treffe auf die Wand. Scheiße. Wenn mir der Schütze folgt, wird er mich ohne Probleme erledigen können.

Durch tränende Augen sehe ich ihn durch den Rauch marschieren. Ich rolle mich zur Seite, als das Gewehr feuert und Schüsse in ein schweres Möbelstück krachen. Schüsse folgen mir, prasseln durch Holz und schicken Splitter in meinen Körper.

Ein Blitz aus Schwarz und Orange und ein Katzenschrei und das Gewehr verstummt abrupt. Ich höre ein Knurren und ein Schatten wirbelt zu mir herum. Der Rauch verzieht sich und ich realisiere, dass mich ein Tiger gerettet hat. Layne. Sie peitscht mit ihrem Schwanz und widmet sich ihrer Beute.

Ich rapple mich auf die Füße und springe davon.

Nolan. Ich muss Nolan finden. Ich suche, aber kann seinen Geruch unter den Gerüchen der Schlacht nicht wahrnehmen.

Dann wittert ihn meine Löwin. Ganz schwach schlängelt er sich durch die Gänge. Er ist überall, aber stärker je näher ich zum Meer komme.

Nicht Nolans Geruch. Santiagos.

Ich renne nach vorne und mein Fell sträubt sich, als ich das charakteristische Brummen von Helikopterrotoren höre.

Ein Geräusch hallt durch die Villa und ich fange zu rennen an und rase zu dem Löwengebrüll.

Ich platze auf einen riesigen Balkon, der von grünem Dschungel umgeben ist und über ein türkises Meer blickt. Paradies.

Ein Helikopter schwebt am Rand der Steinbrüstung. Eine schwarze Schar Wachen umringt eine Gestalt, die gerade einsteigt. Santiago.

Schüsse werden vom Dach gefeuert und prallen von dem Helikopter ab. Einige Wachen fallen, aber Santiago ist bereits in den Helikopter gestiegen, der schon abhebt. Er entkommt.

Mit aller Kraft, die in meinem Körper steckt, sprinte ich über den Balkon und springe von der Brüstung.

~

Nash

„STELL DAS FEUER EIN", schreie ich, als die Löwin aus dem Schutz des Gebäudes hervorschießt. Ich wirble herum und reiße das Gewehr von der Schulter des Wolfes. „Du könntest Denali treffen!"

Die Luft erzittert unter den Rotorblättern des Helikopters

und die Laute des aufgebrachten Brüllens einer Löwin dringen zu uns. Eine Sekunde später fallen zwei Körper aus dem Helikopter auf den Balkon darunter.

„Wer ist sonst noch in diesem Heli?", verlange ich zu wissen.

„Drei Männer. Ich sehe keine Kinder", berichtet der Wolf mit einem Fernglas neben mir.

„Dann schieß ihn vom Himmel." Ich drücke dem Wolf das Gewehr wieder in die Hand und springe von dem Dach auf die Natursteinplatten darunter. Sowie ich lande, renne ich zu meiner Gefährtin. Santiago liegt ausgestreckt in der Nähe und Blut läuft aus einem Schnitt an seinem Kopf. Ich ignoriere ihn.

„Denali?"

Die Löwin liegt auf ihrer Seite. Sie ist umwerfend, golden vom Kopf bis zu den Pfoten. Als ich mich nähere, fährt ein Schauder durch ihren Körper und sie hebt den Kopf.

„Denali." Ich falle auf die Knie, unfähig, meine Hände daran zu hindern, über ihre hübsche Flanke zu streicheln und nach Verletzungen zu suchen.

Ein warnendes Knurren in ihrer Kehle und ihre Augen weiten sich wegen etwas hinter mir.

Ich werfe mich auf ihren Körper, kurz bevor der Trommelschlag von Schüssen erklingt. Kugeln hageln auf meine kugelsichere Weste und treiben mich nach vorne. Einige beißen in meine Beine und Arme. Denalis Körper zuckt, als ihre Beine getroffen werden.

Mit einem Brüllen drehe ich mich um und ziehe Kraft in meinen Körper. Den ganzen Tag konnte ich spüren, wie sie sich in mir sammelte – eine neue Dimension an Kraft. Mein Rudel. Ich rufe die Alphamacht herbei und Kraft durchströmt mich, erfüllt mich mit Hitze. Die brennenden Wunden an meinem Körper heilen in den zwei Schritten, die ich brauche, um Santiago zu erreichen. Ich trete das Gewehr aus seinen Händen.

Santiago wimmert, als ich neben seinem gebrochenen Körper in die Hocke gehe.

„Mein Sohn", knurre ich. „Wo ist mein Sohn?"

„Er ist nicht deiner", keucht Santiago.

Denali knurrt.

„Erzähl das seiner Mutter." Ich nicke zu der wütenden Löwin.

„Sie war nur ein Zuchttier. Die richtige Kombination an Genen. Dieser Junge würde nicht existieren, wäre ich nicht gewesen", geifert der geistesgestörte alte Gestaltwandler.

Nach einigen Versuchen springt Denali auf ihre Füße und humpelt an meine Seite. Ich verkneife mir eine Warnung an sie, vorsichtig zu sein. Blut strömt aus den Wunden in ihrer Seite, aber ihre Augen sind hell. Es wurden keine lebenswichtigen Organe getroffen.

„Erinnerst du dich an sie? Löwin. Ein Wort und sie wird Hackfleisch aus dir machen. Und sie wird sich nicht beeilen. Sie wird es langsam machen. Sag uns, wo unser Sohn ist." Ich schleife ihn zum Rand des Balkons und werfe seinen Oberkörper über die Kante.

Santiago brüllt, als sein Gewicht sich beinahe nach unten neigt und ihn in seinen Tod schickt. Im letzten Moment fange ich das Rückteil seines Hemdes ein, um ihn festzuhalten. „Sag es uns."

„Er ist hier."

„Wo?", verlange ich zu wissen.

„Westflügel", keucht Santiago.

„In Ordnung." Ich reiße ihn von der Kante zurück und lasse seinen Körper auf den Marmorboden fallen. „Denali, gehen wir."

Santiago versucht, sich aufzurappeln, schwankt jedoch und fällt hin.

„Nein, geh nirgendwohin, alter Mann. Einige deiner alten Freunde brennen darauf, dich zu sehen", informiere ich ihn. Ein Knurren ertönt hinter mir. Carlos und seine Wölfe drücken sich an der Balkontür herum und warten darauf, dass wir Löwen unsere Beute aufgeben.

Santiagos Haut wird aschfahl.

„Wenn ich du wäre, würde ich zu fliehen versuchen." Ich nicke zum Rand der Mauer. Es wäre eine Gnade für ihn, wenn ihn der Sturz umbringt. Ich drehe mich um und eile meiner Gefährtin hinterher, indem ich der Blutspur folge.

„Denali, warte!"

Als ich sie schließlich einhole, schleppt sie sich nur noch vorwärts, einen schmerzhaften Zentimeter nach dem anderen.

„Du bist verletzt. Du musst zurückgehen."

Sie taumelt und ihr Kopf schwankt vor und zurück.

Ich knie mich hin und lege meine Hand auf ihre Schulter. „Verwandle dich", befehle ich. Die Löwin verschwindet im Nu. Eine Kugel klappert auf den Boden und Denalis Körper erschaudert leicht wegen der Verwandlung, aber ihre Wunden sehen besser aus. Ich habe Alphamacht in meinen Befehl gelegt – etwas, das ich noch nie zuvor benutzt habe. Ich wusste nicht einmal, dass ich über welche verfüge. Ich ziehe mein Hemd aus und bedecke sie damit.

„Mir geht's prima." Sie zuckt zusammen, als ich ihr helfe, sich aufzusetzen.

„Nein, das tut es nicht."

„Hab sie gefunden", erklingt die Stimme einer jungen Frau. Eine schwarze Drohne taucht auf und schwebt in der Luft. „Hier sind sie!"

„Nash – Denali – dem Schicksal sei Dank." Jackson eilt herbei. „Habt ihr ihn gefunden?"

„Santiago", bestätige ich. „Carlos hat ihn." Oder was von ihm noch übrig ist.

„Ich habe Messwerte für einen stark alarmgesicherten Raum im ersten Stock des Westflügels des Hauses", gibt die Drohne bekannt. „Ich glaube, dort könnte Nolan sein."

Denali packt meine Hand.

„Ich werde ihn holen", sage ich. „Aber zuerst sollten wir dich zum Helikopter schaffen."

„Gehe nicht ohne Nolan", bringt sie zähneknirschend hervor.

„Bitte, Baby. Ich kann mich besser darauf konzentrieren, Nolan zu holen, wenn ich weiß, dass du in Sicherheit bist. *Bitte.*"

„Ich hab sie", sagt Jackson. „Geh du mit Kylie."

„Kylie?"

„Gleich hier." Die Drohne fliegt näher. Sie verfügt über einen winzigen Bildschirm und eine lächelnde Frau winkt mir zu. „Du hast doch wohl nicht gedacht, dass ich mir die ganze Action entgehen lassen würde, oder?"

Jackson brummt etwas von einer Bestrafung, während er in die Hocke geht, damit Denali ihren Arm um seine Schultern legen kann.

Sie keucht, als er sie hochhebt.

Ich zögere.

„Nash, geh", drängt Denali.

Ich jogge hinter der Drohne her. Kylie navigiert geschickt durch die Gänge.

„Dort könnten Wachen sein", sagt sie. „Gib mir einen Moment."

Ich warte, während sie nach vorne fliegt, dann fröhlich ruft: „Die Luft ist rein."

Wir biegen in einen Gang.

„Letzte Tür auf der rechten Seite, glaube ich", merkt Kylie an. „Diese Villa ist ziemlich hübsch. Für einen psychopathischen Kerl hat Santiago einen guten Geschmack. Nash – warte!"

Ich stoppe augenblicklich. Ein kleines Licht scheint von der Drohne und beleuchtet feine rote Linien, die sich vor der Tür kreuzen.

„Laser", sagt Kylie. „Anscheinend hat Santiago seinen eigenen Wachen nicht zugetraut, euren Sohn zu bewachen. Kannst du dort durch?"

Ich nicke und weiche zurück. Indem ich auf die Kraft meines Löwen zugreife, nehme ich Anlauf, springe ab und segle über das Lasernetz.

Normalerweise hätte ich mich verwandelt, aber ich will die Tür nicht niederreißen, wenn es nicht unbedingt sein muss. Ich muss meinem Sohn nicht noch mehr Angst einjagen.

Meine Hand schließt sich um den Türgriff. Er dreht sich ohne Weiteres.

„Exzellent", haucht Kylie. „Ich werde Sam Bescheid geben, dass er den Helikopter bereithalten soll."

Nach einem Moment gewöhnen sich meine Augen an das schummrige Innere des Raumes und ich trete hinein. Das Zimmer ist groß und überraschend hübsch, ein Ort für ein Kind und voller Spielzeuge. Ein Kinderzimmer für einen geliebten Sohn.

Carlos erzählte uns, dass Santiago nie in der Lage war, Kinder zu kriegen. Vielleicht hätte er diese Mission, eine Meisterrasse zu erschaffen, nie begonnen, hätte er welche gehabt.

Am Ende des Raumes steht ein Bett. Als ich mich nähere, bewegen sich die Decken und Nolan setzt sich mit verschlafenem Gesicht auf.

„Nash?" Er reibt sich seine Augen. „Du bist mich holen gekommen."

„Ja." Ich gehe in die Knie und breite die Arme aus, während er sich vom Bett stößt und zu mir rennt. „Sohn."

～

Denali

DAS POCHEN in meiner Seite lässt mich beinahe erblinden.

„Schafft sie hier weg", ruft Jackson.

„Wartet!", schreie ich. „Bitte. Nicht ohne –"

„Es ist okay", versichert mir Sam. „Unsere Stellung ist gesichert. Wir haben Zeit."

Ich kaue auf meiner Lippe. Was, wenn da noch eine Truppe Wachen war? Was, wenn Santiago irgendetwas mit Nolan gemacht hat und er eingesperrt ist – oder nicht hier?

„Vertrau ihm, Denali."

Eine Gestalt teilt den Nebel der dämmrigen Dunkelheit. Meine Löwin weiß es, bevor ich von meinem Sitz schnelle.

Nash trägt Nolan über den Rasen. Die Arme meines Jungen liegen um den kräftigen Hals meines Gefährten und sein kleines Gesicht ist nach oben gewandt, um ihm etwas zu erzählen. Nash antwortet und beide schauen zu mir. Mir stockt der Atem.

„Mama", schreit Nolan, sobald er mich sieht. Ich weine und meine Arme greifen nach ihm. Nash überwindet die Distanz und reicht ihn mir.

„Es geht ihm gut", versichert mir Nash, als ich mein Gesicht in Nolans Haaren vergrabe und seinen Geruch einatme. Ich taste meinen Jungen auf Verletzungen ab, während Nash uns beide vorsichtig anschnallt.

„Mom, warum weinst du? Mir geht's gut. Nash hat mich geholt."

„Ich weiß, Baby."

„Bereit?", ruft Sam vom Sitz des Piloten.

„Alles klar", informiert ihn Nash. „Bereit zum Start. Bring meine Familie nach Hause."

AGENT DUNE

CHARLIE SENKT den Sucher des Scharfschützengewehrs und rollt sich herum, um aufzustehen. Das Knacken eines Astes veranlasst ihn dazu, das Gewehr wieder an seine Schulter zu legen, herumzuwirbeln und Ziel zu nehmen. Genauso schnell senkt er den Lauf wieder.

Es ist ein Wolf. Einer von ihnen.

Ein Schauder der Erkenntnis durchfährt ihn, genauso wie er das tat, als er beobachtete, wie sich die Gruppe Menschen verwandelte und veränderte. Nicht alle von ihnen sind Wölfe. Nash ist ein Löwe und seine Freundin auch. Er sah auch einen Tiger und eine Eule.

Der Wolf zieht seine Oberlippe zu einem Knurren hoch und bleckt seine Zähne.

Weil er weiß, dass ein Mensch hinter den Reißzähnen steckt, lässt Charlie das Gewehr fallen und hebt seine Hände. „Immer mit der Ruhe. Ich bin nur hergekommen, um sicherzugehen, dass ihr den Jungen zurückbekommt. Ich bin kein Teil dieser Operation."

Der Wolf nähert sich, nach wie vor knurrend.

Vor einer Woche hätte er den Wolf vielleicht erst erschossen und später Fragen gestellt, aber jetzt nicht mehr.

Nicht nach dem, was er gerade gesehen hat. Nach dem, was er gefühlt hat.

Zu beobachten, wie sich die Männer in Tiere verwandelten, hat etwas Merkwürdiges mit seinem Körper angestellt. Seine Zellen wurden heiß und ordneten sich neu an, als würden sie das Muster kennen. Als wollten sie, dass er sich auch verwandelte.

„Ich gehöre nicht zu Santiago. Ich habe euch die Koordinaten gegeben, damit ihr diesen Ort finden könnt."

Der Wolf stürzt sich auf ihn.

Er hebt seine Arme, um den Biss abzuwehren, doch er kommt nie. Der Wolf wirft ihn auf seinen Rücken und stellt sich auf ihn, aber zielt nicht auf seine Kehle.

Im Nu verwandelt sich der Wolf in einen wütenden Mann.

Charlies Nase wird von einem brutalen Schlag von Jared Johnson zertrümmert, des Kämpfers, den er in Tucson zur Befragung abholte.

„Was weißt du über den Jungen?", verlangt Jared zu wissen.

Charlie nutzt seine Beine, um Jared von sich zu schleudern und springt auf seine Füße, die Hände gehoben und bereit. Er hat noch eine Pistole an seiner Hüfte, aber er greift nicht danach. Jared versucht nicht, ihn zu töten.

„Ich sah, wie sie den Jungen entführten." Die zwei umkreisen einander. Jareds Fäuste sind gehoben wie die eines Boxers. „Ich war zu weit weg, um es zu stoppen, aber ich fühlte mich verpflichtet, dem Ganzen nachzugehen. Sicherzustellen, dass ihr ihn zurückbekommt."

Jared stürzt sich nach vorne, um ihm einen Schlag zu verpassen, doch Charlie weicht ihm aus und tritt zurück, ohne nachzuschlagen. Das ist vermutlich das erste Mal, dass er gegen einen nackten Mann kämpft.

„Du arbeitest für die Regierung", beschuldigt ihn Jared.

„Ich bin nicht beruflich hier."

„Warum bist du hier?"

„Das habe ich dir gerade gesagt."

Jared lässt seine Fäuste so abrupt sinken, wie er angriff. „Schwachsinn." Er reckt sein Kinn. In seinem Blick liegt eine Herausforderung, die einen eisigen Schauder über Charlies Rückgrat jagt. „*Verwandle dich.*"

Charlie versteht den Befehl nicht, aber sein Körper wird wieder heiß und die wunderliche Empfindung von Zellen, die sich bewegen und neu anordnen, setzt erneut ein.

„*Verwandle dich, Arschloch.*" In Jareds Stimme schwingt mehr Macht mit, als sie sollte.

Sie scheint in Charlies Ohren widerzuhallen und durch seinen Oberkörper zu rauschen. Eine drehende, zerrende, zerschmetternde Empfindung reiß seinen Körper auseinander. Seine Kleider werden zu klein und zerreißen an seinem Körper und dann ist er näher beim Boden und starrt auf ein Paar riesiger, weißer Pfoten. Der Schmerz in seiner gebrochenen Nase verschwindet.

Was… zum *Geier*?

Aber selbst als sich seine Gedanken wie wild drehen, wispert eine leise innere Stimme *ich wusste es.*

Er hebt seinen Kopf und starrt zu dem Menschen hoch.

Ein triumphierendes Leuchten funkelt in Jareds Augen. Er verschränkt die Arme vor seiner Brust. „Ist es das, was du wirklich wissen wolltest? Hmm, Agent Dune?"

Natürlich kann Charlie nicht sprechen, um zu antworten. Er kann lediglich knurren.

„Verwandle dich zurück", befiehlt er wieder.

Genauso unausweichlich verwandelt sich sein Körper wieder zurück. Charlie landet mit dem Hintern auf dem Boden, seine zerrissenen Kleider sind um seine Gliedmaße verheddert.

„Halt dich von uns fern. Wenn du Antworten willst, dann komm zu mir und frag mich direkt. Du weißt, wo ich wohne." Und damit verschwimmt Jared und fällt auf alle viere, ehe er auf großen Wolfpfoten in den Dschungel springt.

Charlie hebt seine Hände und mustert sie. Keine Spuren von Pfoten. „Nun", brummt er laut. „Das war verdammt merkwürdig."

Ein untypisches Lächeln schleicht sich auf sein Gesicht und etwas, irgendein animalischer Teil von ihm, feiert.

Ein Werwolf.

„Was du nicht sagst." Er gluckst, während er sein Gewehr zusammenpackt.

KAPITEL 15

 ash

„ES IST JA NICHT SO, als wäre ich tatsächlich dort gewesen",
dringt Kylies Stimme knackend durch das Mikrofon. Wir sind
zurück in der Hacienda und das Haus summt vor Aufregung,
obwohl eine Menge Wölfe wegen ihrer Verletzungen behandelt werden müssen. Denali und Nolan sind sicher in ihrer
Suite – ich habe sie allein gelassen, um die Runde zu machen
und mich vor dem Schlafen mit den Alphas zu besprechen.

„Ich würde mich nicht so in Gefahr bringen", fährt Kylie
fort. Sam hat sie auf dem Bildschirm seines Laptops und
Jackson ist über ihn gebeugt und schaut seine Gefährtin
finster an. Kylie wirkt nicht allzu besorgt, sondern mustert
ihre Nägel, die sich alle zu Krallen verlängert haben. „Ich
konnte mich nicht einfach zurücklehnen und dich ohne mich
in die Gefahr stürmen lassen."

„Du hast mir fast einen Herzinfarkt beschert, als ich deine
Stimme hörte", knurrt Jackson und fuchtelt mit der Hand

durch den Raum zu Garrett und seinem Rudel. „Siehst du ihre Gefährtinnen in die Schlacht ziehen?"

„Amber ist ein Mensch", merkt Kylie an. „Und so wie ich Tank kenne, hat er seine Gefährtin angekettet, damit sie ihm nicht folgt."

„Hab sie ans Bett gefesselt", bestätigt Tank, ohne von der Waffe aufzusehen, die er gerade reinigt.

„Nash." Sedona steht in der Tür und gibt mir Zeichen. Ein fettes, hübsches Baby sitzt auf ihrer Hüfte und plappert in Babysprache. Ich nicke Garrett und Jackson zu und folge ihr nach draußen.

„Laurie, Declan und Parker fragen nach dir, aber ich dachte mir, dass du sie sehen wollen würdest."

„Danke. Wie geht's Carlos und eurem Rudel?"

„Sechs Wölfe haben sich schlimme Verletzungen zugezogen, aber Carlos und den meisten geht es gut." Sie unterdrückt ein Lächeln. „Sie haben bereits mit dem Feiern angefangen. Ich bin mir sicher, du wirst später hören, wie sie Feuerwerke abbrennen. Die Fiesta wird vermutlich eine Woche dauern." Sie stoppt an der Tür und senkt ihre Stimme. „Layne und ich haben sie untersucht und ihre Wunden gereinigt. Parker und Declan wurden nicht angeschossen, aber Layne und Laurie fanden sie ohnmächtig auf dem Boden. Sie zogen sie aus dem Gefecht und brachten sie hierher zurück."

„Das war ich", sage ich. „Ich wurde verwundet, als ich Denali verteidigte, und nutzte das Rudelband, um mich schneller zu heilen."

„Das dachte ich mir." Sie nickt. „Nun, ihnen geht es gut. Sie sind nur etwas geschwächt. Wir haben ihnen gesagt, dass sie sich ausruhen sollen, aber sie wollten dich sehen –"

„Natürlich."

Sie tritt beiseite. Ich halte mit der Hand auf dem Türgriff inne. „Sedona? Danke."

Ich warte, bis sie lächelt und wegläuft, bevor ich die Tür zu einem schwach beleuchteten Zimmer öffne. Sedona ist klug und hat die Verwundeten weit weg von den gesunden Rudelmitgliedern untergebracht. Es liegt nicht in der Natur von Raubtieren, Mitgefühl für die Schwachen zu zeigen. Manchmal lässt Blut Gestaltwandler nur an Fleisch denken.

In dem Raum sitzt Laurie mit einem bandagierten Arm. Er ist der Einzige, der sitzt. Parker und Declan liegen auf ihren Betten und sehen blass aus. Sie hat es am schlimmsten getroffen, als ich die Kraft aus dem Rudel zog.

Die Drei richten sich auf, als ich eintrete.

„Steht nicht auf", befehle ich und sie entspannen sich alle. Ich grinse vor mich hin, weil sie tatsächlich meine Befehle befolgen. Ich schätze, ich habe jetzt wirklich die Rolle des Alphas übernommen.

„Wie geht es Nolan?", erkundigt sie Laurie.

„Er ist in Sicherheit", bestätige ich. „Gesund. Vermutlich ein wenig erschüttert, aber er wird schon wieder. Denali bringt ihn gerade ins Bett." Mein Sohn konnte nicht aufhören, über den Helikopterflug zu reden. Anscheinend versprach Sam, ihm Flugstunden zu geben. Denali war nicht begeistert.

„Und Santiago?"

„Tot. Denali und ich überließen ihn Carlos."

Mein Rudel nickt zustimmend. Sie wissen, dass Carlos' Rudel das größte Hühnchen mit dem bösartigen Wolf zu rupfen hatte.

„Also was jetzt?", fragt Parker, gerade als Laurie herausplatzt: „Bist du unser Alpha?"

„Ich war schon immer euer Alpha", sage ich. „Ich wusste es nur nicht. Ich wäre geehrt, euer Alpha zu sein."

„Alpha", sagen Laurie und Declan im Chor. Parker neigt seinen Kopf und entblößt seine Kehle mit einem Grinsen.

„Ich weiß, ich habe euch während des Kampfes Kraft

abgezapft." Ich drücke Declans und Parkers Schultern und sie entspannen sich noch weiter. „Geht es euch gut?"

„Alles gut, Boss", bestätigt Parker.

Declan legt seine Hand eine Sekunde lang auf meine und lächelt schwach.

Ich festige meinen Griff und lasse meine Kraft in sie fließen. Als ich meine Hand wegnehme, sind ihre Wangen gerötet und ihre Augen heller.

Parker kämpft sich in eine sitzende Position.

„Oh nein, das tust du nicht." Layne eilt in den Raum und drückt ihn wieder nach unten. „Du musst dich ausruhen. Ich werde dich mit einem Beruhigungsmittel betäuben."

„Schlaft", befehle ich und Parker und Declans Augen schließen sich. Lauries Kopf sinkt nach unten und Layne hilft ihm wieder auf das Kissen.

„Ich werde bei ihnen bleiben", flüstert sie.

„Dankeschön", sage ich zu ihr und schlüpfe aus dem Zimmer.

Jubelrufe und Schreie folgen meinen Schritten, während ich durch die Hacienda laufe. Der Hof ist voller Gestaltwandler und dem Geruch von Fleisch. Ein mexikanischer Wolf taumelt an mir vorbei, grinst breit und trinkt irgendetwas Alkoholisches direkt aus einem dunklen Becher.

„Amigo!", prostet er mir zu und neigt den Kopf leicht zum Zeichen des Respekts vor der Dominanz meines Löwen. Ich lächle und winke sein Angebot für einen Drink ab. Ich bin hellwach und voller Adrenalin, aber es gibt nur einen Ort, an dem ich sein will.

Ich laufe zu dem ruhigeren Teil der Hacienda und beschleunige meine Schritte, bis ich die Zimmer erreiche, die mit dem vertrauten Zimtgeruch markiert sind. Denali und Nolan befinden sich dort drin. Meine Familie. Ich zögere nur einen Moment, bevor ich die Tür öffne.

Die drei Zimmer – zwei Schlafzimmer, die von einem Wohnzimmer abzweigen – sind dunkel. Denali sitzt auf dem Bett in dem kleineren Zimmer und sieht Nolan beim Schlafen zu. Ich lehne mich an den Türrahmen und beobachte sie beide. Meine Gefährtin und meinen Sohn. Meine Familie.

Denali steht auf und läuft zu mir. Selbst im Dunkeln kann ich sehen, dass ihre Augen graublau glitzern. Ihre Löwin zeigt sich.

Mit schwingenden Hüften schält sie das T-Shirt über ihren Kopf.

Mein Schwanz drängt sich gegen meine Jeans. Doch ich zwinge mich, meine Arme an meinen Seiten zu lassen. Denali ist jetzt am Zug. Ich werde sie machen lassen.

„Habe ich dir erzählt, wie sehr es mich antörnt, dich kämpfen zu sehen?" Sie schiebt ihre Hände unter mein Hemd, dann bohrt sie ihre Nägel in meine Brust.

Ein knurrendes Schnurren dringt aus meiner Kehle. „Ich habe es vielleicht schon beim letzten Mal bemerkt." Meine Stimme ist unfassbar tief. Ich ziehe mein Hemd aus, um ihr vollen Zugriff auf meine Brust zu gewähren. Sie kratzt mit ihren Nägeln über meine Brustwarzen und leicht nach unten über meinen harten Bauch.

Sie schiebt mich nach hinten aus Nolans Tür und schließt die Tür hinter uns. Mit einer Hand auf meiner Brust und meine Jeans mit der anderen öffnend, drängt sie mich in das andere Schlafzimmer. „Mm hmm. Ich werde heute Nacht deinen großen Löwenpenis sehen müssen."

Gott stehe mir bei. Wie konnte ich diese spektakuläre Frau jemals verlassen? Ich kann nicht einmal umreißen, was ich damit aufgegeben hätte.

Meine Kniekehlen treffen auf das Bett und ich setze mich. Denali hat meinen Reißverschluss nach unten gezogen. Sie sinkt zu meinen Füßen auf die Knie und befreit meine Härte.

Es kostet mich sämtliche Selbstbeherrschung, meine Fäuste nicht in ihren Locken zu vergraben und ihren sinnlichen Mund wie ein Irrer zu vögeln. Stattdessen balle ich meine Hände an meinen Seiten zu Fäusten und überlasse ihr das Ruder.

Und sie scheint definitiv Folter im Sinn zu haben, denn sie lässt sich Zeit damit, ihre Zunge um die Spitze kreisen zu lassen.

„Denali", knurre ich. „Du spielst mit dem Feuer."

Sie gibt meine Schwanzspitze mit einem Plopp ihrer Lippen frei und lächelt. „Ach ja?" Sie beißt meinen Innenschenkel. „Wie kommt das?"

„Wenn du meinen Schwanz nicht bald tief in deinen hübschen Schmollmund nimmst, werde ich dich auf dem Boden fixieren und mich zwischen deine Beine hämmern, bis du um Gnade winselst."

Sie küsst sich meinen Innenschenkel hinauf, dann saugt sie an meinen Hoden.

Meine Knöchel knacken unter dem Druck meiner geballten Fäuste.

„Du willst mir zeigen, wer der Boss ist?", neckt sie und zieht ihre Lippen nach innen, um ihre Zähne zu verdecken, während sie ihren Mund über die Spitze stülpt.

Ich knurre. „Du hast fünf Sekunden. Fünf… vier…"

Ihre hübschen Augen weiten sich und sie stellt Blickkontakt mit mir her, aber sie nimmt mich nicht tief auf, sondern reizt mich weiterhin.

„Drei-zwei-eins", sage ich rasch und hebe sie an den Oberarmen hoch. Ich werfe sie mit dem Rücken auf das Bett und reiße ihre BH-Körbchen nach unten. Ich falle über ihren rechten Busen her und sauge an dem Nippel, während ich den anderen grob drücke und knete. Sie reißt an meinen Haaren, kratzt an meinen Armen und ihr Becken ruckt auf der Suche nach Reibung nach oben.

Ich schiebe meine Hand nach unten zwischen ihre Beine. „Zeigst du mir, wo du meinen Schwanz haben willst, Baby? Oder wo du meinen Mund willst?"

Sie wölbt sich nach oben. „Deinen Schwanz", keucht sie.

„Meinen Schwanz? Bist du dir sicher?" Ich reibe mit einem Fingerknöchel über den Saum ihrer Jeans und massiere so ihre Klit. „Ich dachte, du wolltest es langsam angehen lassen." Ich streife ihren Nippel mit meinen Zähnen.

Sie rollt den Kopf von einer Seite zur anderen. „Nicht langsam. Nein." Sie klingt bereits erregt und bedürftig. Ich kann es nicht erwarten, sie zum Schreien zu bringen.

„Nein?" Ich krabble tiefer und schäle langsam die Jeans von ihren Beinen.

Sie schiebt ihre Finger in ihr Höschen und zwischen ihre Falten.

„Ne he." Ich packe ihr Handgelenk und fixiere es neben ihrem Kopf. „Das ist meine Pussy. Nur ich darf sie heute Nacht berühren." Mit meiner freien Hand rucke ich ihr Höschen nach unten und zerreiße den Stoff in meiner Eile.

Denali stöhnt und greift mit ihren Beinen nach mir, um mich in sich zu ziehen. Ich gluckse, denn ihre Beine sind stark und ich kann nicht gleichzeitig ihre Hüfte und Handgelenk nach unten drücken. Ich rolle sie herum und fixiere ihre beiden Handgelenke hinter ihrem Rücken, dann verpasse ich ihr einen leichten Klaps auf den Po. Sie stöhnt erneut und ich will sie noch einmal schlagen, ihr den Hintern richtig versohlen, aber ich habe Angst, Nolan aufzuwecken.

Stattdessen ziehe ich ihre Hüften nach oben, bis sie auf ihren Knien ruht, und koste von ihr.

Fuck, ja.

Der Zimtpaarungsduft ihrer Löwin erfüllt den Raum und

kitzelt meine Zunge. Ich arbeite meine Zunge zwischen ihre Lippen, zeichne die Innenseite nach und schnalze gegen ihre Klit. Ich mache meine Zunge steif und penetriere sie.

Sie bockt und ringt um die Kontrolle ihrer Hände. „Nash… Nash."

„Noch nicht, Baby. Ich werde dich vögeln, wenn ich so weit bin. Gerade jetzt muss ich von deiner Pussy kosten."

„Du hast schon von ihr *gekostet*", stöhnt sie. „Vögel mich endlich."

Ich schlage ihr auf den Po, dann lecke ich von ihrer Klit zu ihrem Anus und wieder zurück. Ihre Schenkel zittern und sie atmet schaudernd ein und aus. Ich will sie die ganze Nacht lang reizen, aber ich verliere selbst die Kontrolle. Das Bedürfnis, Anspruch auf sie zu erheben, ist viel zu stark.

Ich schiebe meine Hose nach unten. Denali wartet in Position, das Gesicht in die Matratze gepresst, die Hände reglos auf ihrem Kreuz. Ich habe ein Kondom in meinem Geldbeutel, aber ich hole es nicht. Stattdessen gleite ich mit meiner Schwanzspitze durch ihre Feuchtigkeit und sage: „Wenn du diesen Schwanz kriegst, dann nur ohne Gummi, Baby. Nichts zwischen uns. Denn ich habe letztes Mal verpasst, wie du mein Junges ausgetragen hast, und ich brenne darauf, zu sehen, wie es aussieht."

Ich warte, denn ich bin kein so großes Arschloch, dass ich diese Entscheidung ohne ihre Zustimmung treffen würde.

Denali dreht den Kopf zur Seite, um zu mir zu schauen. „D-du willst mehr Junge?"

„Yeah. Und du?"

Denali dreht ihr Gesicht mit einem Schluchzen wieder in die Matratze und ich bin im Nullkommanichts auf ihr und presse uns beide in die Matratze, wobei mein Körper auf ihrem liegt.

„Baby. Rede mit mir. Es tut mir leid. Was ist los?"

Sie rollt sich unter mir hervor und dreht ihr feuchtes Gesicht an meinen Hals. „Es ist gut", würgt sie hervor. „Ich bin glücklich." Sie versenkt ihre Zähne in meinem Fleisch, als würde sie mich markieren.

Ich zucke zusammen, als ihre Fangzähne meine Haut durchbrechen, mehr aus Überraschung als aus Schmerz. Sie leckt mit der Zunge über den Biss, während ihre Hand zwischen uns gleitet und meinen Schwanz packt. „Gib mir diesen Löwenpenis", schnurrt sie. „Ich würde eine Million Junge mit dir kriegen."

Oh Gott. Das Brüllen eines Löwen bringt die Wände zum Erzittern. Ich schiebe mich über sie und ramme mich tief in sie. Sie schlingt ihre kräftigen Beine um meine Taille und zieht mich zur gleichen Zeit in sich, in der sich ihre Arme um meinen Hals winden und mich für einen Kuss nach unten reißen.

Ich nehme ihren Mund mit der gleichen Wildheit in Besitz wie ihren Körper. Unsere Lippen pressen sich aufeinander und meine Zunge peitscht zwischen ihre Lippen. Meine Hüften stoßen nach vorne und rammen mich mit einem spektakulären Stoß in sie, so tief, tief. Vor diesem Moment kannte ich keine Glückseligkeit und ich werde sie nie vergessen – Denali verschlingt mich gleichermaßen, verschreibt ihren Körper und Seele mir und unserer Familie.

Freude durchströmt meinen Löwen, den ich nun ganz akzeptiere. Wir sind eins und arbeiten zusammen, um unsere Gefährtin zu befriedigen. Ich fürchte ihn nicht mehr oder stelle mir vor, dass er die Leute verletzen wird, die ich liebe. Es war nur ich, der ihn verletzt und mich damit krank gemacht hat.

Ich reite Denali, bis wir beide feucht von Schweiß sind, keuchen und stöhnen. Ich will nie kommen und dennoch werde ich sterben, wenn ich es nicht tue. Ich kann an Denalis eifrigen Schreien erkennen, dass sie auch nah dran ist. Da ist noch mehr, das nötig ist. Etwas, das ich sagen muss.

„Ich bin dein, Löwin. Du hast mich markiert. Ich werde deine Seite nie wieder verlassen", schwöre ich.

Sie kommt zum Orgasmus, gräbt ihre Nägel in meinen Rücken und ihre Pussy zieht sich wie ein Schraubstock um meinen Schwanz zusammen.

Sowie sie beginnt, explodiere ich auch. Ich ramme mich zwei weitere Male in sie, bevor ich meinen Schwanz tief in ihr vergrabe und mich in ihr ergieße. Ich scheine zu kommen und zu kommen, als wüsste mein Löwe, dass es meine Absicht ist, sie zu schwängern, weshalb er eine lebenslang aufgesparte Ladung freilässt, um sie zu füllen.

Denali zittert noch immer unter mir und drückt mich. Ihr Mund ist erneut um meine Schulter geschlossen. Ich stoße mich langsam in sie rein und raus, liebkose ihren misshandelten Kanal jetzt mit meiner Männlichkeit.

„Ich habe keine andere angefasst seit dem Tag, an dem ich dich kennenlernte." Ich will, dass sie das weiß. Sie ist immer mein gewesen.

„Ich auch nicht", flüstert sie mir ins Ohr. „Ich habe all diese Zeit nur auf dich gewartet. Ich wusste, dass du kommen würdest."

Ein Gefühl der Richtigkeit durchläuft mich. Ich sinke langsam auf meine Seite und ziehe sie an mich, während unsere Körper nach wie vor miteinander verbunden sind. „Ich hätte mich nie zurückhalten sollen. Ich… wollte dir nur nicht noch mehr wehtun, als ich es schon getan hatte."

„Du hast mir nie wehgetan. Das Einzige, das du getan hast, ist mich zu beschützen und zu gegeben. Und schau dir nur das Geschenk an, das daraus wurde." Sie lächelt in die Richtung von Nolans Zimmer.

Ich streichle die Locken aus ihrem hübschen Gesicht.

Dieses Mal küsse ich sie sanft. „Ich habe lediglich mit dir geschlafen und dich markiert. Du –" Ich stoppe, denn meine Augen brennen plötzlich und ich muss blinzeln. „Du hast mich geheilt."

Denali schlingt sich um mich und festigt ihren Griff, bis unsere Körper zu einem lebenden, sich bewegenden Ding werden. Ich atme unseren vermischten Geruch ein. Wir sind jetzt eins, eine Einheit. Es gibt ein *Uns*. Ein *Wir*. Nach einem Leben, in dem ich allein war und alle von mir stieß, bin ich verbunden. Mit Denali. Mit Nolan. Mit meinem bunt zusammengewürfelten Rudel Sonderlinge. Mit deren erweitertem Freundeskreis, der in unserer größten Stunde der Not, mir – nein, *uns* – zur Seite gestanden hat.

Es ist unfassbar. Und wunderschön.

Leben – mein Leben – ist eine Freude.

Dem Schicksal sei Dank. Gott sei Dank. Meinem Löwen sei Dank. Denali sei Dank. Dankbarkeit durchfließt mich und aus mir, als ich in den ersten friedlichen Schlaf seit Jahren gleite. Vielleicht jemals.

Ich bin wieder ganz.

EPILOG

 enali

EINE BRISE WEHT durch meine Küche und bringt den Duft von Wildblumen mit sich. Sie schwanken auf dem Hang, tausende von ihnen, vielfarbige Blüten, die nach dem Regen über Nacht erblühten.

Ich stehe barfuß an der Küchentheke und verlagere mein Gewicht von einem Fuß auf den anderen, während ich kleine Teigkugeln auf ein Blech lege. Der Küchenwecker klingelt – das erste Blech Erdnussbutterkekse ist fertig. Ich hole es aus dem Ofen und fuchtle mit dem Geschirrtuch darüber, wodurch der Geruch aus der Fliegengittertür gewedelt wird – ein Geruch, dem kein Mann oder Löwe widerstehen kann.

Und natürlich tauchen nur wenige Minuten später zwei Gestalten auf und marschieren zurück zum Haus. Auf halbem Weg den Abhang hinab bückt sich Nolan und hebt unseren Sohn hoch. Mit vier Jahren ist Nolan groß geworden, aber sein Dad hat breite Schultern. Breit genug, um mein Mal zu tragen. Breit genug, um unseren Sohn zu tragen... und bald unsere Tochter.

Ich lächle breiter, als Nash innehält und sich vorsichtig nach unten beugt, um eine Handvoll Wildblumen zu pflücken.

„Das sind die Lieblingsblumen deiner Mutter", informiert er Nolan und reicht sie nach oben, damit unser Junge sie tragen kann. Ich lehne mich zu nahe an die Arbeitsplatte und Nadia tritt protestierend.

Ich lasse meine Hände auf meinen gerundeten Bauch sinken.

„Jetzt dauert es nicht mehr lange", flüstere ich. Ihr Vater nennt sie bereits seine *Prinzessin*, genauso wie er mich seine *Königin* nennt.

Das Rudel nennt Nolan *den kleinen Prinzen* und sie nennen ihn nach wie vor *König der Biester* – aber nur um ihn aufzuziehen. Er erlaubt dem Rudel nur selten, ihn *Alpha* zu nennen, obwohl ich glaube, dass es ihm besser gefällt, als er sich anmerken lässt. Aber nein, er beharrt darauf, dass er nur *Nash* ist. Oder *Denalis Gefährte*. Oder für Nolan und bald Nadia, *Daddy*.

Er kümmert sich um uns alle – seine Familie und sein Rudel.

Wir halten uns alle nach wie vor bedeckt nur für den Fall, dass die Regierung beschließt, nach einem von uns zu suchen. Aber sie haben die Grube zu etwas leicht Attraktiverem umgebaut – eine Kneipe im Biker-Stil mit dem Namen *Der Dschungel* – damit sie eine bessere Tarnung für den Kampfklub abgibt.

Nash kämpft, aber nur einmal in der Woche. Den Rest der Zeit ist er ein Handwerker für mich, die Kneipe und mittlerweile auch für den Großteil der Nachbarschaft.

Er hat in ganz Nordamerika als Kämpfer Ruhm erlangt

und wird zu allen möglichen Gestaltwandler-Spielen und Events eingeladen. Die meisten lehnt er jedoch ab. Er wird mich und Nolan nicht noch einmal verlassen, nicht einmal für ein oder zwei Nächte.

Er und Nolan stolpern in das Cottage und Nolan schenkt mir die Wildblumen. Nash schiebt sich hinter mich und legt seine Hände auf meinen Bauch, seine Lippen auf meinen Hals. Ich lehne mich nach hinten an ihn.

Es sind Zeiten wie diese, in denen ich meine Familie vermisse – meinen Opa und Tante, die mich großzogen. Ich hätte gerne gehabt, dass sie wissen, wie glücklich ich bin. Wie viel von ihnen ich in der Art und Weise sehe, wie ich mein Kind erziehe. Wie ich das Leben betrachte. Aber ich kann nicht länger meinen Verlusten nachtrauern. Denn meine Gewinne sind zu groß.

Ich habe Nash.

Ich habe Nolan.

Bald werde ich Nadia haben.

Und gemeinsam sind wir unser eigenes Rudel.

Niemand wird uns kontrollieren. Niemals wieder.

REZEPT: DIE EINFACHSTEN ERDNUSSBUTTERKEKSE ALLER ZEITEN

Anmerkung von Renee: und sie sind glutenfrei!

240g Erdnussbutter
   200g Zucker
   1 Ei
   1 TL Vanilleextrakt

Vermische alle Zutaten miteinander. Rolle den Teig zu etwa zwei Zentimeter großen Kugeln und lege diese auf ein Backblech. Drücke jede Kugel mit einer Gabel in einem Kreuzmuster flach.

Backe die Kekse bei 160°C für 10 Minuten und lasse sie vollständig auskühlen, bevor du sie vom Blech nimmst. Iss sie so oder krümle sie über Vanilleeis :D

ANMERKUNG DER AUTORIN

Hier ist Lee. Ich muss Renee, Co-Autorin der Extraklasse und fantastischer Freundin, ein riesengroßes Dankeschön aussprechen. Diese Serie würde ohne sie nicht existieren, ganz zu schweigen von diesem Buch. Ich habe ihr mehr oder weniger einen Haufen Szenen und eine Idee überreicht und sie hat den Rest erledigt. Ich las das Ergebnis mit Tränen in den Augen; sie machte das Buch zu dem, was es sein sollte. Sie ist Magie.

Ich bin so unglaublich dankbar für diese Serie. Ich glaube, dass wir in jedem Buch bis an die Grenzen unserer schriftstellerischen Fähigkeiten und Erzählkunst gegangen sind und darüber hinaus, während wir mehr Spaß hatten, als erlaubt sein sollte. Wir haben noch Ideen für viele weitere Bad Boy Gestaltwandler Bücher, weshalb ich hoffe, dass du sie halb so gerne liest, wie wir sie schreiben.

Ich will dieses Buch unseren Kindern widmen, die das Leben wunderbar witzig, herausfordernd und umso vieles reicher machen.

Danke an die BAD Autoren, vor allem Gwen Knight, dass sie uns in die Gruppe eingeladen und Nashs Cover erstellt hat. Aubrey Cara, Alexis Alvarez und Miranda danke für euer

Lektorat. Melissa danke, dass du mir mit meinem Newsletter hilfst und Nanette, dass du mir mit meinen Vorablesern und der Goddess Group hilfst. Danke an unsere Ehemänner, dass ihr uns mit den Kindern helft, während wir schreiben!

Und noch einmal ein großes Dankeschön an Renee Rose dafür, dass sie eine geniale Schriftstellerin, Vertraute und Freundin ist – du vervollständigst mich!

XOXO

-Lee

Bitte genieße diesen kurzen Auszug aus dem nächsten alleinstehenden Buch in der *Bad-Boy-Alpha*-Serie

Bad Boy Alphas

Alphas Versuchung

Alphas Gefahr

Alphas Preis

Alphas Herausforderung

Alphas Besessenheit

Alphas Verlangen

Alphas Krieg

Alphas Aufgabe

Alphas Fluch

Alphas Geheimnis

Alphas Beute

Alphas Blut

Alphas Sonne

WILLST DU NOCH MEHR VON DEN BAD BOY ALPHAS LESEN?

Willst du noch mehr von den Bad Boy Alphas lesen?

Danke, dass du Alphas Krieg gelesen hast! Wir haben noch Ideen für weitere Bücher in dieser Serie – Trey und Agent Dune brauchen ein Buch, nicht zu vergessen Nashs kunterbunte Gestaltwandler-Truppe. Wenn du noch mehr Bad Boy Gestaltwandler Bücher lesen möchtest, gib uns bitte Bescheid!

Danke an alle, die die Serie bisher gelesen und rezensiert haben. Wir wissen euch zu schätzen! Wir schreiben die Bücher, die WIR lesen wollen und es ist schön zu wissen, dass andere auch ihre Freude an ihnen haben.

Tragen Sie sich in meine E-Mail Liste ein, um als erstes von Neuerscheinungen, kostenlosen Büchern, Sonderpreisen und anderen Zugaben zu erfahren.

https://www.subscribepage.com/mafiadaddy_de

BÜCHER VON RENEE ROSE

Unterwelt von Las Vegas

King of Diamonds: Was in Vegas passiert, bleibt in Vegas, Band 1

Mafia Daddy: Vom Silberlöffel zur Silberschnalle, Band 2

Jack of Spades: Gefangen in der Stadt der Sünden, Band 3

Ace of Hearts: Berühmtheit schützt vor Strafe nicht, Band

4

Joker's Wild: Engel brauchen auch harte Hände (Unterwelt von Las Vegas 5)

His Queen of Clubs: Russische Rache ist süß (Unterwelt von Las Vegas 6)

Dead Man's Hand: Wenn der Tod mit neuen Karten spielt

Wild Card: Süß, aber verrückt

Wolf Ranch

ungebärdig - Buch 0 (gratis)

ungezähmt– Buch 1

ungestüm - Buch 2

ungezügelt - Buch 3

unzivilisiert - Buch 4

ungebremst - Buch 5

Wolf Ridge High

Alpha Bully - Buch 1

Alpha Knight - Buch 2

Bad Boy Alphas

Alphas Versuchung

Alphas Gefahr

Alphas Preis

Alphas Herausforderung

Alphas Besessenheit

Alphas Verlangen

Alphas Krieg

Alphas Aufgabe

Alphas Fluch

Alphas Geheimnis

Alphas Beute

Alphas Blut

Alphas Sonne

Die Meister von Zandia

Seine irdische Dienerin

Seine irdische Gefangene

Seine irdische Gefährtin

EBENFALLS VON LEE SAVINO

Die Berserker-Saga

Verkauft an die Berserker

Gepaart mit den Berserkern

Entführt von den Berserkern

Übergeben an die Berserker

Gefordert von den Berserkern

Die Frauen der Berserker

Gerettet vom Berserker – Hasel und Knut

Gefangen von den Berserkern – Weide, Leif und Brokk

Verschleppt von den Berserkern – Salbei, Thorbjorn und Rolf

Gebunden an die Berserker – Laurel, Haakon und Ulf

Berserker-Nachwuchs – die Schwestern Brenna, Sabine, Muriel, Fleur und ihre Gefährten

(demnächst)

Die Nacht der Berserker – **die Geschichte der Hexe Yseult**

Eigentum der Berserker – **Farn, Dagg und Svein**

Gezähmt von den Berserkern – **Ampfer, Thorsteinn und Vik**

Beherrscht von den Berserkern

Unschuld mit Stasia Black (Eine dunkle Liebesgeschichte)

Das Erwachen (Unschuld 2)

Königin der Unterwelt: Eine Dunkle Liebesgeschichte (Unschuld 3)

Die Gefangene des Biestes: Eine dunkle Romanze (Die Liebe des Biestes 1)

Die Rache des Biestes: Eine dunkle Romanze (Die Liebe des Biestes 2)

Der Soldat, der mich verführt

Draekons (Drachen im Exil) mit Lili Zander (Eine Sci-Fi Dreierbeziehung Romanze)

Draekon Gefährtin

Draekon Feuer

Draekon Herz

Draekon Entführung

Draekon Schicksal

Tochter der Dragons

Draekon Fieber

Draekon Rebellin

Draekon Festtag

ÜBER DIE AUTORIN

USA TODAY Bestseller-Autorin RENEE ROSE liebt dominante, verbalerotische Alpha-Helden! Sie hat bereits über eine Million Exemplare ihrer erotischen Liebesromane mit unterschiedlichen Abstufungen verruchter sexueller Vorlieben und Erotik verkauft. Ihre Bücher wurden außerdem in *USA Todays Happily Ever After* und *Popsugar* vorgestellt. 2013 wurde sie von *Eroticon USA* zum nächsten *Top Erotic Author* ernannt und freut sich ebenfalls über die Auszeichnungen Spunky and Sassy's *Favorite Sci-Fi and Anthology Autor*, The Romance Reviews *Best Historical Romance* und Spanking Romance Reviews *Best Sci-fi, Paranormal, Historical, Erotic, Ageplay and Couple Author*. Bereits fünfmal gelang ihr eine Platzierung in der USA-Today-Bestsellerliste mit verschiedenen literarischen Werken.

Besuchen Sie ihren Blog unter www.reneeroseromance.com

ÜBER DIE AUTORIN

Lee Savino ist *USA Today*-Bestsellerautorin. Außerdem ist sie Mutter und schokosüchtig. Sie hat eine ganze Reihe von Büchern geschrieben, die alle unter die Rubrik »smexy« Liebesgeschichten fallen. *Smexy* steht dabei für »smart und sexy«.

Sie hofft, dass euch dieses Buch gefallen hat.

Besucht sie unter:
www.leesavino.com